KB053635

당시대관

唐詩大觀

5권

陳起煥 편역

明文堂

韓愈(한유)
〈淸 宮殿藏本(청 궁전장본)〉

韓愈(한유)
《晩笑堂竹莊畫傳(만소당죽장화전)》

劉禹錫(유우석)
《晩笑堂竹莊畫傳(만소당죽장화전)》

薛濤(설도)
明나라 仇英(구영)이 그린
《列女傳圖 – 薛濤》

魚玄機(어현기)

杜秋娘(두추낭)
北京故宮博物院 藏

당시대관

唐詩大觀

[5권]

陳起煥 편역

차례

001 張繼(장계) 19

楓橋夜泊(풍교야박) 20

002 金昌緖(김창서) 23

春怨(춘원) 24

003 韓翃(한굉) 26

寒食(한식) 27

少年行(소년행) 29

酬程延秋夜卽事見贈(수정연추야즉사견증) 30

同題仙遊觀(동제선유관) 33

004 郎士元(낭사원) 36

山中卽事(산중즉사) 37

柏林寺南望(백림사남망) 38

聽隣家吹笙(청인가취생) 39

夜泊湘江(야박상강) 40

005 司空曙(사공서) 41
留盧秦卿(유노진경) 42
金陵懷古(금릉회고) 44
玩花與衛象同醉(완화여위상동취) 45
江村卽事(강촌즉사) 46
峽口送友人(협구송우인) 47
雲陽館與韓紳宿別(운양관여한신숙별) 48
喜外弟盧綸見宿(희외제노륜견숙) 51
賊平後送人北歸(적평후송인북귀) 54

006 皎然(교연) 56
尋陸鴻漸不遇(심육홍점불우) 57

007 皇甫曾(황보증) 61
山下泉(산하천) 62
送陸鴻漸山人采茶回(송육홍점산인채다회) 63

008 嚴武(엄무) 65
軍城早秋(군성조추) 66

009 顧況(고황) 67
山中夜宿(산중야숙) 68
石上藤(석상등) 69
憶鄱陽舊遊(억파양구유) 70
傷子(상자) 71

過山農家(과산농가) 72
酬柳相公(수유상공) 73
宮詞(궁사) 五首 (其二) 74
聽角思歸(청각사귀) 76
行路難(행로난) 三首 (其一) 77

010 嚴維(엄유) 79
歲初喜皇甫侍御至(세초희황보시어지) 80
宿法華寺(숙법화사) 81

011 宣宗宮人韓氏(선종궁인한씨) 82
題紅葉(제홍엽) 83

012 戴叔倫(대숙륜) 84
過三閭廟(과삼려묘) 85
湘南卽事(상남즉사) 86
客夜與故人偶集(객야여고인우집) 87
除夜宿石頭驛(제야숙석두역) 89

013 耿湋(경위) 90
秋日(추일) 91
代園中老人(대원중노인) 92

014 竇群(두군) 93
春雨(춘우) 94

015 竇鞏(두공) 95
洛中卽事(낙중즉사) 96
代鄰叟(대인수) 97

016 韋應物(위응물) 98
秋夜寄邱員外(추야기구원외) 99
秋齋獨宿(추재독숙) 100
聞雁(문안) 101
咏聲(영성) 102
西塞山(서새산) 103
登樓(등루) 104
西郊期滌武不至書示(서교기척무부지서시) 105
同褒子秋齋獨宿(동포자추재독숙) 106
滁州西澗(저주서간) 107
寒食寄京師諸弟(한식기경사제제) 109
休暇日訪王侍御不遇(휴가일방왕시어불우) 110
與村老對飮(여촌로대음) 111
采玉行(채옥행) 112
初發揚子寄元大校書(초발양자기원대교서) 113
寄全椒山中道士(기전초산중도사) 116
淮上喜會梁川故人(회상희회양천고인) 119
賦得暮雨送李胄(부득모우송이주) 121
寄李儋元錫(기이담원석) 124

長安遇馮著(장안우풍저) 127
夕次盱眙縣(석차우이현) 129
東郊(동교) 132
送楊氏女(송양씨녀) 135

017 戎昱(융욱) 141
別離作(별리작) 142
移家別湖上亭(이가별호상정) 143
送零陵妓(송영릉기) 145
詠史(영사) 147

018 于良史(우량사) 149
自吟(자음) 150
春山夜月(춘사야월) 151

019 盧綸(노륜) 153
和張僕射塞下曲(화장복사새하곡) 六首 (其一) 154
和張僕射塞下曲(화장복사새하곡) 六首 (其二) 156
和張僕射塞下曲(화상복사새하곡) 六首 (其三) 157
和張僕射塞下曲(화장복사새하곡) 六首 (其四) 158
逢病軍人(봉병군인) 160
送李端(송이단) 161
晚次鄂州(만차악주) 163

020 李益(이익) 167

江南詞(강남사) 168

水宿聞雁(수숙문안) 170

立秋前一日覽鏡(입추전일일람경) 171

山鷓鴣詞(산자고사) 172

喜見外弟又言別(희견외제우언별) 174

夜上受降城聞笛(야상수항성문적) 176

從軍北征(종군북정) 178

塞下曲(새하곡) 四首 (其二) 180

塞下曲(새하곡) 四首 (其三) 181

021 李端(이단) 182

聽箏(청쟁) 183

蕪城懷古(무성회고) 185

送郭良輔下第東歸(송곽량보하제동귀) 186

宿石澗店聞夫人哭(숙석간점문부인곡) 187

閨情(규정) 188

022 陳羽(진우) 189

送靈一上人(송령일상인) 190

吳城覽古(오성람고) 191

小江驛送陸侍御歸湖上山(소강역송육시어귀호상산) 192

自遣(자견) 193

023 于鵠(우곡) 194
古詞(고사) 三首 (其三) 195
江南曲(강남곡) 196
巴女謠(파녀요) 197

024 張志和(장지화) 198
漁父歌(어부가) (其一) 199
漁父歌(어부가) (其二) 199
上巳日憶江南禊事(상사일억강남계사) 201

025 孟郊(맹교) 202
游子吟(유자음) 203
老恨(노한) 206
古別離(고별리) 207
古怨(고원) 208
借車(차차) 209
登科後(등과후) 210
洛橋晚望(낙교만망) 211
答友人贈炭(답우인증탄) 212
聞砧(문침) 213
秋夕移居述懷(추석이거술회) 214
泛黃河(범황하) 215
游終南山(유종남산) 216
游華山雲臺觀(유화산운대관) 218

烈女操(열녀조) 220

026 暢當(창당) 222
登鸛雀樓(등관작루) 223

027 李冶(이야) 224
八至(팔지) 225

028 薛濤(설도) 226
春望詞(춘망사) 四首 (其一) 227
春望詞(춘망사) 四首 (其三) 227
送友人(송우인) 229

029 魚玄機(어현기) 230
送別(송별) 二首 (其二) 231
江陵愁望有寄(강릉수망유기) 232
遊崇眞觀南樓, 覩新及第題名處(유숭진관남루, 도신급제제명처) 233
贈隣女(증린녀) 234

030 劉采春(유채춘) 235
囉嗊曲(나홍곡) 六首 (其三) 236
囉嗊曲(나홍곡) 六首 (其四) 236

031 杜秋娘(두추낭) 238
金縷衣(금루의) 239

032 武元衡(무원형) 241
夏夜作(하야작) 242
春興(춘흥) 243

033 權德與(권덕여) 244
嶺上逢久別者又別(영상봉구별자우별) 245
玉臺體(옥대체) 246
覽鏡見白髮數莖光鮮特異(남경견백발수경광선특이) 248

034 崔護(최호) 249
題都城南庄(제도성남장) 250

035 張籍(장적) 251
寄西峯僧(기서봉승) 252
與賈島閑遊(여가도한유) 253
秋思(추사) 254
鄰婦哭征夫(인부곡정부) 255
法雄寺東樓(법웅사동루) 256
秋山(추산) 257
感春(감춘) 258
春別曲(춘별곡) 259
送蜀客(송촉객) 260
成都曲(성도곡) 261
涼州詞(양주사) 三首 (其三) 262

董逃行(동도행) 263
沒蕃故人(몰번고인) 265

036 王建(왕건) 267
新嫁娘(신가낭) 268
園果(원과) 270
雨過山村(우과산촌) 271
十五夜望月寄杜郎中(십오야망월기두낭중) 272
夜看揚州市(야간양주시) 273
望夫石(망부석) 274

037 劉商(유상) 276
行營卽事(행영즉사) 277
登相國寺閣(등상국사각) 278
醉後(취후) 279

038 韓愈(한유) 280
柳巷(유항) 283
青青水中蒲(청청수중포) 三首 (其一) 284
青青水中蒲(청청수중포) 三首 (其三) 284
春雪(춘설) 286
晩春(만춘) 287
早春呈水部張十八員外(조춘정수부장십팔원외) 二首 (其一) 288
贈賈島(증가도) 289

馬厭穀(마염곡) 290
醉留東野(취류동야) 291
幽懷(유회) 293
贈唐衢(증당구) 295
古意(고의) 296
贈鄭兵曹(증정병조) 297
左遷至藍關示姪孫湘(좌천지남관시질손상) 299
山石(산석) 302
謁衡嶽廟遂宿嶽寺題門樓(알형악묘수숙악사제문루) 307
八月十五夜贈張功曹(팔월십오야증장공조) 315
石鼓歌(석고가) 323

039 張仲素(장중소) 340
春閨思(춘규사) 341
秋夜曲(추야곡) 342

040 劉禹錫(유우석) 343
秋風引(추풍인) 345
飮酒看牧丹(음주간목단) 346
別蘇州(별소주) 二首 (其一, 二) 347
烏衣巷(오의항) 348
春詞(춘사) 351
秋詞(추사) 二首 (其一) 353

秋詞(추사) 二首 (其二) 353

竹枝詞(죽지사) 二首 (其一, 二) 355

竹枝詞(죽지사) 九首 (其二) 357

竹枝詞(죽지사) 九首 (其四) 357

竹枝詞(죽지사) 九首 (其六) 358

楊柳枝詞(양류지사) 九首 (其一) 359

楊柳枝詞(양류지사) 九首 (其六) 359

楊柳枝詞(양류지사) 九首 (其八) 360

臺城懷古(대성회고) 361

玄都觀桃花(현도관도화) 362

再游玄都觀(재유현도관) 363

與歌者何戡(여가자하감) 365

韓信墓(한신묘) 366

堤上行(제상행) 三首 (其一) 367

望洞庭(망동정) 368

石頭城(석두성) 369

浪淘沙(낭도사) 九首 (其一) 370

浪淘沙(낭도사) 九首 (其二) 371

浪淘沙(낭도사) 九首 (其七) 371

蜀先主廟(촉선주묘) 373

西塞山懷古(서새산회고) 377

酬樂天揚州初逢席上見贈(수낙천양주초봉석상견증) 380

041 呂溫(여온) 382
偶然作(우연작) 二首 (其二) 383
讀句踐傳(독구천전) 384

042 王涯(왕애) 385
閨人(규인) 贈遠(증원) 五首 (其五) 386
送春詞(송춘사) 387
秋思(추사) 贈遠(증원) 二首 (其一) 388

043 羊士諤(양사악) 389
泛舟入後溪(범주입후계) 二首 (其二) 390
雨中寒食(우중한식) 391

044 楊巨源(양거원) 392
城東早春(성동조춘) 393
山中主人(산중주인) 394

045 李紳(이신) 395
憫農(민농) 二首 (其一) 396
憫農(민농) 二首 (其二) 396

001
張繼(장계)

張繼〔장계, 727? – 779, 字는 懿孫(의손)〕는 中唐의 詩人으로, 襄州(湖北 襄陽市 襄州區) 사람이다. 현종 天寶 12년(753)에 진사가 되었고 안사의 난이 터지면서 江東에 피신해 살면서 詩僧 靈一, 長州의 縣尉(현위)인 劉長卿과 교유했던 것으로 알려졌다. 이후 檢校祠部員外郞, 洪州鹽鐵判官을 역임하고 代宗 大曆 말년(779)에 伉儷(항려, 부부)가 함께 洪州(今 江西省 南昌市)에서 죽었다.

唐代의 시인 중에서 장계는 大家도 名人도 아니고, 그의 시는《全唐詩》에 겨우 40首 정도 수록되어 있다. 그의 시는 풍경 묘사에 특히 우수한데 〈楓橋夜泊〉은 그의 대표작으로 天寶 15년(756)에 蘇州에 머물 때 지은 시로 알려졌다.

楓橋夜泊(풍교야박)

月落烏啼霜滿天，江楓漁火對愁眠.
姑蘇城外寒山寺，夜半鐘聲到客船.

풍교에서 밤을 지내다

달 지고 까마귀 울며 하늘에 서리 가득한데,
강가 단풍과 고기잡이 횃불에 잠을 못 이룬다.
姑蘇城 밖 寒山寺의,
한밤 종소리가 나그네 배에 들린다.

| 註釋 | ○ 〈楓橋夜泊〉 – 〈풍교에서 밤을 지내다〉. 楓橋는 江蘇省 蘇州市(上海市 부근) 西쪽 5km에 있는 石橋이다. 〈夜泊楓江〉으로 된 책도 있다.

○ 月落烏啼霜滿天 – 月은 落하고 烏는 啼(울 제)하며 霜은 滿天하다. 계절로서는 가을이 깊었다.

○ 江楓漁火對愁眠 – 江楓(강풍)은 강가의 단풍. 漁火는 고기 잡는 횃불. 물고기를 유인하는 횃불. 對愁眠(대수면)은 마주하고 잠을 못 이루다. 장계가 과거에 낙방했을 때였기에 잠을 못 이루었다는 주장도 있다.

○ 姑蘇城外寒山寺 – 姑蘇城(고소성)은 蘇州市. 寒山寺는 唐 太宗 貞觀 연간에, 名僧인 寒山과 拾得(습득)이 天台山에서 여기로 와서 머물렀다고 한다.

○ 夜半鐘聲到客船 – 夜半은 한밤. 鐘聲은 종소리. 이 종소리가 바로 논란의 소재가 되었다. 그때는 한밤에 절에서 종을 쳤다고 한다.

| 詩意 | 시 전체에 시각, 청각, 촉각의 모든 감각이 다 동원되었다. 달이 진 다음의 어둠, 강가의 단풍, 漁火 등 눈에 보이는 것들이 생각에 생각을 끌어낸다. 서리가 내릴 것 같은 가을밤의 한기는 촉각으로 전해지고 까마귀 울음소리도 들려 나그네가 不眠하는데 종소리까지 들리는 그 밤 – 나그네는 정말 잠들기 어려웠을 것이다.

그러나 나그네이니 그 종소리가 들린다. 기차 정거장 근처 싸구려 여인숙에서 나그네는 잠을 못자도 여인숙 주인은 잠을 잘 잔다. 성불사 깊은 밤에 주지는 잠이 들었고, 客은 혼자 풍경소리를 듣는다고 하였다. 하여튼 나그네가 되어 겪어보아야 알지 않겠는가?

이 시는 《全唐詩》 242권과 《唐詩三百首》에 실려 널리 알려진 시이다.

잠 못 드는 이 구절 '江楓漁火對愁眠' – 여기에서는 '對'가 참 잘 쓰인 글자이다. 江楓과 漁火를 마주보면서 잠들려고 애를 쓰는 나그네의 그 모습이 눈에 보인다.

首句는 경치를 묘사하였다. 月落하고 烏啼하며 霜滿天이라 하였는데, 당연히 霜滿地가 되어야 한다는 것이다. 사실 서리는 지표나 나뭇가지 등이 있어야 맺히는 현상이니 공중에 떠있는 서리

(霜)는 생각할 수 없다.

3, 4구는 客愁로 잠을 못 이루는데 한산사의 종소리가 들려온다는 뜻인데, 과연 '寒山寺와 楓橋의 거리가 들릴 수 있는 거리인가?' 또 '절에서는 한밤에 종을 치지 않는다.' 등등 수많은 논쟁거리를 제공해 주고 있다.

특히 중국 건국 이후 어느 대학입시 物理 시험에서 本詩를 예문으로 제시하면서 '밤에 종소리가 客船까지 들릴 수 있는 이유를 물리적으로 설명하라.' 는 문제가 출제되어 더욱 유명해졌다.

솔직히 이런 詩句는 단순히 文學徒만의 관심사가 되어서는 안된다. 우리나라의 경우 '文科나 理科', '自然系와 人文系' 하면서 커다란 장벽을 만들어 놓고 자연계를 전공하는 사람을 詩를 읽지 않고, 인문계 전공은 '과학의 科' 字도 모르는 것이 당연한 것처럼 여기는 풍조가 있다. 그리고 같은 인문계열에서도 문학을 전공하지 않는 사람은 아예 詩를 모르는 병폐가 있는데, 이런 풍토에서는 교양이나 상식이 존속할 수 없을 것이다.

002

金昌緖(김창서)

金昌緖(김창서)는 余杭(여항, 杭州) 사람이라고 하는데 宣宗 大中(847 – 859) 연간에 살았다고 알려졌고 나머지는 알 수 없다.
겨우 이 시 한수가 전한다.

春怨(춘원)

打起黃鶯兒，莫教枝上啼.
啼時驚妾夢，不得到遼西.

봄날의 그리움

노랑 꾀꼬리를 쫓아버려,
가지서 못 울게 해 주오.
울 때 내가 꿈에서 깨면,
遼西에 갈 수 없다오.

| 註釋 | ○ 〈春怨〉 – 〈봄날의 그리움〉. 《全唐詩》 768권과 《唐詩三百首》에 수록.

○ 打起黃鶯兒 – 打起는 쫓아버리다. 때려 보내다. 兒는 명사 뒤에 붙어 작은 것을 나타낸다(접미사). 例 ; 小狗兒(소구아)는 강아지. 黃鶯兒(황앵아)는 노랑 꾀꼬리.

○ 莫教枝上啼 – 莫教(막교) ~ 하지 못하게 하다.

○ 啼時驚妾夢 – 妾은 여기서는 여인 자신.

○ 不得到遼西 – 遼西(요서)는 요하의 서쪽. 낭군은 지금 요서로 징발되어 갔다. 3, 4句는 왜 꾀꼬리를 쫓아버려야 하는지 그 당위성을 설명하는데, 여기에도 여인의 春怨이 녹아 있다.

| 詩意 | 어떻게 딱 한 수 전해오는 시로 시인의 명성을 누릴 수 있을

까? 마치 노래 한 곡으로 평생 가수 소리를 듣는 사람과 같으리라.

김창서의 시는 이 한 首뿐이지만, 이는 인구에 아주 멀리 회자되고 있다. 꾀꼬리 우는 봄날 – 遼西(요서)의 戍(수)자리에 간 남편을 그리는 여인의 간절함을 그렸다. 꿈에서라도 낭군이 있는 요서에 가보고 싶은 것이다.

아주 짧은 이야기와 같으나 더 보탤 말도 또 빼어버릴 말도 없다. 처음부터 끝까지 부드러우면서도 하나의 뜻으로 이어졌다. 꾀꼬리 소리도, 그리고 봄의 꽃이나 여인의 怨이 바람에 실려 오는 꽃향기처럼 이 시를 통해 전해진다. 진정 이렇게 멋진 시를 여인이 읊었다면 그 여인은 틀림없이 미인일 것이라고 생각된다.

부부는 인륜의 시작이지만(夫婦爲人倫之始), 부부는 사랑하는 원수이다(夫妻是個寃家).

怨은 寃(원)과 통하며 鴛(원앙새 원)이 모두 諧音(해음)이다. 남편에게 아내, 그리고 아내에게 남편은 서로 寃을 가지고 산다. 그래서 연극에서 부부를 寃家(원가)라고 한다.

부부의 은혜와 사랑은 쓰고도 달다(夫妻恩愛苦也甛). 밉지만 미워할 수 없는 사람, 미우면서 그리운 사람이 남편이고 아내이다. 꾀꼬리를 쫓아버려 달라는 이 여인도 '도망쳐서라도 오지 왜 안 오는가?' 라고 원망하고 있을 것이다. 그럴 수 없다는 것을 알면서도 미운 것이다. 그래서 부부의 인연인 것이다.

003

韓翃(한굉)

韓翃(한굉, ? – 783?, 翃은 벌레가 나를 굉)의 생졸 연도는 확실하지 않지만, 字는 君平으로 '大曆十才子' 의 한 사람이다.

天寶 13년(754)에 진사가 되었고, 肅宗 寶應 원년(762)에 淄靑(치청)절도사인 侯希逸(후희일)의 막료로 근무하였으며, 德宗 建中 初年(780)에 中書舍人이 되었다. 당시에 같은 이름이 또 한 사람이 있어 덕종이 '春城無處不飛花를 읊은 韓翃' 이라고 지명하였다는 이야기가 전하는데, '春城無處不飛花' 는 韓翃의 〈寒食〉의 한 구절이다. 그만큼 그의 시는 유명하였다.

한굉의 시는 '芙蓉(부용)이 물 밖으로 나오듯 시흥이 풍부하여 朝野의 인사들이 그의 시를 좋아하였다.' 고 한다. 《新唐書 文藝傳》에 그의 略傳이 있다. 韓翃은 柳氏 성을 가진 歌妓를 사랑했는데 한굉과 歌妓의 러브스토리는 뒷날 《柳氏傳》으로 만들어져 지금껏 전해 온다.

寒食(한식)

春城無處不飛花，寒食東風御柳斜.
日暮漢宮傳蠟燭，輕煙散入五侯家.

한식

봄날 성안에 꽃이 안 날리는 데 없고,
한식날 동풍에 버들이 쏠려 기울었다.
날이 지자 漢宮서 새 불을 나눠 주니,
가벼운 연기가 다섯 제후 집에 흩어진다.

| 註釋 | ○ 〈寒食〉 – 〈한식날에〉.

冬至로부터 105일, 清明 前 2일을 寒食이라 한다. 불을 피우지 않고 찬 음식을 든다. 春秋시대의 晋(진)의 충신 介子推(개자추)가 음력 3월 5일 산중에서 불에 타 죽은 것을 애석하게 여겨 불 피우는 것을 금했다.

○ 春城無處不飛花 – 春城은 봄날의 도성. 花를 버드나무에서 피는 버들개지로 풀이할 수도 있다.

○ 寒食東風御柳斜 – 御柳斜(어류사)는 버드나무를 기울게 하다. 반듯하게 서 있는 버들이지만 동풍이 불어 가지들이 한쪽으로 날려 비스듬하게 보인다는 묘사.

○ 日暮漢宮傳蠟燭 – 傳蠟燭(전납촉)은 한식이 끝나면 궁중에서 느릅나무나 버드나무 가지에 새로 피운 불씨를 蠟燭(밀랍 초)

에 옮겨서 왕족이나 고관에게 하사했다.

○ 輕煙散入五侯家 – 輕煙(경연)은 촛불의 가벼운 연기. 五侯家(오후가) – 전한 成帝 河平 2년(前 27)에, 成帝가 외숙 다섯 명을 동시에 侯로 봉했고 그들을 五侯라 불렀다.

또 後漢 桓帝(환제)가 한날에 侯로 봉한 다섯 명의 宦官(환관)인데, 이들 때문에 조정의 기강이 문란해졌다고 한다.

| 詩意 | 한식날이 저물면 궁중에서 느릅나무나 버드나무 가지에 새로 피운 불씨를 蠟燭(밀랍의 초)에 옮겨서 왕족이나 고관에게 하사했다고 한다.

이 시는 단순히 풍경만을 묘사하였고 시인의 의논이나 감정은 하나도 나타나 있지 않다. 이 시는 단순한 한식 풍경보다는 言外之音이 있을 것이다.

우선 唐代에 漢宮의 고사를 인용한 것이고, 五侯라는 용어가 宦官(환관)과 관련이 있으니 '寒食'을 핑계로 풍자하는 뜻이 보인다. 結句에서 五侯가 황궁의 불을 촛불에 댕겨 간다는 것은 唐나라가 환관에게 권세를 넘긴다는 풍자로 보아도 된다.

《全唐詩》 245권과 《唐詩三百首》에 수록.

少年行(소년행)

千點斕斒玉勒驄，青絲結尾繡纏鬉.
鳴鞭曉出章臺路，葉葉春衣楊柳風.

소년행

수많은 반점에 옥 재갈을 문 준마는,
실타래 같은 꼬리에 명주실 갈기로다.
채찍 소리 내며 새벽 章臺 거리에 나서면,
봄옷은 한들거리고 버들은 바람에 흔들린다.

| 詩意 | 〈少年行〉은 악부시로 雜曲歌辭에 속한다. 젊은이의 의협심이나 宴樂의 쾌락을 읊은 내용이 많다. 옛 젊은이는 名馬에, 지금 젊은이는 名車에 마음을 빼앗기니 마찬가지이다.

이 시는 명마를 타고 妓院이 즐비한 장안 거리를 누비는 미소년의 준수한 모습을 노래하였다. 李白의 〈少年行〉에서도 장안 귀족 젊은이들의 풍류를 느낄 수 있다.

酬程延秋夜卽事見贈(수정연추야즉사견증)

長簟迎風早，空城澹月華.
星河秋一雁，砧杵夜千家.
節候看應晚，心期臥亦賒.
向來吟秀句，不覺已鳴鴉.

程延의 秋夜卽事 증여 詩에 대한 화답

대나무 숲에 벌써 가을바람 불고,
인적 없는 마을에 달빛만 아름답다.
은하수를 가로지르는 기러기 한 마리,
다듬이질 소리가 집집마다 들리는 밤.
계절은 응당 늦가을인 것 같은데,
중답할 마음에 잠자리도 늦는다오.
여태껏 멋진 구절을 읊다보니,
갈 까마귀 울며 밝은 줄 몰랐다오.

| 註釋 | ○ 〈酬程延秋夜卽事見贈〉 – 〈程延(징연)의 '秋夜卽事' 증여 시에 대한 화답〉.

酬는 갚을 수. 보내온 시나 예물에 대한 답례. 程延(程近)은 生平 미상. 卽事(즉사) – 즉석에서 詩歌를 지음(卽吟). 見贈(견증) – 보내왔다. 본시는 《全唐詩》 244권에 수록.

○ 長簟迎風早 – 簟은 삿자리 점. 대나무 쪽을 엮어 만든 자리. 마

디가 길고 키가 큰 대나무(篔竹). 迎風(영풍)은 바람을 쐬다. '대나무에 바람이 불어온다.' 의 시적 표현. 뭏는 벌써. '대나무로 만든 자리' 로 새기면 말이 되질 않는다.

가을밤에 대나무 밭에 부는 바람 소리를 들어본 사람은 이 정경을 이해할 수 있다.

○ 空城澹月華 – 澹은 담박할 담. 月華(월화)는 달빛.

○ 星河秋一雁 – 星河는 銀河(은하).

○ 砧杵夜千家 – 砧은 다듬잇돌 침. 杵는 공이 저. 다듬이 방망이. 夜千家는 모든 집에서 다듬이질을 하는 밤.

○ 節侯看應晚 – 節侯는 절기. 應은 틀림없이 ~할 것이다. 看應晚은 응당 늦을 것(가을이 깊었을 것)이라 생각한다.

○ 心期臥亦賒 – 心期는 마음의 기약. 다짐한 마음. 賒는 잠자리에 들다. 賒는 세낼 사. 시간이 길다. 오래다. 늦다.

○ 向來吟秀句 – 向來(향래)는 지금까지. 秀句는 멋진 구절. 程延(정연)이 보내온 시.

○ 不覺已鳴鴉 – 鴉는 갈 까마귀 아. 已鳴鴉(이명아)는 이미 까마귀가 울었다. 날이 밝았다.

| 詩意 | 전반 4구는 받은 시의 제목에 따라 가을밤의 경치를 읊었다. 대나무 밭을 지나는 바람, 그리고 가을밤을 밝히는 달빛, 기러기, 다듬이 소리야말로 늦가을 밤을 그릴 수 있는 정경이다.

특히 3, 4구에 '~秋一雁, ~夜千家' 라 하여 '秋와 夜' 로 증여받은 시 주제를 넣어 詩眼으로 만든 시인의 재주가 탁월하다.

이 구절은 뜻도 있고, 視覺과 聽覺으로 느끼는 정경이 매우 아름다운 對句이다.

후반 4구는 시인이 받은 시를 읽고 또 읽으며 좋은 시를 화답하려 노력한다는 성의를 서술하였다. 이처럼 공을 들이며 노력하고, 그렇게 다듬어 아름다운 시를 엮었던 것이 바로 중당시의 특색이다.

同題仙遊觀(동제선유관)

仙臺初見五城樓, 風物淒淒宿雨收.
山色遙連秦樹晚, 砧聲近報漢宮秋.
疏松影落空壇靜, 細草香閑小洞幽.
何用別尋方外去, 人間亦自有丹丘.

仙遊觀에서 같이 짓다

선유대에서 처음에 五城樓를 보았는데,
풍경은 쓸쓸하고 밤새 오던 비는 그쳤다.
산색은 해질녘 멀리 關中의 숲에 이어졌고,
다듬이 소리는 벌써 장안의 가을을 알린다.
듬성한 소나무 그늘 아래 빈 제단 조용하고,
은은한 풀내음 속에 작은 골짜기도 유심하다.
무엇하러 따로 세상 밖에 나가 찾으려는가?
인간세에 여기 신선이 살 만한 곳이 있도다.

| 註釋 | ○ 〈同題仙遊觀〉 – 〈仙遊觀에서 같이 짓다〉.

老子 李耳가 당의 國姓과 같다 하여 조정에서는 노자를 높이며 道敎를 장려하였다. 당의 高宗은 老子를 '太上玄元皇帝' 로 추존하였고, 玄宗은 '大聖祖高上大廣道金闕玄元天皇大帝' 라는 어마어마한 이름으로 높였다. 道敎의 성직자가 바로 道士이며, 여자 성직자는 道姑(도고)라 하였고, 도교의 각종 경전을 '道經' 이라

하면서 도교의 사원을 '道觀' 이라 하였다. 보통 '○○觀' 이라 하였다. 여기 仙遊觀은 도교의 사원으로 陝西省 寶鷄市 麟游縣 소재.

○ 仙臺初見五城樓 – 仙臺는 선유관. 五城樓는 五城十二樓의 약칭. 신선이 사는 곳. 누각 이름.

○ 風物凄凄宿雨收 – 風物은 風景. 凄는 쓸쓸할 처. 宿雨는 밤새 내린 비. 收는 그치다.

○ 山色遙連秦樹晚 – 遙는 멀 요. 秦樹는 秦(陝西省 남부 일원) 땅의 나무. 晚은 저녁때.

○ 砧聲近報漢宮秋 – 砧聲(침성)은 다듬이 소리. 漢宮秋(한궁추)는 漢나라 궁전의 가을. 장안의 가을.

○ 疏松影落空壇靜 – 疏松(소성)은 듬성듬성 서있는 소나무. 壇은 제단.

○ 細草香閑小洞幽 – 香閑(향한)은 幽香. 小洞은 작은 골짜기. 幽는 유심하다.

○ 何用別尋方外去 – 方外는 世外.

○ 人間亦自有丹丘 – 丹丘(단구)는 仙人所居之所.

| 詩意 | 시인이 유선관에 처음 들어가서 신선의 거처라는 뜻으로 만들어 놓은 오성루를 보았으며, 다음에 밤새 내리던 비가 그친 다음의 풍경을 순차적으로 읊었다.

멀리 보이는 것은 해질녘 산과 관중 땅의 숲이 이어진 것과 멀리서 다듬이 소리가 들리는 것은 가을이 깊었다는 뜻이니, 곧 본 것과 들리는 것을 묘사하였다.

다시 소나무 그림자가 지는 제단이 고요하다는 것, 또 그러고 보니 풀의 향기가 배어 있는 작은 골짜기도 아주 조용하니 좋았다. 그러니 굳이 세상 밖이 아니더라도 신선이나 인간이나 살만한 곳은 곳곳에 있다는 아주 낙관적이며 긍정적인 심경을 노래했다.

솔직히 인간이 추구하는 樂土란 어떤 곳인가? 인간들이 스스로 그 욕망의 짐을 벗어놓으면 어디든 낙토이며 仙境이 아닌가? 시인은 그러한 선경을 마음속에 그리고 있었다.

004
郎士元(낭사원)

郎士元(낭사원, 字는 君胄 군주, 생졸년 미상)은 唐代 中山(今 河北省 중부 定州市) 사람으로, 天寶 15년(756년)에 급제했으나 安史의 亂이 폭발하자 강남으로 피난하였다. 숙종 寶應 원년(762) 渭南縣 縣尉에 임명된 뒤에 左拾遺 등을 거쳐 郢州(영주) 刺史가 되었다. 시인으로 錢起(전기)와 나란한 명성을 누렸으며 당시에 '前有沈宋, 後有錢郎' 이라는 칭송을 들었다.

山中卽事(산중즉사)

入谷多春興，乘舟棹碧潯.
山雲昨夜雨，溪水曉來深.

산중에서 읊다

골짝에 드니 봄경치 볼만하여,
배타고 푸른 물가를 저어간다.
어젯밤 산의 구름이 비를 뿌려,
계곡엔 물이 새벽에 많이 불었다.

| 詩意 | 棹는 노 저을 도. 碧은 푸를 벽. 潯은 물가 심. 연못. 막 봄이 물들어 잎이 피기 시작한 계곡에 들어온 시인은 淸新한 경치에 놀랐다. 노를 저어 산과 산 사이 좁은 강을 따라갔고, 어젯밤 내린 비로 계곡물은 많이 불었다. 새봄을 보고 느낀 시의 기쁨이 전해진다.

《全唐詩》 248권에 수록.

柏林寺南望(백림사남망)

溪上遙聞精舍鐘，泊舟微徑度深松.
靑山霽後雲猶在，畫出東南四五峰.

백림사에서 남쪽을 바라보다

골짜기를 지나며 멀리 절의 종소리 들려오고,
배를 대고 좁은 길 따라 우거진 솔숲도 지났다.
비가 그친 청산엔 아직 구름이 남아 있어,
동남쪽 네댓 개 봉우리를 그림처럼 보여준다.

| 詩意 | 절을 찾아가는 길에 산사의 종소리를 들었다. 우거진 소나무 숲의 좁을 길도 지났다. 여기까지도 그림과 같다. 그런데 비가 그쳤지만 동남쪽 산에는 구름이 남아 있으면서 구름 사이로 네댓 개의 봉우리가 그림처럼 나타났다.

묘사가 참신하면서도 활력이 느껴진다. 비온 뒤 구름 사이로 보였다가 또 가려지는 산봉우리를 이렇게 생생하게 전해 주다니 – 시인의 감각은 보통 사람과 다르다.

이 시는《全唐詩》248권에 수록되었다.

聽隣家吹笙(청인가취생)

鳳吹聲如隔綵霞, 不知牆外是誰家.
重門深鎖無尋處, 疑有碧桃千樹花.

이웃집에서 부는 생황을 들으며

봉황 우는 소리가 비단 노을 건너 들리는 듯,
담장 밖이 누구 집인지 알지 못한다.
큰 대문은 꼭꼭 잠겼고 들어갈 곳도 없지만,
아마도 수많은 碧桃의 꽃이 피었으리라.

| 詩意 | 생황이란 악기의 길고 짧은 대나무 관이 봉황의 날개와 같다고 한다. 봉황이란 상상의 새이고, 그 소리 역시 상상일 것이며, 신선이 먹는다는 碧桃 역시 상상이지만 옛사람에게는 고정된 개념으로 남았을 것이다.

이 시에는 청각과 시각, 후각과 상상력까지 모두 동원되었으니 '通感' 이라 할 수 있다. 그런 감정은 한 줄로 이어져 있다.

起句에서 소리가 나는데, 그 소리가 나는 곳을 承句에서 묘사했고, 轉句는 2구를 이어 알 수 없는 그 집을 그렸으며, 結句는 앞의 句를 이어 桃花로 마무리했다.

夜泊湘江(야박상강)

湘山木落洞庭波, 湘水連雲秋鴈多.
寂寞舟中誰借問, 月明只自聽漁歌.

밤에 상강에서 자다

湘山에 낙엽 졌고 동정호엔 물결이 이는데,
湘水는 구름까지 이어졌고 가을 기러기 많다.
고요한 배 안에서 누구에게 물어보겠는가?
밝은 달빛에 혼자서 어부의 노래를 듣는다.

| 詩意 | 동정호에 흘러드는 상강, 거기에 배를 대고 하룻밤을 보내야 하는 나그네이다. 하늘과 호수를 배경으로 기러기와 고기 잡는 어부가 보이는데, 시인은 배 안에서 미동도 하지 않는다.

005

司空曙(사공서)

司空曙(사공서, 720 – 790, 司空은 복성)의 字는 文明이다. 司空曙는 進士 급제 이후 劍南節度使 韋皐(위고)의 幕府 관료로 일하다가 좌습유를 거쳐 工部에서 운하나 제방 공사와 漕運(조운)을 담당하는 水部郎中을 역임했다. 大歷十才子의 한 사람으로, 자연 경치와 鄕情, 旅思의 哀愁를 읊은 시가 많고 五律에 능했다.

留盧秦卿(유노진경)

知有前期在，歡如此夜中.
無將故人酒，不及古淳風.

노진경을 만류하다

이미 기약이 있는 줄 알지만,
오늘 밤은 이리 즐거웁다오.
벗에게 권할 술도 이제 없지만,
옛날의 석우풍만은 못하겠지요!

| 詩意 | 떠나가는 친우를 하룻밤 더 만류한다는 내용이다. 여기서 故人은 옛날 사람도 또 죽은 사람도 아닌 친한 벗이다.

이 시에 나오는 '옛 순박한 바람(古淳風)' 이란 石尤風(석우풍)을 지칭하는데, 이는 배를 돌리게 하는 逆風(역풍)을 뜻한다.

옛날에 石氏 여인이 尤氏(우씨)에게 시집을 갔는데 남편이 장삿길에 나갔다가 돌아오지 않았다. 석씨 여인은 남편을 그리다가 병이 들어 죽으면서 말했다.

"내가 그이를 떠나보낸 것이 잘못이다. 나는 바람이 되어 누구든 먼 길을 간다고 하면 못 가게 하겠다."

이후 상인들은 배가 떠나는 날 심하게 부는 역풍을 석우풍이라고 불렀다고 한다.

시인은 친우를 만류하지만, 대접할 술도 떨어졌다. 그렇다고 이 밤에 보낼 수는 없다. 만류하는 이 심정은 선우풍만은 못하지만 진심이란 뜻이다.

이 시는 司空曙의 詩로 알려졌지만, 郎士元(낭사원)의 시라는 주장도 있다. 그래서 《全唐詩》 248권에 낭사원의 시로, 또 292권에는 사공서의 작품으로 각각 실려 있다.

金陵懷古(금릉회고)

輦路江楓暗，宮庭野草春.
傷心庾開府，老作北朝臣.

금릉에서의 회고

황제 행차 길에 단풍이 짙으나,
궁궐 안뜰에는 들풀이 푸르다.
마음이 슬프나니 庾開府(유개부)여,
늙어서 北朝의 신하가 되었구나!

| 詩意 | 庾開府는 庾信(유신)이다. 남조 梁 元帝의 신하였는데, 西魏에 사신으로 갔다가 억류되어 그곳에서 일생을 마쳤다.

梁에서는 유신이 변절자이지만 유신으로서는 본인의 의지와 상관없이 억류된 몸이니 어찌할 길이 없었다.

玩花與衛象同醉(완화여위상동취)

衰鬢千莖雪, 他鄉一樹花.
今朝與君醉, 忘却在長沙.

衛象(위상)과 꽃구경을 하다가 함께 취하다

늙은 귀밑머리 온통 눈처럼 희고,
객지서 바라보는 한 그루 꽃나무.
오늘 하루 그대와 함께 취하니,
長沙에 머무는 줄을 잊어버렸다.

| 詩意 | '今朝與君醉'를 '오늘 아침 그대와 함께 취하니'로 번역하면 안 된다. 아무리 술꾼이라도 아침부터 취할 수도 없고, 꽃구경하면서 마셨고, 그래서 취했으니 '오늘 하루~'로 번역해야 한다. 사소한 표현의 차이겠지만 꼭 유념해야 한다.

《全唐詩》293권에 수록되었다.

江村卽事(강촌즉사)

釣罷歸來不繫船, 江村月落正堪眠.
縱然一夜風吹去, 只在蘆花淺水邊.

강촌에서 짓다

낚시하고 돌아와 배를 매지 않았는데,
강촌에 달은 지고 마침 잠이 들려 한다.
설령 밤새 바람이 불어온다 하여도,
물억새 꽃 핀 얕은 물가에 있으리라.

| 詩意 | 시인은 자신이 어디에도 매이지 않았음을, 또 무엇에도 매이기 싫다는, 그리고 또 집착이 없는 自由自在의 심경을 노래했다.

卽事는 어떤 일이나 사물에 대한 느낌을 묘사한 시에 卽事라는 제목을 붙인다. 書事는 '보이는 대로 쓰다.' 눈앞의 사실을 書寫하다. 書事와 동의어이다.

《全唐詩》 292권에 수록.

峽口送友人(협구송우인)

峽口花飛欲盡春, 天涯去住淚沾巾.
來時萬里同爲客, 今日翻成送故人.

협곡에서 친우를 전송하다

협곡 어귀에 꽃이 날고 봄은 가려 하는데,
먼먼 곳 떠날 분이라 눈물이 수건 적시네.
만리 먼 길을 오며 같은 길벗이었는데,
오늘 도리어 내가 벗을 보내야만 하네.

| 詩意 | 길벗이었던 사람과 이별 역시 이처럼 가슴이 아플 것이다.
《全唐詩》 292권에 수록.

雲陽館與韓紳宿別(운양관여한신숙별)

故人江海別, 幾度隔山川.
乍見翻疑夢, 相悲各問年.
孤燈寒照雨, 深竹暗浮煙.
更有明朝恨, 離杯惜共傳.

雲陽의 객사에서 韓紳과 같이 자고 작별하다

벗과는 외지에서 헤어진 뒤로,
몇 번을 산천에 막혔었던가?
짧은 만남이 되레 꿈만 같은데,
서로 나이를 물으며 슬퍼하도다.
외로운 등불 찬 빗줄기를 비추고,
무성한 대나무밭 안개가 자욱하다.
다시 내일 아침 헤어질 슬픔에,
이별 술잔 서로 주며 아쉬워한다.

| 註釋 | ○ 〈雲陽館與韓紳宿別〉 - 〈雲陽의 객사에서 韓紳과 같이 자고 작별하다〉.

雲陽은 지금의 陝西省 중부, 涇河(경하) 하류에 위치한 咸陽市 관할의 涇陽縣(경양현).

韓紳(한신)은 韓升卿으로 된 책도 있는데, 韓愈의 叔父로 추정된다.

《唐詩三百首》와 《全唐詩》 292권 수록.

○ 故人江海別 – 故人은 友人. 江海 – 外地. 司空曙가 韓紳을 江南 등 외지에서 만났다가 헤어졌다는 뜻.

○ 幾度隔山川 – 幾度는 몇 번. 隔山川(격산천)은 山川이 막혀 만나지 못했다.

○ 乍見翻疑夢 – 乍는 잠깐 사. 乍見은 짧은 만남. 翻疑夢(번의몽)은 오히려 꿈인가 의심하다.

○ 孤燈寒照雨 – 孤燈이 寒雨를 照하다.

○ 深竹暗浮煙 – 深竹에 浮煙이 暗하다(자욱하다).

○ 更有明朝恨 – 明朝恨는 내일 아침 別離의 恨.

○ 離杯惜共傳 – 離杯는 작별의 술잔. 惜共傳(석공전)은 아쉬워하며 서로 권하다.

| 詩意 | 이별의 詩가 많은 것은 그만한 그리움 때문이리라.

이 시는 唐人들의 여행과 別離의 詩 중에서도 '특별한 감동을 주는 시' 라고 알려졌다.

首聯에서는 오랜 이별과 만남을 먼저 말했다. 그리고 다시 이별의 슬픔을 쭉 묘사하며 끝을 맺는다.

꿈처럼 이루어진 짧은 만남에(乍見翻疑夢), 서로의 나이를 물어가며 늙음을 한탄한다(相悲各問年). 꿈같다는 표현은 기쁨과 놀람의 집약이니 이외에 더 좋은 표현이 있을까?

거기에다가 객사에 찬비가 내리는 밤이라면(孤燈寒照雨), 또 밤안개가 자욱하다면(深竹暗浮煙) 슬픔은 배가 된다. 3~6구의 묘사와 표현에 시인은 功을 좀 들인 것 같다.

그리고 내일 아침으로 예정된 긴 이별은(更有明朝恨) 서로의 정감을 유발한다. 여기서는 '更' 자가 꼭 필요하다. 스케줄뿐만 아니라 주고받는 감정에 관하여 더 많은 것이 '更' 에 들어있는 것 같다.

그러니 그 이별의 술잔에는 슬픔을 채워 주고받을 것이다(離杯惜共傳). 千言萬語의 다른 말이 더 필요하겠는가?

사나이끼리 주고받는 술잔에는 언제나 긴긴 사연이 농축되어 있다. 그래서 사나이들은 술을 좋아한다.

喜外弟盧綸見宿(희외제노륜견숙)

靜夜四無鄰, 荒居舊業貧.
雨中黃葉樹, 燈下白頭人.
以我獨沉久, 愧君相訪頻.
平生自有分, 況是蔡家親.

內從 아우 盧綸이 찾아와 자서 기뻤다

고요한 밤 이웃 사람도 없는듯한데,
보잘 것 없는 집은 예부터 가난했네.
비가 오는데 단풍이 든 나무,
등불 아래엔 노인이 한 사람.
내가 홀로 은거한 지 오랜데도,
그대 자주 찾아주니 부끄럽도다.
평소 우리는 교분이 두텁고,
더구나 사촌 형제가 아니던가!

| 註釋 | ○ 〈喜外弟盧綸見宿〉 – 〈內從 아우 盧綸이 와서 자는 것을 기뻐하다〉.

見宿은 찾아와서 같이 유숙하다. 盧綸(노륜, 739 – 799)의 字는 允言으로 大曆十才子의 한 사람. 이 시는 《全唐詩》 293권과 《唐詩三百首》에도 수록되었다.

○ 靜夜四無鄰 – 四無鄰(사무린)은 四方에 이웃이 없다.

○ 荒居舊業貧 – 荒居(황거)는 볼품없는 거처. 舊業貧은 물려받은 재산이 없다.

○ 雨中黃葉樹 – 黃葉樹(황엽수)는 단풍 든 나무. 계절이 가을임을 알 수 있다.

○ 燈下白頭人 – 白頭人은 노인. 詩人 자신. 자신의 집에는 단풍 든 나무와 자신뿐이라는 설명.

○ 以我獨沉久 – 以我는 나로서는. 獨沉(독침)은 홀로 은거하는 생활. 沉은 영락하다. 몰락하다(沉淪). 久는 오랠 구.

○ 愧君相訪頻 – 愧는 부끄러울 괴. 相訪頻(상방빈)은 자주 방문하다.

○ 平生自有分 – 平生은 평소. 自有分은 전부터 交分이 있다. 分은 交分.

○ 況是蔡家親 – 況은 하물며 황. 蔡家親(채가친) – 西晉의 羊祜(양호)는 蔡邕(채옹)의 외손이었다. 여기서는 친척이라는 의미로 쓰였다. '霍家親(곽가친)' 으로 된 판본도 있는데, 이는 漢의 霍去病은 衛青의 생질이었다. 곧 위청은 곽거병의 외삼촌이었다.

| 詩意 | 사공시와 盧綸(노륜)은 모두 大曆十才子에 속하는 사람들이다. 본래 '大曆十才子' 는 代宗 大曆年間(766 – 779)에 장안에서 부마도위인 郭媛(곽원)의 집에 모여 술 마시고 시를 읊던 시인들의 소그룹이었다. 이들은 평소 서로를 방문했고 주고받은 시들을 모아 각자 자신의 문집을 채웠다. 물론 뒷날 각자의 벼슬이나 인생행로에 따라 흩어졌지만 그래도 서로를 잘 찾아다녔다고 한다.

이 시는 당시 이들의 생활 모습을 짐작할 수 있다. 사공서는 경제적으로 물려받은 재산도 없이 가난했던 것 같다. 단풍이 든 나무(黃葉樹)와 백두가 된 자신(白頭人)의 나란한 비교는 읽는 이에게 슬픔을 안겨준다. 그러면서 후반 4구는 가난 속에서도 변함없는 交分을 이어가는 이들의 기쁨을 알 수 있다. 그러한 변함없는 교분이, 곧 생활의 기쁨일 것이다.

賊平後送人北歸(적평후송인북귀)

世亂同南去，時清獨北還.
他鄕生白髮，舊國見青山.
曉月過殘壘，繁星宿故關.
寒禽與衰草，處處伴愁顔.

적도가 평정된 후 北으로 가는 사람을 보내며

세상 난리에 같이 남으로 왔다가,
때가 안정돼 홀로 북으로 돌아가네.
타향에서 백발만 늘었지만,
고향의 청산을 곧 보겠지요.
새벽달 아래로 무너진 보루를 지나,
뭇별을 보면서 옛 마을서 자겠지요.
가을 철새와 시들은 풀들이,
곳곳서 시름겨운 얼굴의 짝이겠지요.

| 註釋 | ○ 〈賊平後送人北歸〉 – 〈賊徒가 平定된 뒤에 北으로 돌아가는 사람을 보내며〉.

司空曙가 安史의 난 중에 蜀의 劍南에서 지은 것이라 알려졌다.

《唐詩三百首》와 《全唐詩》 292권에 수록되었다.

○ 世亂同南去 – 世亂은 安史의 亂(755 – 763).

○ 時淸獨北還 – 時淸은 시국이 平靜하다.

○ 曉月過殘壘 – 曉月(효월)은 새벽 달. 殘壘(잔루)는 허물어진 옛 軍壘.

○ 繁星宿故關 – 繁星(번성)은 뭇 별. 많은 별. 宿故關은 옛 마을에서 묵다.

○ 寒禽與衰草 – 寒禽(한금)은 가을 철새. '추위에 떠는 새' 라고 옮기는 것은 좀 무리이며 느낌이 오지 않는다. 겨울이라고 새가 추위에 떨겠는가? 衰草(쇠초)는 시든 풀.

○ 處處伴愁顔 – 伴은 짝 반. 짝이 되다. 愁顔(수안)은 근심하는 얼굴.

| 詩意 | 首聯에서는 같이 왔었지만 같이 돌아가지 못하는 아쉬움을 토로했다. 이어서 타향에서 고향에 돌아가는 여러 감회를 생각하며 읊었다. 그러면서도 돌아가더라도 시름겨운 얼굴로 살 것이라고 염려하고 있다.

006

皎然(교연)

僧 皎然(교연, 달빛 교, 釋 皎然, 생졸년 미상, 730 – 799으로 추정)은 和尙이다. 俗性은 謝氏로, 이름은 晝(주), 자는 淸晝인데 南朝 宋 謝靈運(사령운)의 후손이다. 처음에 입도하여 靈徹(영철), 陸羽(육우)와 함께 妙喜寺에서 수도했다고 한다. 교연은 성품이 放逸(방일)하여 常律에 속박되지 않았다. 그가 杼山(저산)에 거처했기에 그의 시집으로《杼山集》이 있다.

尋陸鴻漸不遇(심육홍점불우)

移家雖帶郭, 野徑入桑麻.
近種籬邊菊, 秋來未著花.
扣門無犬吠, 欲去問西家,
報到山中去, 歸時每日斜.

陸鴻漸을 찾아갔으나 만나지 못하다

이사한 집이 성곽 근처라 하는데,
들길은 삼밭 뽕밭 곁을 지나간다.
울타리 사이 국화를 많이 심었는데,
가을이 왔지만 아직은 피지 않았다.
대문 두드려도 개 짖는 소리도 없어,
돌아서려다가 이웃에 물었더니,
산에 갔을 것이라 대답하는데,
돌아올 때는 늘 석양이라 한다.

| 註釋 | ○ 〈尋陸鴻漸不遇〉 - 〈陸鴻漸을 찾아갔으나 만나지 못하다〉. 尋은 찾을 심. 찾아가다. 방문하다. 鴻漸(홍점)은 陸羽(육우)의 字이다. 육우는 《茶經(다경)》을 저술하며, 중국의 차를 본격적으로 연구하여 중국인들에게 '茶神'으로 추앙받는 사람이다. 陸羽에 관하여는 다음 **| 參考 |**에서 보충 설명하였다. 이 시는 《唐詩三百首》에도 수록되었다.

○ 移家雖帶郭 – 帶郭(대곽)은 성곽 근처.

○ 野徑入桑麻 – 野徑(야경)은 들길. 入桑麻은 뽕나무와 삼밭을 지나가다.

○ 近種籬邊菊 – 近種은 바짝 붙여 심었다. 많이 심었다. 籬邊菊(이변국)은 울타리 가의 국화. 도연명의 '採菊東籬下' 를 연상하면 된다.

○ 秋來未著花 – 著花는 開花.

○ 扣門無犬吠 – 扣는 두드릴 구. 吠는 개 짖을 폐.

○ 報到山中去 – 報到는 대답을 들었다.

○ 歸來每日斜 – 斜는 비낄 사, 기울 사. 夕陽.

| **詩意** | 前 4구는 육우의 집을 찾아가는 길과 육우 집의 모습이다. 시골 마을이지만 울타리에 국화를 심어 키우는 점에서 은자의 풍모를 알 수 있다. 여기까지는 제목의 尋陸鴻漸을 묘사하였다.

후반 4구는 '만나지 못한(不遇)' 사연이다. 이웃의 설명이긴 하지만, 매일 산에 가서 차를 찾거나 약초를 찾아 헤맨다는 사실과 매일 늦게야 돌아온다는 사실을 알 수 있다.

| **參考** | 중국인의 茶와 茶神 陸羽

중국인들은 일상생활에서의 일곱 가지 필수품(開門七件事)으로 땔감 · 쌀 · 기름 · 소금 · 간장 · 식초 그리고 茶를 꼽는다. 적어도 이 정도는 준비되어야 신혼살림도 시작할 수 있고, 또 일상적인 하루가 시작될 수 있는데 그중에 차가 들어 있다는 것이 우리하고 크게 다른 점이다. 어찌 보면 중국인들이 인류의 식생활 내지 기호품에 가장 크게 기여한 것

은 바로 이 차라고 할 수 있다.

차의 원산지는 중국 四川省이나 雲南省 일대라고 알려졌다. 지금은 세계의 많은 사람들이 차를 마시고 있지만 중국에서 차가 음료로 일반화되기는 술(酒)보다 훨씬 늦었다. 처음에는 차가 약재로만 쓰였는데, 오랫동안 약재로 사용하다 보니 사람들은 차가 치료뿐만 아니라 열을 내리고 해갈에도 좋고 정신을 맑게 하며, 향과 맛이 좋아 음료품으로도 우수하다는 것을 알게 되어, 당나라 때부터 사람들이 일상적으로 차를 마시게 되었던 것이다.

唐 이전의 문헌에는 荼(씀바귀 도), 檟(가나무 가), 茗(차 싹 명), 荈(늦깎이 차 천)이 차의 뜻으로 쓰였다고 한다. 荼(도, 씀바귀 도, 귀신 이름 도)는 일종의 쓴 나물이다. 당대에는 荼와 茶가 음이 비슷하여 서로 혼용되었지만 '荼' 에서 획을 하나 뺀 '茶' 자를 써서 마시는 차의 뜻으로만 전용했다. 차는 중국인들에게 일상생활의 일부였다. 당나라 때 이미 '양식 없이 삼 일을 지낼 수 있지만, 차 없이는 하루를 지낼 수 없다.' 는 말이 있을 정도였다.

그리고 당에서 차의 보급과 발전은 불교와 밀접한 관계가 있었다. 그래서 '茶禪一味(다선일미)', '飮茶坐禪(음다좌선)' 의 풍조가 크게 유행하였다.

❖ 茶學의 전문가인 陸羽(육우, 733-804년, 字는 鴻漸)는 '茶聖' 또는 '茶仙', '茶神' 으로 불린다. 육우는 《茶經》을 저술하였는데, 이 책은 지금도 茶의 古典으로 통한다.

육우의 일생은 역경의 연속이었다. 버려진 아이를 근처를 지나던 승려가 지나다가 거두어 길렀다. 어린아이는 총명하여 아홉 살에 시를 짓고 불경과 유가의 경전을 두루 섭렵하였다. 어린 육우는 절에 살면서 많은 고생을 하였고, 학문과 문학에 성취한 바 있어 당시 최고의 명사였던

명필 顔眞卿(안진경)이나 안진경의 友人이며 隱士(은사)인 張志和 등과 교유했다.

❖ '좋은 차는 미인과 같다.' 고 말한 소식(蘇軾, 東坡)도 차를 무척이나 즐겼다고 한다. 실제로 좋은 차는 마음을 깨끗하고 정신을 맑게 해주며, 가슴을 시원하게 열어주고 졸음을 쫓아주고 해갈에 도움이 된다. 그러나 좋은 차를 운치 있게 마시는 것은 그리 쉬운 일이 아니었다. 좋은 차를 마시는데 9가지 어려움(九難)이 있다고 하였으니 차의 제조, 감별, 다기(그릇), 불, 물, 굽기(炙), 가루 만들기(末), 끓이기, 마시기의 모두가 어렵다고 했다.

차는 文人들에게 갈증을 해소시켜 주고 정신을 맑게 해줄 뿐만 아니라 정서생활과 품성도야에 크게 이바지하였다. 좋은 차는 文人과 학사들에게 무한한 정취와 기쁨을 주었다. 차를 마실 때 객이 많으면 수선스럽고, 수선스러우면 아취가 없어진다고 했다.

'차는 혼자 마시면 신선의 경지이며(神), 둘이 마시면 아주 좋고(勝), 서넛이 마시면 재미있고(趣), 대여섯이 마시면 무덤덤하고〔泛(범)〕, 7, 8명이면 그저 내주는 것이다〔施(시)〕.'

007

皇甫曾(황보증)

皇甫曾(황보증, ? – 785, 字는 孝常)은 潤州 丹陽縣(今 江蘇省 鎮江市 관할 丹陽市) 출신. 황보증은 10세 때 글을 지을 줄 알아 張九齡(장구령)이 감탄했다는 기록이 있다. 그의 同母弟도 天寶 12년에(758)에 진사과에 급제했다. 황보증은 侍御史에 재직하다가 업무 관계로 舒州 司馬로 폄직되었고, 陽翟(양책) 縣令을 역임하였다. 형제가 모두 시를 잘 지었다.

《全唐詩》에 그의 시 48首가 수록되었고, 大曆十才子의 한 사람이다.

山下泉(산하천)

漾漾帶山光，澄澄倒林影.
那知石上喧，却憶山中靜.

산속 샘물

흘러가면서 산속 햇볕을 받고,
맑디맑아서 수풀 그림자를 담았다.
돌틈서 소리낼 줄 어찌 알았으며,
그래도 산속의 고요를 그리는가?

| 詩意 | 산속 샘물은 쉬지 않고 솟아나 산속의 햇볕을 받으며 흐른다. 잠깐 물이 모여서는 조용히 수풀 그림자를 담아준다. 돌 위를 소리 내며 흘러와서도 산속의 고요를 잊지 않는다고 생각한 시인의 관찰과 사고가 정말 놀랍다.

겨우 20자의 짧은 글로 이처럼 놀라운 참모습을 서술하였다.

送陸鴻漸山人采茶回(송육홍점산인채다회)

千峯待逋客，香茗復叢生.
採摘知深處，烟霞羨獨行.
幽期山寺遠，野飯石泉清.
寂寂燃燈夜，相思一磬聲.

茶를 채취하러 산에 돌아가는 陸鴻漸 山人과 이별하다

일천 봉우리 찻잎 딸 사람 기다리고,
향기로운 차는 다시 무더기로 자랐다.
찻잎 따는 깊은 산속을 알고 있기에,
안개 구름 속을 혼자 가도 걱정 없다.
산속 절이 멀고 기약도 없었기에,
들판 맑은 돌샘에서 밥을 먹는다.
등불 켜진 적막한 밤마다,
똑같은 풍경 소리만을 늘 생각한다.

| 詩意 | 혼자 깊은 산속을 헤매며 좋은 찻잎을 따려 애쓰는 陸鴻漸(육홍점, 陸羽)의 모습을 그렸다.

육우는 文才가 있었고 사려 깊은 사람이었다. 그리고 그는 천성적으로 차를 좋아했다. 그는 각종 차의 품종과 특성을 연구했고, 온 중국을 돌면서 각지에서 생산되는 차와 각지의 물을 모두 맛보았다.

또 좋은 차, 특별한 차를 얻기 위해 칡 줄기에 몸을 묶고 절벽을 오르내리기도 했으며, 때와 시간에 따라 찻잎을 따고 직접 차를 만들기도 했다.

차나무에서 찻잎을 따는 시기를 맞추는 것이 아주 중요하다. 너무 빠르면 향기가 온전하지 못하고, 늦으면 싱그러운 맛을 잃는다. 그리고 때를 맞추더라도 그 전날 밤에 구름이 끼지 않고 아침 이슬이 내린 후에 따는 것이 최상품이고, 음산한 장마에 따는 것은 별로 좋지 않다.

또 차나무는 계곡 바위 사이에 자란 것이 좋고, 황토에서 자란 것은 별로 좋지 않다고 한다.

육우는 중국인들의 음식과 건강 생활에 지대한 공헌을 하였다. 중국인들은 육우에 감사하고 기념하기 위하여 육우가 죽은 뒤, 곧 그를 茶神으로 받들었다.

이 두 首의 시는 모두《全唐詩》210권에서 옮겨왔다.

008

嚴武(엄무)

숙종 乾元 원년(758년)에도 안록산과 史思明의 반란이 계속되었는데 嚴武(엄무, 726 – 765)는 蜀을 평정하고 촉의 劍南節度使로 있으면서 두보를 검교공부원외랑으로 초빙하였다.

두보는 친우 엄무의 도움과 후원 아래 成都 서쪽 교외 浣花溪(완화계)에 초당을 짓고 일생 중 가장 평온한 시기를 보냈다.

엄무는 나중에 吐蕃(토번)을 토벌한 공로가 있어 檢校吏部尙書가 되었고, 鄭國公에 봉해졌었다. 嚴武는 무장이지만 시를 알았고, 성격이 매우 거칠고 폭정을 했었다지만 두보를 잘 도와주었던 사람으로 기억된다. 두보도 엄무를 고맙게 생각했으며 餞送(전송)의 시를 여러 편 남겼다.

軍城早秋(군성조추)

昨夜秋風入漢關, 朔雲邊月滿西山.
更催飛將追驕虜, 莫遣沙場匹馬還.

군진의 이른 가을

어젯밤 추풍을 맞으며 관문에 들어왔는데,
북쪽엔 구름이 서산엔 달빛이 가득했었다.
이제 용장과 함께 건방진 적병을 추격하여,
적의 말 한 필도 사막에 돌려보내지 않으리.

| 詩意 | 朔雲과 邊月에서 朔과 邊은 북쪽과 변방이라는 수식어이고, 다른 의미는 없고 글자 수를 맞추기 위해 첨부하였으니, 그냥 구름과 달로 생각하면 된다.

《全唐詩》 261권 수록.

009

顧況(고황)

顧況〔고황, 725－814?, 字는 逋翁(포옹)〕의 호는 華陽眞逸, 만년에는 悲翁이라 하였다. 肅宗 至德 2년(757) 진사가 되어 校書郎, 著作郎 등을 지냈지만 특별한 업적은 없었고, 만년에 茅山(모산)이란 곳에 은거했다고 알려졌다.

顧況의 詩는 질박 평이하고 通俗流暢(통속유창)하면서도 杜甫의 현실주의적 시 정신을 계승하였으며 新樂府 詩歌 運動의 선구가 되었다.

山中夜宿(산중야숙)

涼月掛層峰，蘿林落葉重.
掩關深畏虎，風起撼長松.

산중에서 밤에 자다

차가운 달빛은 높낮은 봉우리 비추고,
우거진 수풀에 낙엽은 겹겹이 쌓였다.
한밤에 호랑이 무서워 사립문 닫으니,
바람이 불면서 커다란 소나무 흔든다.

| 詩意 | 산속 마을에 밤들어 문단속을 철저히 한다. 물론 호랑이 같은 산짐승을 막으려는 뜻이 있지만 言外의 뜻도 생각할 수 있다.

이하 고황의 시는《全唐詩》267권에 수록.

石上藤(석상등)

空山無鳥跡, 何物如人意.
委曲結繩文, 離披草書字.

바위의 등 넝쿨

인적 끊긴 산에 새 자취도 없는데,
어떤 꼴이 사람 생각을 끌어내나?
구부러진 모양은 새끼 문자 같고,
초서로 쓰인 글자를 흩어 놓았다.

| 詩意 | 시인의 생각이 깊은 줄을 누구나 알 것이다. 그런 깊은 생각이면 사물이 달리보일 것이다. 바위 위에 붙어 기어가듯 자라는 등나무 같은 넝쿨 식물을 유심히 보았기에 새의 발자국(鳥跡), 結繩(결승, 새끼줄 승) 문자에, 草書의 劃(획)을 흩어놓은 것 같다는 생각을 했다.

《全唐詩》 267권 수록.

憶鄱陽舊遊(억파양구유)

悠悠南國思, 夜向江南泊.
楚客斷腸時, 月明楓子落.

파양호 유람을 회고하다

아련하구나, 남국에서 지난 일이여,
밤에 강남으로 가다가 배를 멈췄다.
남쪽 나그네 애간장이 탈 때에도,
달은 밝고 단풍철 열매는 떨어졌다.

| 詩意 | 楚는 전국시대의 초나라에서 중국의 남방을 지칭하는 말로 사용된다. 楚客은 초나라에서 온 나그네가 아니라, 여기서는 남쪽을 여행하는 나그네이다. 楓子는 단풍나무의 열매란 뜻인데, 단풍철에 떨어지는 열매란 뜻이 더 정확할 것이다.

傷子(상자)

老夫哭愛子, 日暮千行血.
聲逐斷猿悲, 跡隨飛鳥滅.
老夫已七十, 不作多時別.

아들을 잃다

늙은이가 아끼던 아들 잃고 통곡하니,
날이 저물도록 수없이 피눈물 흘린다.
애끓는 원숭이 울음보다 슬픈 곡소리,
자취는 날아간 새를 따라 사라졌다.
늙은이 이미 나이 칠십이니,
이별의 아픔 이제는 많지 않으리라.

| 詩意 | 제목 〈傷子〉의 傷은 喪과 통하니, 여기서는 '죽을 상' 이다. 고황은 늙은 만년에 아들을 하나 얻었는데, 그 아들이 요절하자 슬픔으로 통곡하며 지은 시라고 한다.

자식을 먼저 보낸 그 아픔으로 창자가 다 끊어진 어미 원숭이 울음보다 더 슬피 통곡했으리라. 아끼던 아들의 모습은 날아간 새처럼 아무 종적도 없다고 하였다. 지금도 그 슬픔이 남아있는 것 같다.

過山農家(과산농가)

板橋人渡泉聲, 茆簷日午雞鳴.
莫嗔焙茶煙暗, 却喜曬穀天晴.

산마을 농가에 들리다

널판 다리로 개울 물소리를 건너는 사람,
농가 처마 아래선 한낮의 닭이 운다.
찻잎 굶이는 연기가 맵다 서운해 마오,
곡식 익으라 하늘이 개니 기쁘답니다.

| 詩意 | 이 시는 六言絶句이다. 6언시는 고대 樂府 가곡에서 분리 발전하였지만 唐代에 유행한 신악부시에 흡수되었다. 6언시는 2자가 한 묶음이 되어 1구에 3경을 묘사할 수 있는 이점이 있다.

唐詩絶句는 보통 五言과 七言으로, 六言의 詩는 작품 수가 5, 7言에 비해 매우 적다. 王維의 〈田園樂〉도 육언절구이다.

이 시의 1, 2句는 사람의 모습과 농가의 묘사이고, 3, 4句는 손님을 대접하려는 정성과(焙茶, 焙는 불에 쬘 배. 차를 달이다) 함께 풍년을 바라는 농부의 심경을 묘사하였다. 嗔은 성낼 진. 曬는 햇볕 쬘 쇄. 쬐어 말리다. 곡식이 익다.

酬柳相公(수유상공)

天下如今已太平，相公何事喚狂生.
此身恰似籠中鶴，東望滄溟叫一聲.

柳 相公께 드립니다

천하는 지금 아주 태평하거늘,
相公은 무슨 일로 바보를 부르시나?
이몸은 새장에 갇힌 학과 같지만,
망망한 동해를 보며 큰소리로 울부짖는다.

| 詩意 | 어떤 재상이 고황을 등용하려는 뜻을 전했다. 그러자 고황은 자신을 狂人(미치광이, 바보)로 자처하면서 새장에 갇힌 鶴이라 비유하였다.

그리고 망망대해에 있는 신선의 거처인 瀛洲(영주)를 그리워한다는 뜻을 밝혔다. 실제로 구황은 전 가족을 데리고 茅山(모산)이란 곳에 은거했다고 알려졌다.

宮詞(궁사) 五首 (其二)

玉樓天半起笙歌，風送宮嬪笑語和.
月殿影開聞夜漏，水晶簾捲近秋河.

궁인의 노래 (2 / 5)

玉樓는 높이 솟고 생황 따라 부르는 노래,
바람은 궁인들 좋아 떠드는 웃음을 전한다.
전각에 비친 달빛, 밤 물시계 소리 들리고,
水晶 발을 걷어 올리니 은하수가 가깝도다.

| 註釋 | ㅇ 〈宮詞〉 – 〈궁인의 노래〉. 宮怨을 묘사한 시. 《唐詩三百首》에 수록.

ㅇ 玉樓天半起笙歌 – 玉樓는 황제의 거처. 天半은 하늘의 반에 닿다. 건물이 매우 높다. 笙은 생황 생. 생황은 19개의 대나무 관으로 된 관악기. 起笙歌는 생황에 맞춰 노래를 부르다.

ㅇ 水晶簾捲近秋河 – 捲은 말아 올릴 권. 秋河는 天河. 은하수.

| 詩意 | 노쇠하여 임금의 사랑을 받지 못하는 궁녀의 원한을 간접적으로 그린 시다.

起句와 承句에서는 金殿玉樓에서 임금이 궁녀들과 어울려 노는 음악소리와 웃음소리를 강조했으니, 곧 젊고 활기차며 총애를 받는 비빈들의 모습이다.

그리고 轉句와 結句에서는 홀로된 후궁의 묘사로 전, 후반이 극명하게 대조된다. 달이 공허하게 비치는 쓸쓸한 후궁에 홀로 앉아서 밤의 물시계 소리를 듣다가 실망하고 체념하는 궁녀의 애절한 심정을 극명하게 그렸다.

이 시에서 작자는 원망하는 심정을 직접 말하지는 않았지만 원망의 심정이 시구 사이에 느껴진다. 사실 '옥루에서 들리는 생황과 노래와 웃음소리' 에 상대적으로 자신의 영락한 처지가 더 슬퍼졌을 것이다.

聽角思歸(청각사귀)

故園黃葉滿青苔，夢後城頭曉角哀.
此夜斷腸人不見，起行殘月影徘徊.

피리 소리를 듣고 귀향을 생각하다

오래된 정원에 푸른 이끼 위에 단풍잎이 쌓였고,
꿈깬 뒤에 들리는 성안 새벽 피리 소리가 애닯다.
엊저녁 간장을 녹인 사람 보이지 않고,
길 떠난 그림자 남은 달빛 아래 흔들린다.

| 詩意 | 나그네의 온갖 생각은 밤낮이 없다. 낮에 혼자 길을 가면 생각에 생각이 끊이질 않는다. 밤에도 역시 그러하다. 겨우 잠이 들었다면 긴장 속에 일찍 깬다. 물론 새벽꿈도 함께 깬다.

그런데 성안에서 피리 소리가 들려온다. 고향 생각이 날 것이다. 그래도 길을 떠난다. 달빛 아래 그림자만 흔들린다.

이제 모든 소리가 사라진 고요만 남았다.

行路難(행로난) 三首 (其一)

君不見擔雪塞井空用力，炊砂作飯豈堪食.
一生肝膽向人盡，相識不如不相識.
冬青樹上挂凌霄，歲晏花凋樹不凋.
凡物各自有根本，種禾終不生荳苗.
行路難，行路難，何處是平道.
中心無事當富貴，今日看君顏色好.

험난한 行路 (1 / 3)

그대는 모르는가?
눈을(雪) 날라 우물을 메운다면 헛된 일이고,
모래로 밥을 지으면 어찌 먹을 수 있겠는가?
평생에 다른 사람께 간과 쓸개를 다 내주어도,
서로간 알고 지낸 사람이 모르던 사람만 못하다.
겨울에도 푸른 나무에 능소화가 붙어살았지만,
한해 가며 능소화 시들어도 솔은 시들지 않는다.
모든 만물은 제각각 자기 바탕이 있나니,
볍씨 심으면 끝끝내 콩이 싹트지 않는다.
갈 길이 험하구나, 갈 길이 험하도다.
평탄한 길이 어디에 있는가?
마음에 욕심이 없으면 응당 부귀를 누리려니,

오늘 따라 당신의 안색이 좋아 보입니다.

| 詩意 | 〈行路難〉은 古 樂府題로 잡곡가사에 속한다. 〈行路難〉은 세상살이의 험난함과 이별의 비애를 서술하였다. 《全唐詩》 265 권.

고황은 인생살이의 어려움을 여러 가지 비유를 들어 깨우쳐 준다. 우선 헛수고를 하지 말라는 뜻이니, 만물의 이치를 깨달아 눈(雪)으로 우물을 메우는 어리석은 행동을 하지 말라.

또 情과 志操를 함부로 주지 말라, 곧 交友에 신중하라!

자신의 근본을 알라는 뜻으로는 소나무에 붙어살았다 하여 능소화가 겨울을 날 수 없다고 설명하였다.

결론으로 자신의 근본을 지키며 욕심을 내지 않는 것이 바로 부귀를 누리는 인생이라고 설파하였다.

고황은 개성이 호방하고 회화와 음악에도 일가견이 있었으며, 才氣가 뛰어나면서도 학습을 게을리하지 않았던 시인으로 알려졌다.

010
嚴維(엄유)

嚴維(엄유, 字는 正文)는 越州 山陰縣(今 浙江省 紹興市) 출신이다. 肅宗 至德 2年(757)에 進士 급제한 뒤, 여러 지방관을 역임한 뒤, 祕書省 校書郎으로 관직을 마감했다. 劉長卿, 丘爲(구위), 李端(이단) 등과 시를 주고받았다.

《全唐詩》 263권에 그의 시가 수록되었다.

歲初喜皇甫侍御至(세초희황보시어지)

湖上新正逢故人, 情深應不笑家貧.
明朝別後門還掩, 修竹千竿一老身.

연초에 皇甫 侍御使의 내방을 기뻐하다

새해에 뱃길을 가다가 옛날 벗을 만났는데,
옛정이 깊기에 가난한 나를 웃지 않으리라.
내일 아침 떠나간 뒤에 사립문을 닫으면,
수천 푸른 대나무와 함께 나는 늙어가리라.

| 詩意 | 皇甫 侍御는 皇甫曾(황보증)이라는 주석이 있다. 시는 대화를 하듯 풀어갔는데, 시인의 진솔한 생활과 감정을 느낄 수 있다.

宿法華寺(숙법화사)

一夕雨沈沈，哀猿萬木陰.
天龍來護法，長老密看心.
魚梵空山靜，紗燈古殿深.
無生久已學，白髮浪相侵.

法華寺에서 자다

하루의 밤비가 소리 없이 내리고,
원숭이 울음에 나무도 음산하다.
天龍이 내려와 불법을 지켜주고,
老僧은 은근히 心法을 살펴본다.
木魚와 독경에 空山은 고요하고,
비단등 불빛은 옛 佛殿을 채웠다.
생사무상을 오래 전에 알았지만,
백발의 격랑은 끝없이 밀려온다.

| 詩意 | 절에 가서 공양을 받고 하룻밤을 유숙한다면 그날은 절의 분위기에 젖어든다. 밤비가 내리는 山寺, 목탁(木魚)에 맞춰 독경할 때 그 낭랑한 소리는 빈산을 채우고도 남을 것이다. 인생무상을 생각하지만, 밀려오는 백발 – 나이를 생각하지 않을 수 없다.

011

宣宗宮人韓氏(선종궁인한씨)

題紅葉(제홍엽)

流水何太急，深宮盡日閒.
殷勤謝紅葉，好去到人間.

단풍잎에 짓다

물은 어찌 이리 급히 흐르는가?
깊은 궁궐은 종일 한가롭다.
은근히 붉은 잎을 띄워 보내니,
인간 세상에 잘 찾아가기를!

| 詩意 | 이 시는 《唐詩品彙》 45권에 수록되었다고 한다. 궁 안에 갇혀 살아야만 하는 궁인이 바깥세상 인정이 그리워 하소연하는 뜻이다. 이 시가 적힌 붉은 잎을 盧偓(노악)이란 사람이 주웠고, 나중에 선종이 궁녀들을 방출할 때에 노악과 인연이 있어 부부가 되었다는 이야기가 전해진다.

노악이 아닌 顧況(고황)이란 사람으로 쓰인 詩話도 있다.

역자의 《唐詩逸話》 중 〈顧況 - 詩로 맺은 인연〉 참고.

012
戴叔倫(대숙륜)

戴叔倫(대숙륜, 732 – 789, 字는 幼公)은 唐 代宗 연간에 秘書省正字를 역임하고 度支鹽鐵諸使의 幕府에서 일했다. 德宗 建中 연간에(780 – 783), 東陽縣令으로 근무하다가 江西觀察使의 막부에서 근무했고 얼마 뒤 撫州刺史, 吏部郎中을 지냈다. 만년에 容州刺史兼容管經略使를 지내다가 임지에서 죽었다.

대숙륜은 鹽鐵使의 막료로 일할 때 四川의 雲安이란 곳에서 징수한 재물을 운반하던 중 楊子琳(양자림)이란 반란 세력에 잡혔다. 양자림이 돈을 내 놓으면 목숨을 살려주겠다고 하였으나, 대숙륜은 '몸이야 버릴 수 있지만 국가의 재물은 빼앗길 수 없다.' 며 끝까지 버티니 도적도 어쩔 수 없이 풀어주었다는 이야기가 전한다.

대숙륜은 농촌생활에 대한 시가 많은데, 詩興이 幽遠(유원)하여 작품마다 사람을 놀라게 했다는 말이 있다. 대숙륜은 韻律의 미를 추구하여 뒷날 神韻派(신운파)의 선도 역할을 하였다.

過三閭廟(과삼려묘)

沅湘流不盡，屈宋怨何深.
日暮秋煙起，蕭蕭楓樹林.

삼려대부의(屈原) 묘당에 들려

원수와 상수는 쉬지 않고 흘러가는데,
屈原과 宋玉의 원한은 얼마나 깊은가?
날이 저물며 가을 안개가 피어나고,
단풍 숲속엔 소슬한 바람만 불어온다.

| 詩意 | '沅湘流不盡' 의 沅水(원수)와 湘水(상수)는 모두 長江의 지류이다. 三閭大夫(삼려대부)는 楚나라의 왕족인 屈原(굴원, ?前 343－278)이고, 그 묘당을 '屈子祠' 라고도 부른다. 당시 대숙륜은 湖南轉運使로 재직 중에 그 묘당을 지나며 지었을 것이다.

굴원은 '忠而見疑하고 信而被謗하여' 湘水에 방출되었다. 宋玉(송옥, 생졸년 미상)은 굴원 이후 가장 걸출한 楚辭 作家로 〈九辯〉이 그의 대표작이다.

이 시는《全唐詩》274권에 수록되었다.

湘南卽事(상남즉사)

盧橘花開楓葉衰, 出門何處望京師.
沅湘日夜東流去, 不爲愁人住少時.

湘水 남쪽에서 읊다

盧橘(노귤) 꽃이 피면서 단풍잎은 떨어지는데,
대문을 나서면 어디서 장안을 볼 수 있겠는가?
沅水와 湘水는 밤낮에 동쪽으로 흘러가는데,
근심 많은 이의 젊음도 함께 가져가 버렸다.

| 詩意 | 시인은 동정호 남쪽 沅水(원수)와 湘水(상수) 일대의 객지를 떠돌며 고향에 돌아가고픈 마음을 읊었다.

사실 어디서는 장안을 볼 수가 없지만, 그 마음만은 진실되기에 독자는 말없이 감상할 뿐이다.

《全唐詩》 274권에 수록.

客夜與故人偶集(객야여고인우집)

天秋月又滿，城闕夜千重.
還作江南會，翻疑夢裏逢.
風枝驚暗鵲，露草覆寒蟲.
羈旅長堪醉，相留畏曉鐘.

객사에서 밤에 고향 사람과 우연히 만나다

秋天에 달은 다시금 둥글었고,
성안에 밤은 겹겹으로 깊었다.
그전에 江南서 마냥 또 만나니,
오히려 꿈속서 만난 것 같았네.
바람 불자 가지에 밤 까치가 놀라고,
이슬 맺힌 풀끝은 귀뚜라미를 감쌌다.
매인 듯 떠도는 몸은 늘 취해있지만,
서로 만류하며 새벽 종소리 기다린다.

| 註釋 | ○〈客舍與故人偶集〉-〈客舍에서 故人과 우연히 만나다〉. 《全唐詩》 273권에 수록. 一作〈江鄉故人偶集客舍〉.

○ 城闕夜千重 - 夜千重(야천중)은 한밤. 깊은 밤.

○ 還作江南會 - 또 江南에서 만났다.

○ 翻疑夢裏逢 - 翻은 나를 번. 뒤집다. 도리어(反而). 夢裏逢(몽리봉)은 꿈속에서 상봉.

○ 露草覆寒蟲 – 覆寒蟲(복한충)의 寒蟲은 귀뚜라미. 귀뚜라미를 덮어주다.

○ 羈旅長堪醉 – 羈는 굴레 기. 羈旅(기여)는 사명을 띠고 여행하다. 長堪醉(장감취)는 늘 취해 있다.

| 詩意 | 객지에서 옛 술친구를 만났다면 그 기쁨은 이루 형언할 수 없을 것이다. 그 기쁨은 '偶' 하나로 집약된다. 시인도, 친우도 누구도 생각을 못한 만남이었기에 '偶' 아니면 설명할 길이 없었을 것이다. 그러나 그 재회의 기쁨 뒤에는 또 다른 이별의 슬픔을 겪어야 한다. 그러기에 그 가을 달 밝은 밤이 두려운 것이다.

바람에 흔들리는 나뭇가지가 까치를 깨우고 귀뚜라미는 찬 이슬에 젖은 풀 속을 파고든다는 묘사는 정말로 세밀하다.

밤의 정경 묘사에서 보이지 않는 그곳을 생각해낸 것은 그만큼 고심하며 詩句를 찾았다는 증거이다. 시인의 고심은 날이 밝는 것이 두렵다. '畏' 는 이별의 아픔을 상징한다.

한마디로 敍景 속에 情이 있고, 그 정 때문에 기쁨과 두려움이 있으니 情景 융합의 경계가 신묘할 뿐이다.

除夜宿石頭驛(제야숙석두역)

旅館誰相問, 寒燈獨可親.
一年將盡夜, 萬里未歸人.
寥落悲前事, 支離笑此身.
愁顔與衰鬢, 明日又逢春.

除夜에 石頭驛에서 숙박하다

여관서 누구나 성명을 묻고 답하지만,
나에겐 외로운 등불만 가까운 것 같다.
한해가 지나려는 이 한밤에,
만리길 고향에 못가는 나그네.
쓸쓸히 지나간 옛일을 슬퍼하며,
병들고 초췌한 이몸을 웃어준다.
근심에 찌들고 백발에 쇠약하나,
내일은 또다시 새봄을 만난다네.

| 詩意 | 시인은 장사하러 떠도는 몸이 아니다. 관직을 가지고 곳곳을 출장 다니기에 객지서 제야를 맞이하는 일이 많았으리라.

江湖를 떠도는 지친 몸으로 새해를 맞이하는 감홍은 남다를 것이다. 시인이 '明日又逢春' 으로 끝을 맺은 뜻은 아마 새해에 거는 희망일 것이다.

013
耿湋(경위)

耿湋(경위, 생졸년 미상. 字는 洪源. 耿은 빛날 경, 성씨. 湋는 물 돌아 흐를 위)는 大歷 十才子의 한 사람이다. 숙종 寶應 2년(763)에 진사 급제, 左拾遺로 관직을 마쳤다. 그의 시는 조탁하거나 꾸미지 않아 진솔하고, 安史의 난 이후 황량한 풍경을 사실대로 읊은 시가 많다.

秋日(추일)

反照入閭巷，憂來與誰語.
古道無人行，秋風動禾黍.

가을

지는 햇살이 마을을 비치는데,
새론 걱정을 누구와 말하겠나?
옛적 좁은길 다니는 사람 없고,
가을 바람은 수수밭에 불어온다.

| 詩意 | 아무도 보이지 않는 가을 풍경이다. 가을 날 이렇듯 조용하고 사람도 없으니 쓸쓸하고 황량한 기운만이 시를 가득 채웠다. 사람 사는 자체가 아마 근심과 번뇌의 연속이다.

들꽃은 심지 않아도 해마다 자라나고(野花不種年年育), 번뇌는 뿌리가 없는데도 날마다 자란다(煩惱無根日日生).

《全唐詩》 269권 수록.

代園中老人(대원중노인)

傭賃難堪一身老，皤皤力役在青春.
林園手種唯吾事，桃李成陰歸別人.

정원의 노인을 대신하여

품삯으로 늙은 몸뚱이 하나 감당하기 어렵지만,
머리가 하얗지만 젊은이만큼 힘을 쓸 수 있다.
정원에서 나무 심고 가꾸기는 내가 할 일이나,
桃李가 우거져 그늘지면 다른 사람이 즐긴다.

| 詩意 | 늙어서도 노동을 해야만 하는 늙은 정원사를 대변한 시이다. 桃李가 成陰하면 그 아래서 즐길 사람은 나무를 심고 가꾼 사람이 아니다. 어쩌면 옛날이나 지금이나 인간사 모습은 똑같다.

014
竇群(두군)

竇群(두군, ? - 814, 字는 丹列)의 부친 竇叔向(두숙향)은 代宗 때 左拾遺를 역임했다. 竇群의 兄長인 竇常(두상), 竇牟(두모), 동생인 竇庠(두상), 竇鞏(두공)이 모두 進士 출신이었는데, 두군은 毗陵(비릉)에 은거하다가 나중에 절도사의 막료가 되었다. 憲宗 때 吏部郎中, 唐州刺史을 역임했고, 武元衡(무원형)의 천거로 御史中丞이 되었다. 나중에 재상 李吉甫에 밀려 지방관으로 폄직되었다가 임지서 죽었다.

春雨(춘우)

昨日偸閑看花了，今朝多雨奈人何.
人間盡似逢花雨，莫愛芳菲濕綺羅.

봄비

어제는 한가한 틈에 꽃구경을 했는데,
오늘은 큰비가 오니 누가 어찌 하겠나?
세상사 모두가 꽃피면 내리는 비와 같나니,
물젖은 비단을 꽃이 좋아한다 말하지 마오.

| 詩意 | 비를 맞은 꽃 – 부귀를 탐하는 그 종말은 좋지 않다는 뜻이 아니겠는가? 향기로운 꽃은 누구나 좋아하나, 비에 젖은 비단이 광채가 나겠는가? 하늘에서 내리는 비를 꽃이, 또는 사람이 어찌 막을 수 있겠는가?

길흉화복은 예측할 수 없다. 그러나 거울에 자신을 비춰보면 모습을 알 수 있고(以鏡自照見形容), 다른 사람 행실에 자신을 비춰보면 길흉을 알 수 있다(以人自照見吉凶).

그리고 새옹이 잃어버린 말, 그 화복은 알 수 없다(塞翁失馬 禍福未知). 인간사의 모든 화와 복은 스스로 만들고 스스로 받으며(一切禍福 自做自受), 화와 복은 문이 없어도 사람이 스스로 불러들인다(禍福無門 唯人所招).

《全唐詩》 271권 수록.

015
竇鞏(두공)

竇鞏(두공, ? - 831, 字는 友封. 竇는 구멍 두. 성씨. 鞏은 묶을 공)은 憲宗 元和 2년(807)에 진사 급제. 敬宗 寶歷 원년(825)에 侍御史, 司勳員外郎, 刑部郎中 등 역임. 元稹(원진)과 깊이 사귀었고 원진의 관직을 보좌했다. 文宗 大和 5년(831)에 원진이 죽었는데, 두공도 장안으로 돌아오는 도중에 병사했다.

洛中卽事(낙중즉사)

高梧葉盡鳥巢空, 洛水潺湲夕照中.
寂寂天橋車馬絶, 寒鴉飛入上陽宮.

낙양에서 읊다

큰 오동나무에 잎이 지고 새 둥지도 비었는데,
洛水는 지는 햇살 받으며 출렁대며 흐른다.
적막한 天橋에 오가는 거마도 끊겼고,
외로운 까마귀 上陽宮에 날아든다.

| 詩意 | 卽事는 書事. 어떤 일이나 사물에 대한 느낌을 묘사한 시에 卽事라는 제목을 붙인다.

天橋는 낙양의 교량 이름. 쇠락하는 낙양 교외의 풍경을 묘사했다.

《全唐詩》 271권 수록.

代鄰叟(대인수)

年來七十罷耕桑，就暖支羸强下牀.
滿眼兒孫身外事，閑梳白髮對殘陽.

이웃 노인 대신 말하다

나이 일흔 들어서자 농사일은 그만두었지만,
날이 따뜻해 수척한 몸으로 겨우 밖에 나왔다.
눈에 가득한 손자는 마음을 쓰지 않아도 되니,
지는 석양을 마주해 한가히 백발을 빗질한다.

| 詩意 | '人生七十古來稀'라 하였으니, 농사일을 그만둘 때도 되었다. 손자들도 다 장성했겠지만 그래도 할아버지에게는 손자들을 보며 걱정할 것이다. 평생을 농사일로 살았으니 이제는 좀 쉬어야 한다.

016

韋應物(위응물)

韋應物(위응물, 736－830?, 字는 義博)은 京兆郡 杜陵縣(今 陝西省 西安市 長安區) 출신으로 則天武后 때 재상이었던 韋令儀(위령의)의 손자이다. 韋應物은 현종 천보 연간(750)에, 蔭補(음보)로 황제의 近侍(근시) 무사인 三衛郎이 되어 거의 불량배와 같은 행동으로 백성들을 괴롭혀 원성을 듣기도 했다.

安史之亂 중에 현종이 蜀으로 피난가면서 韋應物은 실직했고 주변 사람들의 따가운 시선을 견뎌야 했다. 동서양을 막론하고 '浪子回頭金不換(부랑자가 개심하면 황금으로도 바꾸지 않는다).' 는 말처럼 이후 착실하게 독서를 하면서 행실을 고쳤다.

그리하여 代宗이 즉위하자(763) 洛陽丞(낙양승)이 되었고, 이후 德宗 建中 4년(783)에 滁州刺史(저주자사)를 거쳐 德宗 貞元 元年(785)에 江州刺史로 자리를 옮겼고, 이어 貞元 6年(790)에 蘇州刺史를 그만두고, 蘇州 城外의 永定寺에 거주하다가 거기서 죽었다는데 졸년을 상고할 수는 없지만 90세 가까이 살았다고 한다.

위응물은 '韋江州', '韋蘇州'로 불리는데, 그의 시풍은 왕유와 가깝고, 언사가 간결하며 산수경관을 읊은 시가 많다. 《唐詩三百首》에는 위응물의 시가 무려 12수나 수록되었다. 宋나라의 蘇軾(소식)은 위응물의 시에 대하여 아래와 같은 아주 인상적인 평가를 남겼다.

'樂天長短三千首(백낙천의 5언7언의 3천 수보다), 却愛韋郎五言詩(오히려 위응물의 오언시를 좋아한다).'

秋夜寄邱員外(추야기구원외)

懷君屬秋夜，散步詠涼天.
空山松子落，幽人應未眠.

가을밤 邱員外에게 보내다

그대를 그리는 가을 밤,
걸으며 가을을 읊는다.
空山에 솔방울 떨어지니,
그대도 잠 못 이루리라.

| 詩意 | 《千家詩》 1권에 수록. 〈秋夜寄丘二十二員外〉로 된 책도 있다. 邱員外는 邱丹, 尙書郎과 員外의 직책을 수행한 뒤 浙江省 臨平山에 은거하고 있었다.

뜻은 간단하다. 그립다는 뜻이니, 이 가을에 잠 못 이룰 것이다. 가을은 무거운 사색의 계절이다. 농부는 수확을 걱정하고 글 읽는 사람은 進度와 성과를 걱정한다.

이 시가 좋다는 것은 담백한 맛 때문일 것이다. 아무 기교도 없이 담담하게 옆사람과 이야기하듯 말하고 있다.

秋齋獨宿(추재독숙)

山月皎如燭，風霜時動竹.
夜半鳥驚栖，窗間人獨宿.

가을 서재에서 홀로 자다

산에 뜬 달은 촛불 켠 듯 밝고,
서릿 바람은 가끔 대밭을 흔든다.
한밤에 깃든 새들이 놀라는데,
창 아래 홀로 잠들은 나그네.

| 詩意 | 이런 시는 군더더기 해설이 필요 없다. 읽고 느낌이 오는 그대로 받아들이면 된다. 읽기만 해도 그 정경이 마음에 떠올라 흐뭇하거늘, 굳이 이런저런 해설을 붙여야 하겠는가?

시인은 관직 따라 떠도는 몸이라 자신도 나그네라고 생각했다. 《全唐詩》 193권에 수록.

聞雁(문안)

故園渺何處，歸思方悠哉.
淮南秋雨夜，高齋聞雁來.

기러기 소리를 듣다

고향은 먼먼 곳 어디쯤인가?
가고픈 마음은 지금 끝이 없다.
회남의 가을 비 내리는 밤에,
서재서 기러기 우는 소리 들었다.

| 詩意 | 고향을 그리는 시인데, 古拙(고졸)하면서도 담백한 맛이 있다. 가을에 북쪽에서 내려오는 기러기를 征雁(정안)이라 부르고, 봄이 되어 북으로 돌아가는 기러기는 歸雁(귀안)이라고 한다.

咏聲(영성)

萬物自生聽, 太空恒寂寥.
還從靜中起, 却向靜中消.

소리를 읊다

만물은 자신의 소리를 내고 듣지만,
하늘은 언제나 아무런 소리가 없다.
고요에서 氣를 따라서 움직이고,
고요하면 聲은 갑자기 사라진다.

| 詩意 | 오묘한 뜻을 담고 있다.

萬物에 동물이 포함되기에 동물의 소리는 이해할 수 있다.

그러나 바람소리는? 바람이 나무에 부딪치며 지나기에 소리가 만들어진다.

공기 자체가 무슨 소리가 있는가? 우주의 氣에 소리가 있겠는가? 氣가 움직일 때 소리가 있겠지만 氣 자체의 소리는 아닐 것이다.

韋應物은 상당량의 생각 끝에 이 시를 지었을 것이다. 太空은 하늘. 寂廖(적료)는 텅 비어 아무 소리도 없음. 마음이 편안하고 고요하다.

《全唐詩》 193권 수록.

西塞山(서새산)

勢從千里奔, 直入江中斷.
嵐橫秋塞雄, 地束驚流滿.

서새산

산세는 천리를 달려 와서는,
곧바로 강물에 걸려 끊겼다.
구름은 웅장한 가을 산에 걸쳤고,
대지는 급류를 막아 가득 차있다.

| 詩意 | 서새산은, 今 湖北省 동남부 黃石市, 長江의 남안에 있는 산으로 지세가 매우 험준하여 '長江 중하류로 가는 門戶' 라고 불리고 있다.

위응물은 마치 산수화를 그린 듯 서새산의 절경을 묘사했다.

《全唐詩》 193권에 수록.

登樓(등루)

茲樓日登眺，流歲暗蹉跎.
坐厭淮南守，秋山紅樹多.

누각에 올라

이 누각에 날마다 올라 조망하며,
한 세월이 어느새 헛되이 지난다.
여기 회남의 수령으로 만족하고,
가을 산에는 붉은 단풍 가득하다.

| 詩意 | 위응물은 滁州(저주) 자사를 역임했는데, 저주는 淮南道에 속했다. 시에 나오는 厭(염)은 배불리 먹어 먹기가 싫다는 뜻이다. 여기서는 회남도의 수령으로 크게 만족한다는 뜻일 것이다.

그러면서 임지의 이 누각에서 보는 가을 산의 경치도 실컷 볼 수 있어 좋다는 뜻이다.

《全唐詩》 192권 수록.

西郊期滌武不至書示(서교기척무부지서시)

山高鳴過雨，澗樹落殘花.
非關春不待，當由期自賒.

西郊에서 滌(척), 武와 기약했지만 오지 않아 이를 지어 보여주다

높은 산에 내리는 빗소리 들리고,
냇가 나무에서는 남은 꽃이 진다.
봄을 아니 기다려도 상관없지만,
이에 우리 기약도 절로 미뤄졌네.

| 詩意 | 봄은 때맞춰 왔다가 때 되면 가버린다. 아마 봄이 지나기 전에 술 한잔하자고 약속했지만 물렁한 약속이었나 보다.

봄날이 가버려도 어쩔 수 없지만, 만날 기약이 다시 늘어지는 것이 서운했을 것이다.

《全唐詩》 187권 수록.

同褒子秋齋獨宿(동포자추재독숙)

山月皎如燭，風霜時動竹.
夜半鳥驚栖，窗間人獨宿.

褒子(포자)와 함께 秋齋에서 따로 자다

산에 걸친 달은 촛불마냥 밝은데,
서릿 바람은 대숲을 가끔 흔든다.
한밤 둥지서 자던 새가 놀라는데,
창문 아래에 홀로 잠든 사람이여!

| 詩意 | 제목의 褒子(포자)는 위응물 외종질로 위응물과 함께 滁州(저주)에서 생활하다가 병이 들었기에 같은 집에 머물면서도 다른 방에 잤기에 獨宿이라 했다는 설명이 있다. 한밤의 쓸쓸한 정경을 밀도 있게 잘 그려냈다.

《全唐詩》 193권에 수록되었다.

滁州西澗(저주서간)

獨憐幽草澗邊生，上有黃鸝深樹鳴.
春潮帶雨晚來急，野渡無人舟自橫.

滁州(저주)의 서쪽 시내

냇가에 절로 자란 풀을 홀로 좋아하나니,
위로는 노랑 꾀꼬리가 깊은 숲에서 운다.
봄물은 비가 온 뒤 불어 급히 흐르지만,
들판 나루에 행인 없어 배만 홀로 매였다.

| 註釋 | ㅇ 獨憐幽草澗邊生 – 獨憐(독련)은 혼자 좋아하다. 幽草(유초)는 芳草.

ㅇ 上有黃鸝深樹鳴 – 黃鸝(황리)는 꾀꼬리. 이를 '조정에서 날뛰는 小人'을 상징한다고 해설한 사람은 분명 정치지향적인 小人일 것이다. 시인이 쓴 대로 꾀꼬리로 해설해 주면 끝인 것을 '왜 여기서 꾀꼬리를 언급했겠느냐?'면서 정치적 해설을 한다면 모든 시가 전부 정치적인 시가 되어야 한다.

모든 시가 정치적 또는 관직과 관련된 의미를 내포하고 있지는 않다. 唐代 시인으로 관직 경험이 없는 사람은 손에 꼽을 정도이다.

ㅇ 春潮帶雨晚來急 – 春潮(춘조)는 봄철 시냇물의 수위. 봄 물. 帶雨(대우)는 비가 왔다. 晚은 저물 만. 저녁때, 늦게야.

○ 野渡無人舟自橫 – 野渡(야도)는 들판 나루터. 舟自橫은 빈 배만 비스듬히 매여 있다.

| 詩意 | 〈滁州西澗〉은 '저주의 서쪽 시내'라는 뜻이다. 위응물은 782년에 滁州(저주, 강 이름 저, 安徽省 중동부 滁州市)의 자사로 근무했었다.

1, 2句는 시인이 바라보는 주변의 경치로 강변의 풀과 숲의 꾀꼬리가 상하로 靜과 動의 대비가 이루어졌다. 그러나 결구에서는 빈 배만 비스듬히 매여 있다. 모든 것이 정지된 느낌이며, 모든 것이 다 虛靜(허정) 속에 멈췄다.

회화적 풍경 속에 시적 정취가 넘치는 서경시로 '野渡無人舟自橫'은 '詩趣'이면서 '畵趣'이다. 마치 그림을 그리듯 글을 지었다. 그렇다고 글 장난은 절대로 아니다. '無人'의 경지와 情景은 이처럼 따스하다.

《全唐詩》 193권, 《唐詩三百首》에 수록.

寒食寄京師諸弟(한식기경사제제)

雨中禁火空齋冷，江上流鶯獨坐聽.
把酒看花想諸弟，杜陵寒食草青青.

한식에 장안의 여러 아우에게 보내다

雨中에 불을 못 피니 빈방이 차갑고,
강에서 우는 꾀꼬리 홀로 앉아 듣는다.
잔 들고 꽃을 보며 여러 아우 그리나니,
한식날 杜陵에는 풀이 파릇파릇하리라.

| 詩意 | 杜陵은 본래 漢 宣帝 劉詢(유순, 재위 前 74 – 48)의 능이다. 長安城 동남의 지명으로, 근처 경치가 좋아 많은 사람들이 즐겨 찾았고, 보통 樂游原(낙유원)이라 부른다. 위응물은 본래 장안 사람이었다.

《全唐詩》188권 수록.

休暇日訪王侍御不遇(휴가일방왕시어불우)

九日驅馳一日閑，尋君不遇又空還.
怪來詩思清人骨，門對寒流雪滿山.

휴가에 王시어사를 찾았으나 만나지 못하다

아흐레 동안 바쁘다가 하루 쉬어 한가하여,
벗을 찾았으나 못 만나고 그대로 돌아왔다.
아마, 그대의 詩想이 사람을 곱게 만든 것은,
대문 앞 차가운 냇물과 눈 덮인 산 때문이리.

| 詩意 | 이 시는 위응물이 洛陽丞(낙양승)으로 재직할 때 지은 시라고 알려졌다. 위응물이 찾아간 왕 시어사는 위응물의 우인일 것이다. 위응물은 우인을 만나지 못했지만 우인의 청아한 인품과 시풍을 칭찬하고 있다.

《全唐詩》190권 수록.

與村老對飮(여촌로대음)

鬢眉雪色猶嗜酒，言辭淳朴古人風.
鄉村年少生離亂，見話先朝如夢中.

촌로와 술을 마시다

귀밑털 눈썹도 희지만 술을 늘 좋아하고,
언사가 순박하여 옛사람의 풍모로다.
마을의 젊은이는 난리를 만나 흩어졌다니,
先朝의 이야기를 들으면 마치 꿈속 같구나.

| 詩意 | 安史의 난 이후 농촌 지역의 실상이 눈에 보이는 듯하다. 사람 살기는 어느 곳이나 마찬가지이다. 어디든 순박한 촌로가 있고 불량한 젊은이도 있다. 나이 들고 점잖은 村老와 술을 마시며 옛날 있었던 이야기를 듣는 재미는 지금 사람도 마찬가지이다.

《全唐詩》186권에 수록되었다.

采玉行(채옥행)

官府徵白丁，言采藍谿玉.
絶嶺夜無家，深榛雨中宿.
獨婦餉糧還，哀哀舍南哭.

옥돌 채취

관청에서 백정을 징발하여,
藍溪(남계) 옥돌을 캔다.
외진 산마루에 인가도 없어,
비가 와도 개암나무 밑에서 잔다.
불쌍한 아내 음식 주고 와서는,
슬피도 초가 마당서 통곡한다.

| 詩意 | 백성의 노동력 강제 징발은 국가의 주요한 수입원이 되었지만, 징발당한 백성은 큰 고통이었다.

'言采藍谿玉' 에서 言은 發語辭(발어사)이고, 藍溪는 今 陝西省 藍溪縣인데, 예로부터 옥돌 산지로 유명했다.

부역에 징발당한 남편의 음식을 갖다주고 돌아와 통곡하는 아낙의 심정을 위정자는 모를 것이다. 시인의 현실 고발이다.

《全唐詩》 195권에 수록.

初發揚子寄元大校書(초발양자기원대교서)

悽悽去親愛，泛泛入煙霧.
歸棹洛陽人，殘鐘廣陵樹.
今朝此爲別，何處還相遇.
世事波上舟，沿洄安得住.

揚子나루를 막 떠나며 校書郎 元大에게 주는 글

처량히도 親愛하는 사람을 떠나,
출렁이며 짙은 안갯속을 간다.
떠나는 배에는 낙양 가는 나그네,
광릉의 종소리 숲에 스러진다.
오늘 아침 이리 헤어지면,
어디서 다시 서로 만나겠는가?
세상사 물결에 뜬 배 같으니,
내리든 오르든 어찌 멈추겠는가?

| 註釋 | ○ 〈初發揚子寄元大校書〉 - 〈揚子나루를 막 떠나며 校書郎 元大에게 주는 글〉.

동사 앞에 붙은 初는 ~하자마자의 뜻. 揚은 오를 양. 揚子 - 揚州(今 江蘇省 揚州市)와 鎭江(진강, 鎭江市) 사이의 長江을 특히 揚子江이라고 불렀다. 元大는 元씨 집안의 큰아들. 맏이. 校書는 校書郎, 궁중의 秘書로 칙명이나 문서, 저술의 校勘(교감, 校正)을 담당했다. 이 시는 《全唐詩》 187권과 《唐詩三百首》에 수록되었다.

○ 悽悽去親愛 – 悽는 슬퍼할 처. 悽悽는 서글프고 처량한 심정.

○ 泛泛入煙霧 – 泛은 뜰 범. 泛泛 – 배가 출렁출렁 흔들리는 모양. 煙霧(연무)는 짙은 안개. 지금은 smog(스모그)란 뜻으로도 쓰인다. 위 구절은 友人과의 아픈 이별. 그리고 對句로서 이 구절은 짙게 깔린 江上의 안개로 떠나는 이의 참담한 心境을 대신했다.

○ 歸棹洛陽人 – 棹는 노 도. 배. 歸棹(귀도)는 돌아가는 배. 운하를 이용하여 낙양으로 가는 배. 작자 자신이 타고 있다. 洛陽은 唐나라의 東都.

○ 殘鐘廣陵樹 – 殘鐘(잔종)은 종소리의 餘韻. 廣陵(광릉)은 江都(양자강과 대운하의 합류 지점). 作者의 벗 元 校書郞이 남아 있는 곳.

○ 世事波上舟 – 波는 물결 파. 波上舟는 물결 위의 배. 위험하다는 뜻과 함께 자신의 마음대로 되지 않는다는 뜻을 포함한다.

○ 沿洄安得住 – 沿은 따를 연. 강물을 따라 흘러 내려가다. 洄는 물을 거슬러 올라갈 회. 安은 어찌. 의문부사. 여기서 住는 '멈춰서다'. 安得住는 어찌 멈춰 있겠는가? 마음대로 安住할 수 있는가? 그렇지 못하다는 의미.

| 詩意 | 벗과 이별을 하면서 파도에 나부끼는 배처럼 變化無常한 인생살이를 언급한 詩이다.

首聯의 '悽悽去親愛, 泛泛入煙霧.' 의 대구에서 시인은 이별의 처연한 심정과 안갯속으로 떠나가는 배를 빌려 이별의 아쉬움을 토로하고 있다.

2聯의 '歸棹洛陽人, 殘鐘廣陵樹.' 는 숲에서 들려오는 종소리의 여운마저 멀어진다고 했으니, 이 또한 아쉬움의 또 다른 발현이라 할 수 있다.

3聯의 '何處還相遇' 는 1聯의 '泛泛入煙霧' 를 받는다. 末聯의 '世事波上舟, 沿洄安得住.' 는 首聯의 '悽悽去親愛' 를 구체적으로 묘사했다.

寄全椒山中道士(기전초산중도사)

今朝郡齋冷, 忽念山中客.
澗底束荊薪, 歸來煮白石.
欲持一瓢酒, 遠慰風雨夕.
落葉滿空山, 何處尋行迹.

전초산의 도사에게 보내다

오늘 아침 관아가 썰렁하여,
홀연 산속 도사가 보고 싶었다.
계곡 아래서 잡목을 주어다가,
돌아와 白石을 삶고 있으리라.
바라건대 술 한 병 들고 가서,
한밤의 풍우를 멀리서나 위로하련다.
낙엽이 空山에 가득할 텐데,
어디서 그 행적을 찾겠는가?

| 註釋 | ㅇ 〈寄全椒山中道士〉 - 〈전초산의 도사에게 보내다〉. 《全唐詩》 188권과 《唐詩三百首》에 수록된 유명한 名詩이다.

韋應物은 德宗(재위 779 - 805) 建中 2년(781)에 滁州(저주)의 刺史(자사)였다. 椒는 산나무 초. 全椒는 地名, 滁州의 전초현에 있는 산. '전초현에 神山이 사는데, 동굴은 깊고 景觀이 그윽하고 아름답다.(縣有神山, 有洞極深, 景物幽邃.)' 고 하였다.

○ 今朝郡齋冷 – 郡齋(군재)는 郡 官衙의 숙소. 唐代에는 州를 郡이라고도 했다.

○ 忽念山中客 – 忽은 갑자기, 돌연. 山中客은 全椒 山中의 道士.

○ 澗底束荊薪 – 澗은 계곡의 시내 간. 底는 밑 저. 澗底는 계곡 아래에서. 束은 묶다. 荊은 가시나무 형. 薪은 땔나무 신. 荊薪은 잡목, 땔나무.

○ 歸來煮白石 – 煮는 삶을 자. 煮白石은 흰 돌을 물에 넣고 끓이다. 신선처럼 살다.

중국 神仙들이 일반적인 특성은 인간과 달리 양식 걱정을 하지 않고 병에 걸리지도 또 죽지도 않는다. 그리고 자신의 형체를 마음대로 바꿀 수 있다는 특성을 가지고 있다. 白石(흰 돌)을 끓여 먹는다는 이야기는 '신선의 이야기', 곧 仙話에 나오는 단골 소재이다. 《神仙傳》에 실려 있는 白石生의 이야기는 대략 다음과 같다.

白石生은 中黃丈人(중황장인)이라고도 부르는 黃帝(황제) 때 사람이다. 신선이 되었으나 승천하지 않았다. 그는 다만 長生을 귀하게 여겼고 金液(금액)을 가장 좋은 仙藥이라 생각했다. … 白石을 삶아 양식으로 대신했기에, 또 白石山에 들어가 수련했기 때문에 白石先生이라고 불렀다. 하루에 삼사백 리를 갈 수 있었고 얼굴은 약 서른 살 정도의 젊은이 같았다고 한다. 2천 년을 넘게 살았다고 하는 백석생에게 신선이면서 왜 승천하지 않느냐고 물었더니 "天上이 인간 세계만큼 즐겁지 않다."고 말했다고 한다.

○ 欲持一瓢酒 – 瓢는 박 표. 바가지. 박으로 만든 그릇. 一瓢酒는

술 한 바가지. 한 병〔壺(호)〕보다도 적은 양.

○ 何處尋行迹 – 尋은 찾을 심. 迹은 자취 적. 이 4聯은 인구에 너무 회자하는 名句이다.

| 詩意 | '관아가 유난히 싸늘하고, 홀연히 산속에 사는 도사 생각이 난다.' 고 한 말은, 곧 '복잡한 벼슬살이에 시달린 그가 홀연히 은퇴하고 싶다.' 는 뜻이다.

그러나 속세를 떠나 숨어사는 도사를 어디에 가서 찾으랴? 자기와 도사의 간격이 너무나 먼 것을 새삼 느끼고 있다.

1, 2聯은 산중의 도사를 생각하는 시인의 심경을 묘사하였다. 3, 4聯은 은자의 생활을 동경하는 시인의 마음을 읊었다.

淮上喜會梁川故人(회상희회양천고인)

江漢曾爲客，相逢每醉還.
浮雲一別後，流水十年間.
歡笑情如舊，蕭疎鬢已斑.
何因北歸去，淮上對秋山.

淮水에서 반갑게 梁川의 친우를 만나다

漢水에서 나그네로 떠돌 때,
서로 만나면 늘 취해선 돌아갔지.
구름처럼 한번 떠나간 뒤로,
유수같이 십 년이 지났도다.
기뻐 담소하니 마음은 예 그대로나,
성긴 머리칼은 이미 반백이로다.
무엇 때문에 북으로 돌아가는가?
회수에서 가을 산을 보아도 좋다오.

| 註釋 | ○ 〈淮上喜會梁川故人〉 - 〈淮水에서 반갑게 梁川의 친우를 만나다〉. 《全唐詩》 186권과 《唐詩三百首》에 수록되었다. 梁川은 梁州. 唐代에는 지금의 陝西省 漢中, 南鄭 일대. 長安의 서남쪽 漢水의 상류지역. 시인은 지금 회수에서 옛날 양주에서 같이 놀던 시인을 만났다.

○ 江漢曾爲客 - 江漢은 漢水, 한강.

○ 相逢每醉還 – 每醉還은 늘 취해서는 돌아갔다.

○ 浮雲一別後 – 浮雲처럼 한번 헤어진 뒤에 1구의 '爲客'에 應한다.

○ 流水十年間 – 浮雲과 流水의 對偶. 浮雲은 헤어졌던 友人이고, 流水는 그동안의 행적일 것이다.

○ 蕭疎鬢已斑 – 蕭疎(소소)는 성기다. 稀少하다. 얼마 남지 않은. 鬢(살쩍 빈)은 髮. 斑은 얼룩 반. 여기서는 희어지다. 斑白은 희끗희끗하다. 이斑은 4句의 流水에 응한다.

○ 何因北歸去 – 何因(하인)은 무엇 때문에. 北歸去는 不歸去로 된 판본도 있으니, 완전히 다른 뜻이 된다.

○ 淮上對秋山 – 淮上은 淮水의 강에서. 江蘇省 淮陰 일대.

| 詩意 | 옛날 梁州(양주)에서 같이 취해 즐겼었다. 그러다가 浮雲과 같이 헤어진 뒤 流水처럼 흘러버린 10년 – 서로 그리워하면서 헤어져 있었다. 이제 만나 옛정이 새롭지만 이미 반백이 되었다고 했다. 그러면서 시인은 友人에게 양주로 돌아가지 말고 淮水에서 같이 지내자는 뜻을 표현했다.

浮雲과 流水는 실제의 묘사가 아닌 상징이다. 부운은 정처 없는 존재로 환상과 갇고 언제든지 떠나려는 속성이 있다. 유수는 無常이며 그러다 보니 반백이 되었다.

浮雲과 流水 – 이런 상징으로 시인은 자신의 감정을 대체한다. 하기야 淮水(회수)에서의 만남도 浮雲과 流水의 한 부분일 것이다.

賦得暮雨送李胄(부득모우송이주)

楚江微雨裏，建業暮鐘時.
漠漠帆來重，冥冥鳥去遲.
海門深不見，浦樹遠含滋.
相送情無限，沾襟比散絲.

詩題 '暮雨(모우)'로 李胄(이주)를 전송하다

楚江의 가랑비가 내리는데,
建業의 저녁 종을 칠 때다.
짙은 안개에 돛배는 천천히 들어오고,
진한 어스름에 새도 느리게 날아간다.
海門은 깊숙하여 보이지도 않고,
포구 나무는 멀리 물기를 머금었다.
서로 보내는 정 끝이 없으니,
옷깃 적시는 눈물은 가랑비 같아라.

| 註釋 | ○ 〈賦得暮雨送李胄〉 – 〈詩題 暮雨로 李胄를 전송하다〉.

賦得은 '詩題를 얻다'. 이전 사람의 詩題나 詩句를 나의 詩 제목으로 삼을 경우 '賦得' 이란 말을 붙였다. 본래 과거시험의 詩題나 應制詩에는 前人의 시제나 시구를 활용했기에 '賦得' 이라 했다. 또 여러 사람이 같은 제목으로 시를 지을 때도 그러하였다. 胄는 투구 주. 李胄 또는 李曹라는 책도 있는데, 인명 미상.

○ 楚江微雨裏 – 楚江은 長江 중에서 옛 楚의 영역을 흐르는 부분을 특별히 楚江이라고도 불렀다. 금강의 일부분을 白馬江, 낙동강의 일부분을 黃山江이라 하는 것과 같다. 裏는 속 이(리). 물건의 안쪽. 表의 반대. 裡와 同. 表裏不同.

○ 建業暮鐘時 – 建業(건업)은 지금의 江蘇省 南京市. 孫權의 吳 이후 6朝의 수도였다. 暮鐘 – 저녁 종을 칠 때.

○ 漠漠帆來重 – 漠은 사막 막. 고요하다. 끝없다. 널리 펴다. 漠漠은 (구름 연기 안개 등이) 짙게 낀 모양. 帆來重 – 돛이 비에 젖어 처진 채로 들어오다. 배가 느리게 들어오다.

○ 冥冥鳥去遲 – 冥冥(명명)은 날이 어둑어둑한 모양. 鳥去遲(조거지)는 새도 천천히 날다.

○ 海門深不見 – 海門은 長江이 바다로 들어가는 곳. 深不見은 아주 멀어 보이지 않다. 深遠.

○ 浦樹遠含滋 – 遠含滋(원함자)는 멀리까지 물기를 머금었다. 滋는 불을 자. 불어나다. 번식하다. 젖어 있다〔滋潤(자윤)〕.

○ 相送情無限 – 서로 보내는 정은 끝이 없다.

○ 沾襟比散絲 – 沾은 더할 첨. 襟은 옷깃 금. 옷소매. 散絲는 흐트러진 실. 가늘게 내리는 비. 比는 ~에 비할 수 있다. ~로 간주하다. 닮게 하다. 본뜨다.

| 詩意 | 이 시는 제목 그대로 '暮(저녁)과 雨(비)'의 이미지로 시의 抒情이 제한되었다.

이 시의 구성을 보면 1구는 雨(微雨), 2구는 暮(저녁 종소리), 3구는 雨(짙은 구름), 4구는 暮(冥冥), 5구는 暮(不見), 6구는 雨(含

滋)를 묘사하고 있다. 그리고 送別의 情은 7, 8구에 그렸는데, 그것도 옷깃을 적시는 눈물 = 가랑비(散絲)로 형상화 되었다. 특히 3, 4구는 절묘하여 많은 사람들이 외우는 名句라 하였다.

시인은 지금 부슬부슬 비가 내리는 저녁때, 포구에서 이별하고 있다. 경치에 대한 묘사 기법이 상세하면서도 간절하며, 動과 靜, 遠景과 近景의 대비도 절묘하다. 그리고 尾聯에 이별의 情과 비 내리는 저녁(暮雨)의 景이 하나로 융합되었다. 마지막 연 뿐만 아니라 각 句의 情景과 別離의 情 모두 같으니, 곧 '比'는 이 시 전체에 통한다고 볼 수 있다.

寄李儋元錫(기이담원석)

去年花裏逢君別，今日花開已一年.
世事茫茫難自料，春愁黯黯獨成眠.
身多疾病思田里，邑有流亡愧俸錢.
聞道欲來相問訊，西樓望月幾廻圓.

李儋과 元錫에게 주다

작년 꽃 필 때 만났다 이별했는데,
오늘 꽃이 피었으니 또 일 년이 되었소.
세상일이란 망망하여 헤아리기 어렵고,
봄날 수심에 울적하게 잠을 청한다오.
몸에 이런저런 병이 있어 고향 생각도 하고,
고을에 난민이 들어 봉록 받기도 부끄럽다오.
듣기로는 내게 오려 둘이 서로 물었다니,
西樓의 보름달을 몇 번 보아야 할는지?

| 註釋 | ○ 〈寄李儋元錫〉 〈李儋과 元錫에게 주다〉.

《全唐詩》 188권과 《唐詩三百首》에 수록되었다.

李儋(이담, 멜 담)의 字는 元錫이라며 한 사람으로 보는 해설이 있는데, 성+이름+字를 나란히 병기한 예는 거의 없다. 韋應物의 문집에 〈寄別李儋〉이라는 시가 있다 하니, 두 사람으로 보는 것이 타당할 것이다. 이담은 위응물의 友人, 殿中侍御使 역임. 元錫

의 人物 未詳.

○ 去年花裏逢君別 – 去年은 昨年. 花裏는 꽃이 피었을 때.

○ 世事茫茫難自料 – 茫茫(망망)은 아득하여 잘 안 보이는 모양. 헤어져 있는 1년 동안 여러 가지 일이 있었다는 뜻을 암시하며 友人이 어서 와주기를 바라는 시인의 마음이 들어있다.

○ 春愁黯黯獨成眠 – 黯은 어두울 암. 黯黯은 실의 속에 근심하는 모양.

○ 身多疾病思田里 – 田里(전리)는 田園 鄉里. 思田里는 隱居를 생각하다.

○ 邑有流亡愧俸錢 – 邑, 당시 위응물은 蘇州刺史로 근무하고 있었다. 流亡은 流民. 愧는 부끄러워할 괴. 俸錢은 俸祿. 급여.

○ 聞道欲來相問訊 – 訊은 물을 신. 相問訊은 이담과 원석 두 사람이 서로 물었다.

○ 西樓望月幾廻圓 – 西樓는 蘇州 서문의 觀風樓. 幾廻는 몇 번째.

| **詩意** | 1, 2구에서는 경치를 그려 뜻을 말한 것으로, 다시 꽃피는 1년이니 友人이 그립다는 뜻을 먼저 표명했다. 이어 자신의 심회를 말하고 5, 6구에서는 질병 그리고 牧民의 어려움을 토로하였다. 유민이 대거 몰려들었을 때 지방관은 우선 구휼을 해서 안정시켜야 할 막중한 책임감을 느낄 것이다. 혹시 民亂이나 소요가 일어나면 그 책임을 면하기 어려울 것이다.

특히 '身多疾病思田里, 邑有流亡愧俸錢.' 이 두 구절은 훌륭한 지방관의 애민정신을 표현한 말이면서 '仁人' 만이 할 수 있는 말

이라고 칭송하는 사람이 많다.

마지막으로 두 사람이 내방하려고 서로 날짜를 물었다는 소식을 들었다면서 友人들이 빨리 오기를 바라는 마음으로 作詩의 본뜻을 확실히 하였다.

長安遇馮著(장안우풍저)

客從東方來, 衣上灞陵雨.
問客何爲來, 采山因買斧.
冥冥花正開, 颺颺燕新乳.
昨別今已春, 鬢絲生幾縷.

長安에서 풍저를 만나다

길손은 동쪽에서 왔으니,
옷이 파릉의 비에 젖었구려.
객은 무슨 일로 왔나 물으니,
나무 찍을 도끼 사러 왔다네.
그간 거기엔 꽃이 한창이었고,
제비는 날며 새끼를 키웠겠지.
전번 헤어지고 지금 또 봄이니,
귀밑머리에 몇 가닥 실이 생겼네!

| 註釋 | ○ 〈長安遇馮著〉 - 〈장안에서 馮著(풍저)를 만나다〉. 馮은 성씨 풍, 탈 풍. 遇는 만날 우. 우연히 만나다. 풍저는 《全唐詩》 註에 '廣州의 錄事(녹사)를 지냈다.' 고 했다. 韋應物의 벗으로 당시는 은퇴하고 산중에 살고 있었다. 위응물은 풍저를 위해 몇 편의 시를 지었다. 《全唐詩》 190권, 《唐詩三百首》에 수록되어 유명한 시이다.
○ 客從東方來 - 길손은 동쪽에서 오셨으니. 從은 좇을 종. ~을

따르다. ~로부터(장소 시간의 출발점을 나타냄.)

○ 衣上灞陵雨 - 灞는 강 이름 파. 灞陵(파릉)은 漢 文帝의 陵墓. 파수의 주변 능묘를 이용하여 검소한 薄葬(박장)을 하였기에 도굴 당하지 않은 능묘를 알려졌다.

○ 問客何爲來 - 何爲는 무엇을 하려고, 어째서, 왜, (따지는 말투로) 무얼 하느냐?

○ 采山因買斧 - 采는 캘 채. 採와 同. 采山(채산)은 산에서 나무를 베고 자르려고. 山地를 개간하다. 因은 인할 인. (전례를) 따르다. 이유, 근거하다. ~때문에, ~거쳐서. 斧는 도끼 부.

○ 冥冥花正開 - 冥은 어두울 명. 冥冥은 무성한 모양. 正은 마침, 꼭, 바로, 한창, 바야흐로. 副詞로 쓰임. 동작이나 상태의 지속을 의미.

○ 颺颺燕新乳 - 颺은 날릴 양. 颺颺은 바람에 날리는 모양. 燕은 제비. 乳는 젖 유. 새나 짐승의 새끼. 아이를 낳다. 젓을 먹이다. 기르다. 이 두 구절은 작년에 만났을 때의 정경을 묘사한 것임.

○ 鬢絲生幾縷 - 鬢은 귀밑머리 빈. 縷는 실 루. 흰머리.

| 詩意 | 문답체로 된 五言古詩이다. 長安에서 우연히 친구를 만났다. 그 친구는 장안 동쪽 파릉에서 소나기를 맞고 왔을 것이다. 그의 옷이 아직도 빗물에 젖어 있다. 그 친구에게 '어떻게 왔느냐?' 고 물으니, '산에 살면서 나무를 자른다. 그러므로 도끼를 사러 왔다.' 고 대답했다. '冥冥花正開, 颺颺燕新乳(양양연신유)' 는 '서로 이별한 때' 를 설명한다. 즉 우리가 작별한 때도 생명이 넘치는 봄철이었다. 그리고 또 봄에 만났다. 그런데 전보다 백발이 더 많아졌다. 피차 늙어가는 인생의 덧없음을 한탄하는 시다.

夕次盱眙縣(석차우이현)

落帆逗淮鎭, 停舫臨孤驛.
浩浩風起波, 冥冥日沈夕.
人歸山郭暗, 雁下蘆洲白.
獨夜憶秦關, 聽鐘未眠客.

저녁에 우이현에 묵다

외로운 돛배 淮水 마을에 머물러,
배를 멈추고 외진 역참에 들었다.
넓은 수면에 바람이 물결을 치고,
어슴푸레 해가 넘어간 저녁이다.
사람들 돌아오자 산은 어둠에 묻히고,
기러기 내린 갈대밭은 희끗희끗하다.
홀로 새는 밤에 고향을 그리면서,
종소리 들으며 잠 못 드는 나그네다.

| 註釋 | ㅇ 〈夕次盱眙縣〉 - 〈저녁에 盱眙縣(우이현)에 묵다〉.

次는 숙박하다. 배를 대고 숙박하다. 우이현은 지금의 江蘇省(강소성) 서부의 盱眙縣. 북으로는 洪澤湖가 있음. 安徽省과 인접. 盱(클 우)는 盱(쳐다볼 우). 盰(눈 부릅뜰 간)과 혼동하기 쉬운 글자. 眙는 땅이름 이. 《全唐詩》 191권과 《唐詩三百首》에 수록된 명시.

ㅇ 落帆逗淮鎭 - 帆은 돛 범. 逗는 머무를 두. 逗留(두류). 鎭은 본

래는 軍부대 주둔지의 의미. 지금은 縣 관할하의 행정단위. 현재 중국의 縣은 우리나라 郡보다 면적이나 인구가 비교가 안 될 정도로 많다. 현재의 江蘇省 淮安市 관할 우이현은 인구가 75만 명 정도라는 통계가 있다. 縣 아래 鄕은 우리나라의 농촌 마을 중심의 面 단위, 鎭은 도시 형태가 갖추어지고 상공업이 주가 되는 邑 단위라 생각하면 된다. 淮鎭(회진)은 淮水의 어떤 鎭. 淮河鎭이라는 설명도 있다.

○ 停舫臨孤驛 – 停은 머무를 정. 舫은 배 방. 驛은 驛站(역참). 古代에 軍事情報를 전달하는 관리의 숙식을 제공하거나 換馬하는 곳. 唐代에는 전국에 1,650개의 驛站이 있었다. 중앙은 兵部의 駕部郎中이 총괄했고, 절도사 관할하거나 또는 현령이 관내의 역참을 관리했다. 안록산의 난 때 범양에서 안록산의 起兵 사실은 역참을 통해 3,000리 떨어진 長安에 6일만에 전해졌다고 한다.(今, 北京에서 西安市까지 6일 소요되었다는 의미.)

○ 浩浩風起波 – 浩는 클 호. 물이 아주 넓게 흐르는 모양. 浩浩는 광활하다, 끝없이 넓다.

○ 冥冥日沈夕 – 冥은 어둘 명. 冥冥은 어둡고 캄캄하다. 沈은 가라앉을 침. 물에 잠기다.

○ 人歸山郭暗 – 郭은 성곽 곽. 둘레. 山郭暗은 산마을이 어둠에 잠기다.

○ 雁下蘆洲白 – 蘆는 갈대 노. 洲는 물가 주. 강 주변의 땅. 蘆洲는 갈대밭.

○ 獨夜憶秦關 – 憶은 생각할 억. 秦關(진관)은 秦(關中)의 關門. 韋應物은 長安 사람이다. 작가 자신의 고향.

| 詩意 | 여덟 구로 된 五言古詩이다. 7, 8句만 제외하고 나머지는 다 대구로 되었다. 어두운 밤 강가에 배를 대고 고향 생각을 하며 잠을 못 자는 나그네의 고독한 심정이 잘 그려져 있다.

'浩浩風起波' 와 '冥冥日沈夕' 이 對句,

'人歸山郭暗' 과 '雁下蘆洲白' 도 대구다.

또 '浩浩風起波 冥冥日沈夕' 과 '人歸山郭暗 雁下蘆洲白' 도 대구다.

특히 人歸~와 雁下~는 對象(人, 雁), 규모(山郭, 蘆洲), 視覺(暗, 白)의 절묘한 대구이다.

그리고 마지막 구 '聽鐘未眠客' 에 종을 울리는 청각효과가 있어 나그네는 어떻든 잠이 못 들게 되어있다.

南宋의 胡仔(호자, 1095 – 1170)는《苕溪漁隱叢話(초계어은총화)》에서 '李白과 杜甫 이래로 옛사람의 詩法이 시들었으나, 오직 위응물만이 六朝의 풍치를 지니고 있으며, 유창하고 아름답다.(自李杜以來, 古人詩法盡廢, 有蘇州有六朝風致, 最爲流麗.)' 고 하였다.

東郊(동교)

吏舍跼終年，出郊曠清曙.
楊柳散和風，青山澹吾慮.
依叢適自憩，緣澗還復去.
微雨靄芳原，春鳩鳴何處?
樂幽心屢止，遵事跡猶遽.
終罷斯結廬，慕陶眞可庶.

동쪽 교외

관사에 매여 살기 내내 일 년,
성밖에 가니 트인 아침이 시원하다.
버들은 따신 바람에 흔들거리고,
청산은 나의 수심을 지워 준다.
숲에 들어서 내 마음껏 쉬고,
계곡 따라서 절로 가고 온다.
봄비 내리고 안개 낀 멋진 벌판,
우는 봄 비둘긴 어디에 있는가?
한적한 곳에 자주 머물고 싶지만,
공사에 쫓긴 걸음 급하기만 하다.
벼슬이 끝나면 여기 오두막 짓고,
도연명 그리는 뜻 기어이 이루리라.

| 註釋 | ○ 吏舍跼終年 – 吏舍는 官舍. 跼은 구부릴 국. 매어 산다는 의미. 終年은 일 년 내내.

○ 出郊曠淸曙 – 郊는 성 박 교. 郭으로 된 판본도 있다. 曠 밝을 광. 曙 새벽 서. 날이 밝다. 淸曙는 淸涼한 아침.

○ 靑山澹吾慮 – 澹은 담박할 담. 연하게 하다. 걱정을 덜어주다. 淡(묽을 담)과 同.

○ 依叢適自憩 – 叢은 모일 총. 무더기. 依叢(의총)은 우거진 풀, 혹은 버드나무 숲속에서. 適은 갈 적. 알맞다. 마침. 방금. 마음 내키는 대로. 憩은 쉴 게.

○ 緣澗還復去 – 緣은 가장자리 연. 까닭, 인연. ~을 따라가다. ~을 沿(연)하다. 澗은 골짜기의 시내 간. 還復去(환부거)는 오락가락한다, 왔다 갔다 하다.

○ 微雨靄芳原 – 靄는 아지랑이 애. 嵐氣(남기). 안개 자욱한 모양. 芳은 꽃다울 방. 芳原은 아름다운 들판. 이슬비 안개처럼 촉촉이 풀을 적시다.

○ 春鳩鳴何處 – 鳩는 비둘기 구. 鳴은 울 명.

○ 樂幽心屢止 – 樂幽心은 한적함(幽)을 좋아하는(樂) 마음(心). 屢는 자주 누(루).

○ 遵事跡猶遽 – 遵은 좇을 준. 遵事는 공무를 준수하다. 跡은 자취 적. 발걸음. 遽는 갑자기 거. 바쁘다. 日常遽는 하루하루가 바쁘기만 하다.

○ 終罷斯結廬 – 罷는 방면할 파. 그만두다. 廬는 오두막집 여(려). 結廬는 작은 집을 짓다.

(참고) 陶淵明의 〈飮酒, 五〉「結廬在人境, 而無車馬喧. 問君

何能爾, 心遠地自偏. 采菊東籬下, 悠然見南山. 山氣日夕佳, 飛鳥相與還. 此中有眞意, 欲辨已忘言.」

○ 慕陶眞可庶 – 慕陶는 도연명을 흠모하다. 庶는 여러 서. 거의.

| 詩意 | 봄철에 생기 넘치는 들판에서 벼슬살이에 시달리는 자신을 한스럽게 여기는 시다. 특히 마지막 구절에서 '벼슬이 끝나면 여기 오두막 짓고 도연명 그리는 뜻 기어이 이루리라.' 면서 솔직하게 자신을 표출하고 있다.

위응물은 평소에도 도연명의 은퇴 사상과 시를 흠모했으며, 실제로 도연명의 시구를 본뜬 것도 많다. 도연명의 〈歸去來辭〉에 '登東皐以舒嘯' 라는 구절이 있다. 이 시의 제목 동교(東郊)는 '東皐(동고, 못 고)' 를 본뜬 것이다. 위응물의 〈擬古詩(의고시) 12수〉 '效陶彭澤(효도팽택)', '效陶體', '雜詩 5수' 등의 제목이 있는데, 모두 도연명을 본뜬 것이다.

본시는《全唐詩》192권,《唐詩三百首》에 수록되었다.

送楊氏女(송양씨녀)

永日方慼慼，出行復悠悠.
女子今有行，大江泝輕舟.
爾輩苦無恃，撫念益慈柔.
幼爲長所育，兩別泣不休.
對此結中腸，義往難復留.
自小闕內訓，事姑貽我憂.
賴茲託令門，仁恤庶無尤.
貧儉誠所尙，資從豈待周.
孝恭遵婦道，容止順其猷.
別離在今晨，見爾當何秋.
居閑始自遣，臨感忽難收.
歸來視幼女，零淚緣纓流.

양씨 집안에 딸을 보내며

긴긴 세월 늘 서글펐지만,
보내야 하니 더 아득하도다.
딸애는 지금 시집을 가야 하고,
큰 강에 작은 배로 거슬러 가야 한다.
너희는 어미 없이 힘들었는데,

가엽다 생각에 더 사랑만 주었다.
어린 동생은 언니 손에 자랐으니,
둘이 헤지며 울길 긋지 못하도다.
이를 보는 나도 애가 맺히지만,
의당 가야니 더 머물 수 없어라.
어릴 적 크면서 內訓이 없었으니,
시모 잘 모실지 내게도 걱정이라.
이제 좋은 집에 가게 되었으니,
어여삐 살펴주면 허물 거의 없으리라.
아껴 검약하기는 정말 지켜야 하니,
혼수 두루 갖추길 어찌 바라겠나?
효순 공경으로 婦道를 지켜야 하고,
용모와 행실에 法度를 따라야 한다.
헤어지긴 오늘 아침이지만,
너를 언제나 다시 보랴?
평소엔 그런대로 보냈다지만,
이별 앞에 홀연 참기가 어렵도다.
보내고 돌아와 어린 딸을 보니,
흐르는 눈물이 갓끈 타고 내린다.

| 註釋 | ○ 〈送楊氏女〉 – 〈양씨 집안에 딸을 보내며〉.

《全唐詩》 189권, 《唐詩三百首》에 수록되어 널리 읽혀진다.

위응물이 딸을 양씨 집안에 시집보내면서 지은 시. '前妻 楊氏

의 소생 딸' 이라 해석할 수 있는데, 곧 본처의 딸도 자기 딸인데 '楊氏女' 라면 좀 이상할 것이다. 우리나라에서도 楊씨 집안에 딸을 시집보냈다면 친정에서 그 딸을 지칭할 때는 '楊室人' 이라 한다. 시집보낸 딸은 外人이니, 시집간 집안의 성씨로 부른다. 여기서도 같은 뜻이다.

○ 永日方慼慼 – 永日은 지나간 오랜 세월. 慼은 슬플 척. 方慼慼은 더없이 슬펐다. 시집을 보내는 딸의 어미가 일찍 죽었었다.

○ 出行復悠悠 – 아득히 먼 곳으로 시집을 가는구나. 悠는 멀 유. 永日方慼慼을 '(시집가는 날) 종일토록 서글프고 걱정스럽게 보내다.' 로, 出行復悠悠를 '더 멀고 먼 곳으로 시집을 가다.' 로 풀이할 수 있다.

○ 女子今有行 – 딸아이가 지금 시집을 간다. 《詩經 邶風(패풍)》〈泉水〉에 '女子有行, 遠父母兄弟.(딸이 시집을 가네, 부모 형제와 멀어지네.)' 라는 구절이 있다.

○ 大江泝輕舟 – 泝는 거슬러 올라갈 소. 輕舟(경주)는 작은 배.

○ 爾輩苦無恃 – 爾는 너 이. 爾輩(이배)는 너희들. 출가하는 언니와 집안의 여동생. 恃는 믿을 시. 無恃(무시)는 어머니 없이 자랐다. 《詩經 小雅》〈蓼莪(요아)〉에 '無父何怙, 無母何恃.(아버지가 없으면 누구를 믿고, 어머니가 없으면 누구를 의지하랴.)' 는 구절이 있으니 怙(믿을 호)를 아버지, 恃(믿을 시)를 어머니 뜻으로도 쓴다.

○ 撫念益慈柔 – 撫는 어루만질 무. 撫念은 (아버지로서) 불쌍히 여기는 마음. 益慈柔(익자유)는 더욱 자애롭고 부드럽게 대하고 길렀다.

○ 幼爲長所育 – 어린 동생은 언니 손에 양육되었다.

○ 兩別泣不休 – 兩은 두 딸. 泣은 울 읍. 休는 쉴 휴. 그치다.

○ 對此結中腸 – 이는 아버지의 마음을 묘사한 구절임.

○ 義往難復留 – 義往(의왕)은 도리상, 당연히 가야 한다. 여자는 20세가 되면 출가해야 한다.

○ 自小闕內訓 – 闕은 대궐 궐. 모자라다. 어려서부터 어머니 없이 자랐으므로 內訓이 부족하다. 內訓은 가정에서 지키고 행할 婦女의 도리에 대한 교육.

○ 事姑貽我憂 – 姑는 시어미 고. 貽는 끼칠 이. 주다.

○ 賴茲託令門 – 賴는 힘입을 뇌(뢰). 茲는 이 자. 이것. 託令門(탁영문)은 명망이 높은 시댁 사람들에게 의탁하다.

○ 仁恤庶無尤 – 恤은 동정할 휼. 仁恤은 어진 마음으로 돌보다. 시댁에서 잘 돌보아 줄 것이니. 庶는 여러 서. 거의. 尤는 더욱 우. 허물. 원망.

○ 貧儉誠所尙 – 貧은 貧寒한 생활. 儉은 儉素, 質儉. 誠은 진실로. 所尙은 숭상하는 바.

○ 資從豈待周 – 資從(자종)은 출가할 때의 혼수품. 周는 두루 주. 준비하다. 周到(주도)하다. 豈待周는 어찌 두루 다 갖추기를 바라겠는가?

○ 孝恭遵婦道 – 孝는 孝順. 恭은 恭儉. 遵은 좇을 준. 순종하다. 지키다. 婦道는 婦人之道

○ 容止順其猷 – 容止는 용모와 行動擧止(행동거지). 얼굴 표정이나 옷차림새와 기거동작 등. 猷는 꾀할 유. 法度. 順其猷(순기유)는 그 순리를 따르다.

○ 別離在今晨 – 別離는 離別과 同. 晨은 날 신. 새벽. 아침.

○ 見爾當何秋 – 爾는 너 이. 何秋는 언제? 어느 해. 秋는 때, 시기, 해(年), 연세, 세월.

○ 居閑始自遣 – 居閑은 편안할 때, 딸을 보내기 전. 自遣(보낼 견)은 스스로 위로하다. 문제를 해결하다.

○ 臨感忽難收 – 臨은 임할 임. ~할 즈음에. 感은 생각하다. (이별을) 생각하다. 難收(난수) – 감정을 수습하기 어렵겠다.

○ 歸來視幼女 – 幼女는 어린 딸. 막내딸.

○ 零淚緣纓流 – 零淚(영루)는 떨어지는 눈물. 緣은 ~을 따라. 纓은 갓끈 영.

| 詩意 | 딸아이를 보내는 아버지의 마음을 이처럼 담담하게 또 솔직하게 서술한 작품이 또 있겠는가? 일찍이 어머니를 여의고 아버지의 사랑만을 받고 자란 두 딸 중 큰 아이를 시집보내는 아버지의 심정을 여러 면으로 세밀하게 그렸다. 담담한 묘사이기에 슬픈 감정이 더 크게 몰려오는 것 같다. 오늘의 감각으로도 애절한 父情을 느끼게 한다. 보내는 아버지의 마음과 사연, 딸아이에게 하는 당부의 말, 그리고 시집에서 귀여움 받으며 잘 살 것이라고 믿는 아버지의 마음이 글에 가득하다.

마지막 구절 – 보내고 돌아와 집에 남은 어린 딸을 보고 참을 수 없어 흐르는 눈물 – 평소의 엄격한 아버지 모습은 어디로 갔는가? 아버지도 울고 싶을 때에는 울어야 하고! 눈물이 갓끈을 타고 흐르니 – 흐르는 채 서 있어야 할 것이다.

이 시는 전체를 4단으로 나눌 수 있다. 제1단은 1, 2聯, 배를 타고 멀리 시집가는 쓸쓸한 심정을 그렸다.

제2단은 3~5련, 어려서 어머니를 잃고 고생하며 자란 두 자매다. 특히 언니가 동생을 키웠다. 그러니 그들의 이별이 얼마나 애절하랴. 둘이 부둥켜안고 우는 모습에 아버지도 얼마나 서러웠겠는가?

제3단은 6~9련으로, 가난한 집안에서 잘 훈육하지 못한 딸자식을 보내면서, 딸을 걱정하면서도 지켜야 할 바를 부탁하고 시집에서 잘 아껴주리라 기대를 표하였다.

제4단은 10~12련으로, 슬픔의 절정을 그렸다.

017
戎昱(융욱)

戎昱(융욱, ?744 – ?800. 戎은 병기 융. 성씨. 昱은 빛날 욱)은 훌륭한 외모에 才談을 잘하는 사람이었다. 唐代의 현실주의적 시인으로 관찰사의 막료와 여러 곳의 지방관을 역임했다.

別離作(별리작)

手把杏花枝，未曾經離別.
黃昏掩門後，寂寞自心知.

헤어지면서 짓다

손으로 살구꽃 가지를 잡았지만,
아직은 이별을 실감하지 못한다.
해질녘에 사립문을 닫은 뒤에야,
적막속에 내마음이 스스로 알리라.

| 詩意 | 살구꽃은 벚꽃처럼 한꺼번에 피어난다. 갑자기 솟구치는 戀情(연정)과도 흡사한다. 그리움이 사무치면, 평상시와 다른 일이 있을 것이다.

살구꽃으로 情人을 보내지만 지금은 실감하지 못한다. 해질녘이 지나 혼자 있으면 이별을 실감한다고 하였다.

참으로 알 수 없는 것이 情이다.

《全唐詩》 270권에 수록.

移家別湖上亭(이가별호상정)

好是春風湖上亭, 柳條藤蔓繫離情.
黃鶯久住渾相識, 欲別頻啼四五聲.

이사하며 호수 정자에서의 이별

호숫가 정자에 알맞게 부는 봄바람,
버들과 등나무에도 이별의 뜻을 준다.
오래 살았기에 꾀꼬리도 서로 아는지,
떠나려니 길고 짧게 연이어 울어댄다.

| 註釋 | ○ 柳條藤蔓繫離情 – 柳條와 藤蔓(등만, 등나무 덩굴)은 끊을 수 없어 길게 이어지는 이별의 정을 상징한다.

○ 黃鶯久住渾相識 – 黃鶯(황앵)은 꾀꼬리. 渾은 흐릴 혼. 온통. 전부. 거의.

| 詩意 | 이 시는 농촌에서 이사하면서(移家), 살던 호수 주변의 초목과 새를 擬人化(의인화) 시켜 이별의 정을 서술하였다. 자연과 시인, 초목과 시인이 하나로 융합하고(物我交融), 근심이나 즐거움조차도 함께 할 수 있는 감정으로 묘사하였다.

시인은 특히 用字에 고심하였으니 '柳條藤蔓繫離情' 의 句에서 繫(맬 계)는 시인이 느끼는 이별의 정을 버들가지와 등나무 덩굴까지 확산시켜 융합하였다.

'欲別頻啼四五聲' 에서 啼(울 제)는 꾀꼬리의 울음이지만, 오래

정들었던 주변의 초목이나 花鳥와 헤어지면서 傷心(상심)에서 우러나는 시인의 슬픔을 대변하였다.

《全唐詩》 270권 수록.

| 參考 | 융욱에 관한 다른 이야기 하나를 소개하려 한다.

孟棨(맹계)의 《本事詩 情感》이란 당 시인의 일화를 모은 책에 의하면, 于頔(우적, 字는 允元)이란 사람은 德宗 때 호주 자사를 거쳐 貞元 14년(798) 襄州刺史 겸 山南東道節度使로 있었다. 우적은 혁혁한 권세를 바탕으로 집안에 歌妓(가기)와 舞姬(무희)를 모으고 가르치면서 歌舞宴을 즐겼다. 그런데 어느 날 零陵(영릉, 호남성)에서 온 객인이 영릉태수 戎昱(융욱)의 집안에 歌聲이 절묘한 절세가인이 있다는 이야기를 들려주었다.

호기심과 욕심이 함께 발동한 우적은 사람을 보내어 영릉태수에게 그 가기를 한번 볼 수 있게 해 달라고 요청하였다. 이는 사실상 상관으로서 빼앗겠다는 통첩이었다. 한편 영릉태수도 그 가기를 몹시 애지중지하였지만 아니 보낼 수가 없었다. 융욱은 가기를 보내면서 다음과 같은 칠언절구를 지어 주었다.

送零陵妓(송영릉기)

寶鈿香蛾翡翠裙, 裝成掩泣欲行雲.
般勤好取襄王意, 莫向陽臺夢使君.

零陵(영릉)의 기녀를 보내다

보석 비녀에 비취 치마를 입은 미인이,
곱게 차리고 눈물 흘리며 간다 말하네.
벌써 襄王의 마음에 들은 것 같으니,
즐길 곳에선 옛사람 생각지 말거라.

| 詩意 | 襄王(양왕)은 양양절도사이고, 陽臺는 남녀가 즐기는 장소이며 때로는 新房으로 통한다. 使君은 지방관, 곧 영릉태수 자신을 지칭한다. 양양절도사에게 가거든 그 절도사 잘 모시고 내가 예뻐했던 정은 이제 잊어버리라는 뜻이지만, 사실은 너를 보내고 싶지 않으며 잊을 수 없다는 강력한 메시지였다.

가기는 영릉을 떠나 양양에 도착했고, 우적은 미리 준비한 금은 패물과 비단을 주며 환영했다. 그리고서는 주연을 열고 가기에게 노래를 불러 보라고 하였다.

영릉태수 융욱에 대한 그리움을 품고 온 가기는 융욱이 지어준 이 칠언절구를 노래로 불렀다. 그 소리가 하도 처량하여 듣는 이 모두가 감동했다.

우적은 노래를 들은 뒤 매우 부끄러워하며 탄식했다.

"대장부가 큰 공을 세워 후세에 칭송을 받지는 못할망정 어찌 권세를 이용하여 남의 사랑을 뺏겠는가?"

그리고서는 그날로 융욱에게 미안하다는 서신과 함께 가기를 돌려보냈다.

詠史(영사)

漢家青史上，計拙是和親.
社稷依明主，安危託婦人.
豈能將玉貌，便擬靜胡塵.
地下千年骨，誰爲輔佐臣.

역사를 읊다

漢왕조 역사 기록에서,
졸렬한 방책은 화친책이었다.
賢君에 의해 사직은 지켰지만,
나라 안위는 여인에게 맡겼다.
여인의 미모로 어찌 능히,
흉노의 침략을 진정시키려 했나?
천년이 지난 지하의 유골 중에,
사직을 지킨 신하는 누구였던가?

| 註釋 | ○ 〈詠史〉 – 一作 〈和蕃(화번)〉.

이 시는 신랄한 풍자의 뜻을 담고 있다. 이 시의 '漢家' 는 당연히 唐의 조정을 뜻한다. 唐 헌종 때 서역 돌궐족과의 화친책을 논의했는데, 헌종이 戎昱(융욱)의 이 詩를 인용했다는 주석이 있다.

○ 安危託婦人 – 이는 구체적으로 前漢 成帝 때, 흉노와 화친책의 일환으로 흉노 선우에게 출가시킨 王昭君(왕소군)을 의미한다.

| 詩意 | 首聯은 본 詩의 대의를 서술하였고 결론까지 언급하였으니, 한마디로 '開門見山' 이라고 말할 수 있다.

次聯은 수련의 뜻을 구체적으로 설명하였으니, 그야말로 '單刀直入' 의 묘사로 더 이상 다른 설명이 필요 없다.

三聯은 화친책의 불가함을 다시 강조하였으니, 이는 '鞭辟近里(편벽근리, 내면적으로 깊이 성찰하고 연구하다.)' 라고 말할 수 있다.

그리고 末聯은 군주를 진정으로 보필한 충신이 누구이며 얼마나 있었는가를 물어 화친의 불가를 재강조하였으니, 이는 '斬釘截鐵(참정절철, 결단성 있고 단호하다.)' 의 결론이라고 말할 수 있다.

018
于良史(우량사)

于良史(우량사, 생졸년 출신지 미상)는 현종 天寶 연간에(742 - 756) 入仕하여 代宗 大曆 연간에(766 - 779) 감찰어사를 역임한 사람으로 알려졌다. 시를 잘 지었는데, 특히 자연 현상을 뛰어나게 묘사하였다.

《全唐詩》 275권에 그의 詩 七首가 수록되었다.

自吟(자음)

出身三十年，髮白衣猶碧.
日暮倚朱門，從朱汚袍赤.

나 혼자 읊다

벼슬살이 삼십 년에,
흰머리에 아직도 청색 관복이다.
해질녘에 붉은 대문에 기대섰는데,
붉은 칠이 옷을 빨갛게 더럽혔다.

| 詩意 | 벼슬살이(出身) 30년에 아직도 7, 8품 관리의 푸른색 관복이라면 관운이 없는 것이다. 붉은 대문은 大官의 저택이다. 붉은 물이 묻어 옷만 더렵혔다는 말은 많은 뜻이 들어있다.

春山夜月(춘사야월)

春山多勝事, 賞翫夜忘歸.
掬水月在手, 弄花香滿衣.
興來無遠近, 欲去惜芳菲.
南望鳴鐘處, 樓臺深翠微.

春山에 뜬 달

봄날 산에는 경치가 매우 볼만하여,
구경하느라 늦도록 돌아갈 줄 몰랐다.
손으로 물을 뜨니 달이 손바닥에 담겼고,
꽃구경 하다 보니 향은 옷에도 배었다.
신나서 여기 저기 돌아다니며 놀으니,
향기론 꽃을 두고 내려가기 아쉬워라.
남쪽에 종소리 나는 곳을 바라다보니,
누각엔 푸르른 기운이 가득 서려있다.

| 詩意 | 시인은 興(흥)이 많은 사람이다.

이것저것 보는 것을 늘 긍정적으로 생각하니 즐거운 것이다. 사실 꽃을 보고도 무덤덤한 사람이 얼마나 많은가? 바쁘게 살다 보니 그런 감정을 없어졌다고 말할 수 있지만, 눈에 보이는 현상을 내 것처럼 좋아하니 홍이 나는 것이다.

그래서 시인은 '春山에 좋은 경치가(勝事) 多하니, 완상하느라 해가 지도록 돌아가기를 잊었다(夜忘歸).' 라고 했다. 돌아가기를 잊은 것이 바로 興이다.

산의 이곳저곳을 혼자 돌아다니고, 양 손바닥으로 계곡 물을 떠보니 달이 손바닥에 담겼다(掬水月在手, 掬은 움켜쥘 국).

그러니 하산하기가 싫을 수밖에 없을 것이다.

019

盧綸(노륜)

盧綸(노륜, 739 - 799, 字는 允言)은 大曆十才子의 한 사람이다. 노륜은 玄宗 천보 말년에 진사에 급제하였으나 바로 安史의 亂이 폭발하여 관리에 임용되지 못했다. 지금의 江西 九江 일대에 피난했다가 代宗 大曆 연간에 다시 응시하였으나 여러 차례 고배를 마셨다. 대력 6년(771)에, 재상 元載(원재)와 王縉(왕진)의 천거로 集賢學士와 秘書省校書郞을 지낸 후 監察御史를 역임하였다. 대력 11년(776)에, 원재와 왕진의 세력이 꺾이면서 노륜도 관련이 있다 하여 죽을 때까지 중용되지 못했다. 德宗 建中 원년(780) 몇 개의 직책을 거쳐 檢校戶部郞中을 역임했기에 후세 사람들은 '盧戶部'라고 그를 칭한다.

당 文宗(재위 826 - 840)은 노륜의 시를 좋아하여 "노륜이 죽은 이후로 문장은 어떠한가? 그만한 아들이 있는가?"라고 묻자, 당시 재상이던 李德裕(이덕유)는 "노륜의 네 아들이 모두 진사가 되어 臺閣에 벼슬하고 있습니다."라고 대답했었다.

노륜의 시는 寫景에 뛰어나고, 形象이 鮮明하며, 언어가 간단하면서도 세련되었다는 평을 듣는데, 五節樂府 〈塞下曲〉이 가장 유명하다.

《全唐詩》 278권에 수록.

和張僕射塞下曲(화장복사새하곡) 六首 (其一)

鷲翎金僕姑，燕尾繡蝥弧.
獨立揚新令，千營共一呼.

張 복야에 화답한 새하곡 (1 / 6)

수리 깃털 장식한 화살 금복호에,
제비 꼬리 수놓은 띠를 두른 깃발.
우뚝 서서 새 군령을 반포하니,
모든 군영 다 함께 환호한다.

| 註釋 | ○ 〈塞下曲〉 - 〈새하곡〉. 漢代 樂府의 곡명, 橫吹曲辭에 속하며 邊塞 지방의 풍경과 정벌에 관한 내용이다.

노륜의 시 중에서 가장 잘 알려진 시이다. 五言律詩의 규율에 맞춰 지어졌고 1, 2, 4구에 韻을 달았다.

○ 鷲翎金僕姑 - 鷲는 수리 취. 독수리 계통의 새. 翎은 깃 영(령). 金僕姑(금복고)는 화살 이름. 독수리 깃털로 장식한다.

○ 燕尾繡蝥弧 - 燕尾(연미)는 제비 꼬리. 제비 꼬리 모양의 띠. 繡는 수 놓을 수. 蝥는 해충 모. 깃발. 弧는 활 호. 둥글게 구부러진 곳. 蝥弧(모호)는 깃발.

○ 獨立揚新令 - 獨立은 우뚝 서다. 揚은 오를 양. 선포하다. 지시하다.

| 詩意 | 노륜은 모두 6수의 〈和張僕射塞下曲〉을 지었는데, 제1수에서는 부대를 지휘하는 장수의 위엄을 묘사하였다.

1句에서는 장수가 사용하는 화살을, 2구는 장군의 권위를 상징하는 깃발, 3구에서는 장수의 군령 발표와 4구에서 全軍의 환호 소리로 부대의 士氣가 드높음을 일관되게 그려내었다.

和張僕射塞下曲(화장복사새하곡) 六首 (其二)

林暗草驚風, 將軍夜引弓.
平明尋白羽, 沒在石稜中.

張 복야에 화답한 새하곡 (2/6)

깊은 숲속에 풀이 흔들리자,
장군은 밤에 활을 쏘았다.
아침에 흰 깃 화살을 찾으니,
바위를 뚫고 박혀 있었다.

| 詩意 | 漢나라 장군 李廣(이광, ? – 前 119년)의 고사를 빌려 장군의 탁월한 무력을 묘사하였다.

이광은 흉노와 40여 년간 70여 차례의 전투를 치루면서 위명을 떨쳤기에 사람들은 '飛將軍'이라 부르며 존경했다. 李廣이 사냥을 나갔다가 호랑이를 쏘았는데, 화살이 바위에 박혔다는 이야기는 '精神一到何事不成'의 교훈으로 널리 알려졌다.

특히 司馬遷은《史記 李將軍列傳》에서 '桃李不言, 下自成蹊(하자성혜)'라는 표현으로 李廣의 인품을 높이 평가하였다.

和張僕射塞下曲(화장복사새하곡) 六首 (其三)

月黑鴈飛高，單于夜遁逃.
欲將輕騎逐，大雪滿弓刀.

張 복야에 화답한 새하곡 (3 / 6)

달빛 어둡고 기러기 높이 나는데,
흉노 선우는 밤을 타고 도망친다.
빠른 기병 거느려 추격을 하는데,
큰 눈 내려 활과 칼에 가득하다.

| 註釋 | ○ 單于夜遁逃 – 單은 오랑캐 임금 선. 單于(선우)는 흉노족의 족장(통치자)에 대한 칭호. 遁은 달아날 둔(原音은 돈), 숨을 둔. 逃는 도망갈 도.

○ 欲將輕騎逐 – 將은 거느리다. 輕騎(경기)는 날쌘 기병. 중무장을 하지 않고, 말도 갑옷을 씌우지 않은 기병. 逐은 쫓을 축. 쫓아가다.

| 詩意 | 1구의 月黑과 4구의 大雪이 서로 호응하여 흉노와 싸우는 악조건을 설명하고 적을 무찌르려는 의지와 용맹을 2, 3구에 부각하였다.

북방의 기마 민족인 흉노는 漢代에 자주 침입했다. 唐代에는 주로 吐蕃族(토번족) 침략이 많았다. 문학적 표현으로 唐을 漢으로 표현한 경우가 많았음을 고려해야 한다.

和張僕射塞下曲(화장복사새하곡) 六首 (其四)

野幕蔽瓊筵，羌戎賀勞旋.
醉和金甲舞，雷鼓動山川.

張 복야에 화답한 새하곡 (4 / 6)

야외 천막에 음식 차려 잔치하니,
羌族도 개선을 축하하며 위로한다.
취해서 어울려 갑옷 입고 춤추니,
북소리 우레 같아 산천을 뒤흔든다.

| 註釋 | ○ 野幕蔽瓊筵 – 野幕(야막)은 야외의 군사용 天幕. 蔽는 덮을 폐. 瓊은 옥 경. 筵은 대자리 연. 瓊筵(경연)은 진귀한 음식을 차린 잔치.

○ 羌戎賀勞旋 – 羌은 종족 이름 강. 戎은 오랑캐 융. 兵器. 羌戎(강융)은 중국 서편의 이민족. 흉노족이 강하면 일차적으로 羌族이 밀린다. 그렇게 되면 이들은 중국과 손을 잡는다. 旋은 돌아올 선. 돌다. 賀勞旋(하로선)은 개선을 축하, 慰勞(위로)하다.

○ 醉和金甲舞 – 醉和는 취하여 같이 어울리다. 金甲은 戰鬪用 衣甲.

○ 雷鼓動山川 – 雷鼓(뇌고)는 우레와 같은 북소리.

| 詩意 | 이민족과의 싸움에서 개선 장면을 묘사하였다. 羌戎(강융)은

중국 서편의 이민족이다. 사실 이런 악부시에서는 唐의 승리를 축하했지만 이민족과의 무력대결에서 주로 당하는 쪽은 唐이었다. 그리고 이민족의 입장에서는 자신들의 근거지를 떠나 당의 영토를 차지하고 지배하려는 시도를 굳이 하지 않았다. 침략하여 적당한 경제적 이득을 얻고 화해한 다음에 퇴각이라는 방식을 택했다.

노륜의 이 악부시는 칭송하고 찬미하는 뜻이기에 다른 변새시의 고달픈 묘사와 다른 점이 많다.

逢病軍人(봉병군인)

行多有病住無糧，萬里還鄉未到鄉.
蓬鬢哀吟古城下，不堪秋氣入金瘡.

병든 군인을 만나다

걷자니 몹시 아프고 머물자니 식량이 없어,
일만리 고향 가는 길 고향에 못 가겠네.
옛 성터에서 산발한 머리 슬피 신음하니,
찬 갈바람이 상처를 쑤셔 견딜 수 없다네.

| 詩意 | 戰陣에서 입은 상처, 불구가 된 몸 – 누가 치료하고 보살펴야 하는가? 농민들의 이런 역경을 누가 아파하고, 누가 보듬어 주어야 하는가? 시인도 마음이 몹시 아팠을 것이다.

《全唐詩》 277권에 수록.

같은 제목으로 〈逢病軍人〉 盧仝(노동)의 시도 있다.

送李端(송이단)

故關衰草遍，離別正堪悲.
路出寒雲外，人歸暮雪時.
少孤爲客早，多難識君遲.
掩淚空相向，風塵何處期.

李端을 보내며

옛 관문에는 시든 풀이 가득하고,
헤어지나니 꼭 슬픔을 이겨야 하네.
길은 겨울 구름 너머에 이어졌고,
나는 저녁 눈 내릴 때 돌아온다.
어려 부친 잃고 일찍부터 떠돌면서,
다난했던 그대를 늦게야 알았었네.
얼굴 가려 눈물짓고 괜히 뒤만 보나니,
풍진 세상에 어디서 다시 만날까?

| 註釋 | ○ 〈送李端〉 – 〈이단을 보내며〉.

李端(이단)은 代宗 大曆 5년에 進士가 되어 杭州司馬를 지낸 뒤 衡山(형산)에 은거했다. 그의 시집 3권이 전한다. 本 作品은《全唐詩》277권과《唐詩三百首》에 수록되었다.

○ 故關衰草遍 – 故關은 본 고향. 여기서는 옛날의 관문. 衰草(쇠초)는 시들은 풀. 계절은 늦가을이거나 겨울이다. 遍은 두루

편. 널려 있다.

○ 離別正堪悲 – 正이 副詞로 쓰일 때는 마침, 딱, 바야흐로. 堪은 견딜 감.

○ 路出寒雲外 – 寒雲(한운)은 겨울철 구름. 孤山寒雲 속으로 난 길, 떠난 사람이 간 길.

○ 人歸暮雪時 – 暮雪(모설)은 저녁에 내리는 눈. 보내고 돌아오는 사람이 걸은 길.

○ 少孤爲客早 – 少孤(소고)는 어려서 부친을 여위다. 李端이 그러했다는 말.

○ 多難識君遲 – 識君(식군)은 그대를 알다. 그대와 교제하다. 遲는 늦을 지.

○ 掩淚空相向 – 掩淚(엄루)는 얼굴을 가리고 눈물을 흘리다. 空相向은 떠난 사람을 망연히 바라보다.

○ 風塵何處期 – 風塵(풍진)은 험한 바람이 불고 먼지 나는 곳. 험한 세상. 속세.

| 詩意 | 앞의 두 聯은 친구와의 이별 장면이다. 제3구와 4구에서 떠난 사람과 보내는 사람의 길을 극명하게 대조시켰다. 그러한 대조가 바로 슬픔(悲)이다. 後半 두 聯은 이별 후의 감정이다. 지난 옛일을 회고하면서 앞으로의 기약 없는 만남을 슬퍼하고 있다.

이 시는 처음부터 끝까지 슬픔으로 일관하고 있다. 시인이 묘사한 경치 또한 슬픔의 배경이 된다.

晩次鄂州(만차악주)

雲開遠見漢陽城，猶是孤帆一日程.
估客晝眠知浪靜，舟人夜語覺潮生.
三湘衰鬢逢秋色，萬里歸心對月明.
舊業已隨征戰盡，更堪江上鼓鼙聲.

저녁에 악주에 머물다

구름이 걷혀 멀리로 한양성이 보이나,
그래도 작은 배로는 하루를 가야 한다.
상인이 낮에 잠자니 풍랑도 자는 것을 알겠고,
사공이 밤에 떠드니 수위 높아진 것을 느꼈다.
三湘에 늙어 흰머리 가을의 풍경을 보며,
만리밖 고향 가고파 명월을 마주 본다.
옛날의 자산 이미 난리 통에 없어졌고,
이제는 강가 북소리도 참고 견뎌야 한다.

| 註釋 | ○ 〈晩次鄂州〉 – 〈저녁에 악주에 머물다〉. 次는 軍이 부대를 떠나 타지에서 주둔하는 것을 지칭. 鄂州는, 지금의 湖北省 武漢市(武昌). 《全唐詩》 279권과 《唐詩三百首》에 수록.

○ 雲開遠見漢陽城 – 漢陽城은 武漢 三鎭의 하나, 長江 以北, 漢江 以南의 武漢市의 일부.

○ 猶是孤帆一日程 – 一日程은 하루에 갈 거리. 실제 거리는 가까

우나 풍랑이 많아 보통 一日의 旅程일 것이다. 여기서는 시인이 빨리 돌아가고 싶은(萬里歸心) 심정에 '빤히 보이는 저 곳이 하루 일정이라니!' 하는 아쉬움이 들어있다.

○ 估客晝眠知浪靜 – 估는 값 고(賈와 通). 팔다. 估客(고객)은 상인. 晝眠(주면)은 낮잠.

○ 舟人夜語覺潮生 – 舟人은 船夫. 潮生은 강물 수위가 높아지거나 낮아지는 것. 이곳에서 바닷물의 영향은 생각할 수 없지만 水位는 늘 변한다.

○ 三湘衰鬢逢秋色 – 三湘은 漓湘(이상), 瀟湘(소상), 蒸湘(증상). 지금의 湖南省 일대를 지칭하는 말. 衰鬢(쇠빈)은 흰머리. 逢秋色은 가을 경치를 보다.

○ 萬里歸心對月明 – 對月明은 明月을 마주하다. '歸心' 은 이 시를 이해하는 아주 중요한 기준이 된다.

○ 舊業已隨征戰盡 – 舊業은 자신 조상 전래의 家産이나 莊園. 已隨征戰盡은 安史의 亂을 거치면서 다 없어졌다.

○ 更堪江上鼓鼙聲 – 鼙는 작은북 비. 鼓鼙(고비)는 戰鼓(전고). 여기서는 알 수 없는 미래에 대한 불안감이 그대로 드러나 보인다.

| 詩意 | 이 시의 詩眼은 '歸心' 이다. 귀심을 기준으로 보니 빤히 보이는 곳도 하루 일정이라 하니, 마음이 조급하고 客愁를 모르는 상인은 낮에도 잠을 자는 것이고, 舟人이 밤에 강물 수위 높아지는 것을 걱정하는 것이 보일 것이다. 귀심을 기준으로 보면 돌아가도 舊業이 없어졌으니 걱정일 것이다. 하여튼 시인의 '情' 과

주변의 '景' 이 조화를 이룬 시이다.

頷聯의 두 구절을 어떻게 해석할 것인가? 이 시의 3, 4구는 시인이 상인의 잠자는 모습을 보았고 선부들의 이야기를 들어서 아는 것인데, 細致曲折(세치곡절, 경치의 상세한 묘사에 따른 생각)이 절묘하다고 여러 사람이 칭찬을 하는 구절이다.

우선은 중국과 우리나라 번역본의 큰 뜻을 따랐다. 그러나 다른 해석도 있을 수 있다.

독자가 詩를 읽었을 때 그 느낌이 시인이 시를 지을 때의 본뜻과 꼭 같아야 할 필요는 없을 것이다.

하여튼 시는 감정의 표현이고, 감정은 때와 장소에 따라 달라질 수 있다. 시인 자신도 자신의 시를 나중에 읽으면서 다른 의미를 부여할 수도 있을 것이다.

그렇다면 독자가 읽고 나름대로 해석한다 하여 잘못된 번역, 틀린 해석이라고 질타할 수는 없을 것이다.

여행은 사람들에게 정말 많은 생각을 하게 해준다. 그러나 오랜 여행을 하다 보면 늘 사색적이고 인생의 의미를 반추하거나 과거를 늘 회상하지는 않는다. 실제 여행 중에는 먹고 자는 일정에 대해 더 많은 생각을 한다.

이 시인도 밤에 시를 지어야겠다고 생각하며 붓을 쥐고 있으니, 낮에 상인이 잠자는 모습을 떠올렸을 것이다.

상인과 사공은 배를 타고 이동하고 생활하니, 잠을 자더라도 풍랑이 있는지 없는지 알고, 밤중에 서로 이야기하면서도 수위가 높아지는지 낮아지는가를 알 수 있다. 우리나라에서도 농사꾼은 밤에 자면서도 눈 내리는 소리를 듣는다고 하지 않는가?

시인은 估客(고객, 商人)과 舟人의 경험과 숙련을 찬탄하는 뜻으로 이 구절을 읊었는지도 모른다. 다시 말해 '知浪靜' 과 '覺潮生' 의 主語를 시인이 아닌 估客과 舟人으로 볼 수도 있을 것이다. 그렇게 되면 '估客은 晝眠하여도 浪靜을 知하고, 舟人은 夜語해도 潮生을 覺이라.' 고 새기면 된다.

여러 책에서 시인을 주체로 번역하였지만, 역자가 볼 때 시인은 그들 옆에서 '다른 생각에 잠긴 방관자' 일 수도 있다.

020

李益(이익)

李益〔이익, 746－829, 字는 君虞(군우)〕은 中唐 詩人이며, 邊塞詩로 이름이 났고 오언과 칠언 絶句에 뛰어났다.

李益은 宰相 李揆(이규)의 族子로 같은 집안의 '詩鬼'라 불리는 李賀(이하)와 나란히 명성을 누렸다. 이익의〈征人〉,〈早行〉등의 시는 詩畵로 그려져 당시 사람들에게 널리 알려졌었다고 한다.

李益의 同輩가 모두 승진할 때 이익만 승진을 하지 못해 곧잘 우울했고, 그 때문에 황화 북쪽 유주 일대를 유랑하였다. 나중에 劉濟(유제)의 막료로 일하면서 유제와 시를 증답하였는데 원망의 뜻이 많았다. 당시 그가 지은〈夜發軍中〉이나〈夜上受降城聞笛〉등은 변새시로 널리 알려졌다.

憲宗도 그의 名聲을 알고 入朝케 하여 秘書少監에 임명하였고, 이익은 뒤에 集賢殿學士를 역임하였다. 그러자 李益은 더욱 자신의 才學을 뽐내며 다른 文人들을 멸시하여 많은 사람과 어울리지 못했다. 결국 諫官이 李益이 幽州에 있으면서 늘 원한을 품었다 하여 한때 폄직을 당하기도 했었다. 이익은 나중에 右散騎常侍를 역임한 뒤 文宗 때 禮部尙書를 지낸 뒤, 곧 죽었다.

당시 조정과 같은 이름의 李益이 있었는데, 시인 이익은 '文章李益'이라고 불렸다고 한다. 이익은 大曆十才子의 한 사람이다.

江南詞(강남사)

嫁得瞿塘賈, 朝朝誤妾期.
早知潮有信, 嫁與弄潮兒.

강남사

구당협의 상인에게 시집왔더니,
매일매일 내 기대에 어긋난다.
일찍이 潮水가 믿을만하다 알았으면,
바닷가 사는 사람에게 시집갔으리라.

| 註釋 | ○ 〈江南詞〉 – 〈강남의 노래〉. 이익은 민간 가요의 특성을 가진 시와 악부를 많이 지었다. 이 시 역시 長江에서 살아가는 여인의 정서를 읊었다. 《全唐詩》 283권에 수록. 이익의 같은 제목의 7언 절구도 있다.

「長樂花枝雨點銷, 江城日暮好相邀.
春樓不閉葳蕤鎖, 綠水回連宛轉橋.」

○ 嫁得瞿塘賈 – 嫁는 시집갈 가. 嫁得은 시집을 갔다. 賈는 값 가. 상인 고. 瞿塘賈(구당고) – 구당의 상인. 구당은 長江 三峽(삼협, 巫峽, 西陵峽)의 하나. 重慶市 奉節縣의 白帝城에서 巫山縣의 大溪鎭까지 8km로 三峽 중 가장 짧은 거리이며 강폭이 매우 좁다.(가장 좁은 곳 100m, 최대 150m)

○ 朝朝誤妾期 – 朝朝는 매일. 誤妾期는 나의 기대에 어긋나다.

구당협을 지나다니기가 힘들어 예상 날짜를 어긴다는 뜻.

○ 早知潮有信 – 潮有信 潮水는 믿을 수 있다. 바닷물이 예정된 시간에 들어오고 나간다는 뜻.

○ 嫁與弄潮兒 – 弄은 희롱할 농(롱). 마음대로 다루다. 가지고 놀다. ~을 하다. 弄潮兒(농조아)는 파도에 익숙한 사람. 바닷가 어부나 상인. 弄潮는 현대의 스포츠인 '파도타기'.

| 詩意 | 李益은 민간 가요의 특성을 가진 시와 악부를 많이 지었다. 이 시 역시 長江에서 살아가는 여인의 정서를 읊었다.

瞿塘賈(구당고)는 구당협의 상인이란 뜻인데, 구당협은 長江 三峽(삼협, 巫峽, 西陵峽)의 하나로, 삼협 중 가장 짧은 거리이며 강폭이 매우 좁다.(가장 좁은 곳100m, 최대 150m)

이 악부시는 서정이 매우 婉曲(완곡)한 閨怨(규원)의 시이다. 마치 상인의 아내 입에서 나오는 말 그대로 받아썼더니 시가 된 것 같다.

남편은 돌아온다고 말한 그날에 돌아오지 못하니, 여인은 애가 탈 것이고 그것이 늘 반복되니까 怨이 되었다. 갯가 어부나 상인이면 물때가 되면 들어오고 나가니까 믿을 수 있어 '차라리 바닷가로 시집을 갔어야 하는데 …' 라는 원망은 매우 합리적이다. 그처럼 기다림에 지쳤다는 뜻으로, 여인의 서정이 순수하니까 詩에 대한 共感이 만들어진다.

水宿聞雁(수숙문안)

早雁忽爲雙, 驚秋風水窗.
夜長人自起, 星月滿空江.

강가에 자며 기러기 소리를 듣다

일찍 온 기러기 벌써 짝을 지었고,
빨리 온 가을에 바람과 물이 차다.
긴긴밤 나그네 절로 잠이 깨니,
별빛과 달빛만 쓸쓸한 강을 채웠다.

| 詩意 | 가을의 상징은 기러기이다. 제때에 찾아오고 때 되면 돌아가니, 중국인들에게 친숙하고 그러다 보니 여러 사연이 만들어진다. 시인 100명이 서술하는 기러기에 대한 감상이 모두 다 다른 것은 당연하다.

기러기 소리를 처음 들을 때, 놀랐다면 세월이 바뀌었다는 것을 처음 알았다는 뜻이다. 더군다나 그것이 객지라면!

또 나그네가 가고 오는 강가 나루터 객사였으니 더 그러했을 것이다.

立秋前一日覽鏡(입추전일일람경)

萬事銷身外, 生涯在鏡中.
唯將滿鬢雪, 明日對秋風.

立秋 전 어느 날 거울을 보았더니

온갖 세상살이가 이 몸을 삭이니,
내가 지낸 모습이 거울 속에 들었다.
다만 금방 머리가 온통 백발 되리니,
내일이면 아마도 추풍이 불어오리라.

| 詩意 | 젊어서는 나도 몰랐다. 젊은이는 생각해도 모른다.

요즈음이야 4, 50이 한창 인생의 壯年(장년)이고 팔팔하기에 늙음을 생각하지도 않는다.

그러나 옛날 50이면 중늙은이라 했고, 머리가 희어지고 빠졌다. 거기에 영양부족에 중노동, 위생상태 결여에, 때묻은 흰옷을 입고 길가에 앉아 있던 우리나라 50대는 정말 노인이었다.

중국의 벼슬아치 모습은 우리 옛날 농촌 할아버지보다 나았겠지만 그들도 늙어가는 자신을 걱정했다.

늙어가는 확실한 증거가 백발이었기에 거울에 비친 백발은 시인의 단골 소재였다.

《全唐詩》 283권에 수록.

山鷓鴣詞(산자고사)

湘江斑竹枝, 錦翅鷓鴣飛.
處處湘雲合, 郞從何處歸.

산의 자고새를 노래하다

湘江(상강)의 무늬 있는 대나무에,
비단 날개의 자고새가 날아왔다.
곳곳 상강의 구름 속에서 만나지만,
낭군 만나려 오늘 어디로 가야 하나요?

| 詩意 | 〈山鷓鴣詞〉는 樂府題로, 〈近代曲辭 羽調曲〉의 하나이다. 羽調曲은 相思와 怨情(원정)을 노래한 작품이 많다. 《全唐詩》 283권 수록.

이익은 이 악부제로 여인의 원정을 자연 景物을 통해 완곡하게 표현하였다. 용어가 清新하고 感興이 기이하고 깊으며, 은근한 서정이 강렬하고 濃艶한 감정을 솔직하게 드러낸 民歌風으로 중당 악부시의 精品이라는 평가를 받고 있다.

이런 노래를 불러주는 마을 처녀가 있다면 정을 주며 빠지지 않을 총각이 있겠는가?

湘江(상강)은 湘水이니, 今 湖南省 남부에서 북을 흘러와 長沙市를 거쳐 동정호에 합류하는 큰 강이다. 이 일대 온 산에 斑竹(반죽)이 자라는데 반죽의 무늬 방울은, 곧 여인의 눈물자국이라고 한다. 鴣詞(자고)는 꿩과에 속하는 새인데 화려한 깃털을 갖고 있다. 여기서는 낭군을 상징한다. 낭군을 만나고 싶은데, 오늘은 어디로 찾아갈까요? 묻는 여인의 노래라 생각하면 답이 나올 것이다.

| 參考 | 전해오는 이야기로는, 이익은 霍小玉(곽소옥)이라는 才貌雙全의 名技와 시를 주고받으며 사랑을 약속했었는데, 이익은 나중에 盧氏 집안 처녀와 결혼하였다.

거의 발광하다시피 된 곽소옥은 이익을 불러내 "李君! 李君! 나는 지금 죽어버리겠다. 내가 죽은 뒤 악귀가 되어 기어이 당신의 처첩을 종일토록 괴롭히겠다." 고 말한 뒤 자결하였다.

이후 李益의 부부는 끝끝내 불화하였다고 한다.

하여튼 이익은 사람됨이 의심이 많았으며 질투와 시샘과 집착이 강했으며 처첩에 대한 단속이 매우 심해 그때 사람들이 이를 '李益疾(이익의 병)' 이라 부를 정도였다고 한다.

喜見外弟又言別(희견외제우언별)

十年離亂後, 長大一相逢.
問姓驚初見, 稱名憶舊容.
別來滄海事, 語罷暮天鐘.
明日巴陵道, 秋山又幾重.

內從 아우를 반갑게 만났고 이어 이별을 말하다

십 년 난리를 겪은 뒤에,
어른 되어 처음 상봉을 했네.
姓을 묻고 놀라 다시 보며,
이름을 듣고 옛 얼굴 떠올렸네.
헤어진 뒤로 상전벽해 같은 일들을,
이야기 다하니 저녁 종소리가 들리네.
내일이면 파릉 길을 가야 하니,
가을 산은 또 몇 겹겹이련가?

| 註釋 | ○ 〈喜見外弟又言別〉 – 〈內從 아우를 반갑게 만났고 이어 이별을 말하다〉. 《全唐詩》 283권 및 《唐詩三百首》에 수록.

外弟는 內從(姑從) 아우. 內從 四寸. 중국인들은 '表兄', '表弟'라고 말한다. 盧綸(노륜)이 李益의 內從이었다고 한다.

○ 十年離亂後 – 十年離亂은 安史의 난(755 – 763)을 의미. 실제로는 8년간 지속되었다. 離는 떼놓을 이(리). 재난을 당하다.

○ 問姓驚初見 – 問姓하고 驚하여 初見하다.

○ 稱名憶舊容 – 稱名하자 舊容이 憶(생각)했다.

○ 別來滄海事 – 別來는 헤어진 뒤로. 滄海는 滄海桑田(푸른 바다가 뽕나무 밭이 되다). 세상의 크고도 많은 변화. 桑田碧海와 同.

○ 語罷暮天鐘 – 語罷(어파)는 긴 이야기를 끝내니.

○ 明日巴陵道 – 巴陵道(파릉도)는 파릉에 가는 길. 파릉은 湖南省 東北部의 岳陽市, 전설에 后羿(후예)가 큰 뱀(巴)을 죽였는데, 그 뼈가 산이 되었기에 巴陵이라고 불렀다.

○ 秋山又幾重 – 幾重(기중)은 몇 겹.

| 詩意 | 사람 살면서 만나고 헤어지는 일이야 다반사 아닌가? 어렸을 적 내종 사촌과 같이 놀며 자랐고, 서로 못 보며 십 년 가까운 세월 난리를 겪은 뒤에 다시 만났으니 그 반가움이야 짐작할 만하다.

반가운 재회와 서글픈 이별 – 흔하고 흔한 인간사인데, 이 시는 담백한 언어로 만남의 과정과 정담, 그리고 헤어짐을 서러워하고 있다.

'問姓驚初見, 稱名憶舊容.' 은 우리가 흔히 겪는 일이지만 이렇게 詩句로 읽으니 그 정경이 더욱 눈에 선하다.

문자의 힘이 언어와 다른 점이 바로 이것이다.

이 시에서는 정련된 문자와 白描(백묘)의 기법으로, 상세한 정절을 층층이 쌓아올리듯 서술하여 상봉과 별리의 정을 우리에게 전하고 있다.

夜上受降城聞笛(야상수항성문적)

回樂峰前沙似雪，受降城外月如霜.
不知何處吹蘆管，一夜征人盡望鄉.

밤에 수항성에서 피리 소리를 들으며

回樂峯 앞의 모래는 눈처럼 희고,
受降城 밖에 달빛은 서리 내린 듯하네.
어디서 들리는지 갈대 피리 소리에,
오늘밤 군사들은 모두 고향을 생각하네.

| 註釋 | ○ 〈夜上受降城聞笛〉 – 〈밤에 수항성에서 피리 소리를 들으며〉.

中唐의 七言絶句 중 걸작으로 알려졌다. 《全唐詩》 283권, 《唐詩三百首》에 수록되었다.

○ 回樂峰前沙似雪 – 回樂峰(회락봉)은 寧夏回族自治區의 중부 黃河 동쪽의 靈武市 서남쪽에 있는 산.

○ 受降城外月如霜 – 受降城(수항성)은, 본래는 漢代에 匈奴들의 投降을 받아들이기 위해 축조한 성이었으나, 唐朝에서 突厥(돌궐)족이 강해지자, 이들을 막기 위하여 黃河 외측, 河套(하투) 北岸(寧夏回族自治區의 銀川市 일대) 및 漠南 草原 지역에 축조한 여러 개의 성채를 말한다.

전반 2구는 변방의 처량한 밤을 묘사하였다.

○ 不知何處吹蘆管 – 蘆는 갈대 노(로). 蘆管은 갈대로 만든 피리.

○ 一夜征人盡望鄕 – 一夜는 밤새도록. 征人(정인)은 戍樓(수루)를 지키는 변새의 군졸. 盡은 모두. 이런 구절은 시인이 겪어보지 않았다면 표현하기 힘든 구절이다.

| 詩意 | 변방에 출정하여 오랑캐의 침입을 방비하는 군졸들이 차가운 달밤에 애절한 갈대 피리 소리를 듣고 망향의 정을 달래고 있다는 내용으로 보통의 詩題나 詩想이라 할 수 있다.

그러나 시의 구성이나 격이 탁월하여 칠언절구의 걸작으로 알려졌으며, 이익을 변새시인으로 불리게 한 명작이다.

1, 2구에서는 변새 지역의 모래와 달빛조차 차갑다고 묘사하여 변새 지역의 삭막함을 먼저 말했다. 1, 2구에서 변방의 '景' 을, 3구에서는 '聲' 을, 그리고 4구에서는 '情' 을 그려내어 삭막한 경관에 처량한 소리와 서글픈 정서를 보태었기에 사향의 정이 깊고도 강하게 두드러진다.

從軍北征(종군북정)

天山雪後海風寒, 橫笛偏吹行路難.
磧裏征人三十萬, 一時回向月明看.

從軍하며 北征하다

天山에 눈이 내린 뒤 蒲昌海 바람 차가운데,
피리 소리 들려오나 행군은 힘들고 어렵다.
사막을 지나는 군사 삼십만 명,
모두가 함께 밝은 달을 바라본다.

| 詩意 | 이익의 변새시는 수작이란 칭찬을 받을만 하다. 그 詩語가 청신하고 平易(평이)한데도 그려낸 意境(의경)은 한없이 넓고 크며, 또 차갑고도 서글프다. 《全唐詩》 283권에 수록.

멀고 먼 서역 땅이다. 天山은 서역 남부에 중국과 인도를 구분하는 히말라야 산맥의 총칭이다. 지금이야 산마다 이름이 있고 높이가 있지만, 하도 길고 높으며 큰 산이기에 그냥 천산으로 통한다. 천산에 눈이 내렸다는 말은 서역의 가을이다.

海는 蒲昌海라는 주석이 있지만 천산에 눈이 내렸다 하여 포창해라는 작은 호수의 바람이 찰 정도로 영향을 끼칠 수 있는 가까운 거리가 아니라 수천 리 떨어져 있다. 포창해는, 지금은 新疆省의 羅布泊(라포박)이란 지명으로만 남은 말라버린 호수이다.

그러니 그냥 詩에서 서역을 상징하는 지명으로 쓰였을 뿐, 그

합리적 내용을 굳이 따져 밝힐 필요가 없다.

이 시의 요체는 마지막 결구이다. 흙도 없이 돌만 쌓여있는 서덜〔磧(서덜 적)〕을 지나는 군사 30만 명이, 왜 모두 한꺼번에 명월을 바라보는가?

바로 고향 생각이고, 집 생각이다.

군대에 가서 외곽 보초를 서면서 달을 쳐다본 대한민국 사나이는 모두 그 심정을 이해할 것이다.

塞下曲(새하곡) 四首 (其二)

秦築長城城已摧，漢武北上單于臺.
古來征戰虜不盡，今日還復天兵來.

새하곡 (2 / 4)

秦은 장성을 쌓았었지만 이미 망했고,
漢의 武帝는 單于臺까지 북상했었다.
예부터 胡人을 정벌했지만 없애지 못하여,
오늘도 관군이 또다시 원정에 출동했다.

| 詩意 | '古來征戰虜不盡' 의 虜(포로 노)는 중국 塞外의 이민족을 구분없이 멸시하여 부르는 호칭이다.

漢代에서는 흉노를 '胡' 라 통칭했지만 이후 흉노가 쇠약해진 뒤에는, 虜와 같이 북방이민족을 통칭하는 말로 쓰였다. 虜(포로 로)는 종놈 같은 천한 사람을 지칭하는 말로 쓰인다. 마찬가지로 중국인을 漢人이라 하지만, 漢은 나쁜 사람을 천시하는 호칭이다. 惡漢, 癡漢(치한), 門外漢(문외한), 負心漢(부심한, 배신자)이 그런 예이다. 여하튼 그들 이민족에 대한 정벌은 역대 왕조의 큰 숙제였다.

塞下曲(새하곡) 四首 (其三)

黃河東流流九折，沙場埋恨何時絶.
蔡琰沒去造胡笳，蘇武歸來持漢節.

새하곡 (3 / 4)

황하는 동쪽으로 9번이나 꺾이면서 흐르는데,
사막에 묻혀버린 원한은 언제나 끝나겠는가?
蔡琰은 끌려간 뒤 胡茄를 지어 노래했고,
蘇武는 귀국하며 나라의 부절을 들고 왔다.

| 詩意 | 황하의 물은 크게 아홉 번이나 방향을 바꿔 흘러 결국 동해로 사라진다. 전장에서 징발되어 사막에서 죽어간 백성의 원한은 언제, 어떻게, 누가 풀어줄 수 있느냐는 시인의 탄식이다. 《全唐詩》 283권 수록.

후한 말의 蔡琰(채염, 177? – 249?, 字는 昭姬, 文姬)은 蔡邕(채옹, 133 – 192, 字는 伯喈)의 딸로 흉노에 포로로 잡혀가서 아들 둘을 낳고서도 曹操(조조)가 많은 재물을 주고 데려와 다시 출가시킨 才女로 학문이 깊었고 음률에도 뛰어났다.

전한 무제 때 蘇武(前 140 – 60)는 흉노에 사절로 갔다가 昭帝 때 19년 만에 돌아왔는데, 그때까지 漢 사절의 상징인 부절을 지니고 귀국한 충성의 본보기였다.

021
李端(이단)

李端(이단, 743－782, 字는 正已)은 趙州(今 河北省 서남부 石家莊市 관할 趙縣) 사람이다. 錢起(전기), 李益(이익) 등과 함께 '大歷十才子'의 한 사람으로《李端詩集》3권이 전한다.

이단은 일찍부터 廬山(여산)에 은거하며 著名한 승려 시인 皎然(교연)으로부터 시를 배웠다. 大歷 5년(771)에, 進士가 되어 秘書省校書郎과 杭州 司馬 등을 역임하다가 만년에 湖南의 衡山(형산)에 은거하며 衡岳幽人(형악유인)이라 自號했다.

그의 시는 소극적인 避世(피세) 사상을 표현한 시들이 많고, 사회현실에 비판적인 시도 있으며, 閨情을 묘사한 시도 있는데, 전체적으로 풍격은 司空曙(사공서, 720－790)와 비슷하다고 한다.

聽箏(청쟁)

鳴箏金粟柱，素手玉房前.
欲得周郞顧，時時誤拂弦.

쟁 연주를 들으며

계수 받침의 쟁을 타는 소리,
하얀 손 미인이 玉房에 있네.
周郞이 돌아보게 하려고,
가끔은 틀린 줄을 튕기네.

| 註釋 | ㅇ 〈聽箏〉 – 〈쟁 연주를 들으며〉.

箏(쟁)은 현악기인데, 牙箏(아쟁)은 7현이고, 大箏(대장)은 13현이라고 한다. 唐樂 연주에 쓰이는 악기이다. 이 시에서는 대쟁인지 아쟁인지 알 수 없다. 《唐詩三百首》에 수록.

ㅇ 鳴箏金粟柱 – 鳴은 울 명. 鳴箏(명쟁)은 쟁을 타다. 金粟柱(금속주)는 계수나무로 만든 금주(琴柱), 금속(金粟)은 계수나무의 별명. 금빛의 꽃 모양의 장식구라고 풀기도 한다. 금주는 현을 걸어 매거나 받쳐서 음계를 조절하는 작은 받침대.

ㅇ 素手玉房前 – 素手는 여인의 흰 손. 미인의 상징. 玉房은 玉으로 장식한 여자의 방, 혹은 箏 밑에 까는 방석, 혹은 箏의 絃을 매거나 거는 부분 등 설이 많다.

ㅇ 欲得周郞顧 – 周郞(주랑)은 吳의 장군 周瑜(주유)는 音律에 정

통했던 젊은 장군. 諸葛亮(제갈량)의 상대 파트너로 남하하려는 曹操에 대하여 공동전선을 펴서 赤壁大戰(적벽대전, 서기 208년)을 승리로 이끌었다.

주유는 남이 彈曲하다가 틀리면 반드시 그를 지적했다. 그래서 당시 사람들은 '曲有誤, 周郎顧' 라는 말했다.

여기서는 여인이 타는 쟁을 듣는 사람. 顧는 돌아볼 고. '악기 연주를 듣다.', '미인을 바라보다.' 두 가지 뜻이 있다.

○ 時時誤拂弦 – 拂 떨 불. 연주하다.

| 詩意 | 시인은 彈箏의 여인을 자신에 비유했다. 周郎 같이 음률을 아는 사람이 자신의 연주를 들어주길 바란다는 뜻이다.

1구와 2구는 箏과 쟁을 연주하는 미인을 말했고, 3구와 4구에서의 쟁의 연주를 예로 누군가가 자신의 재능에 주목해 주길 염원하였다.

東吳의 대장군 周瑜(주유, 175 – 210, 字는 公瑾)로 당시 사람들이 그의 미모를 부러워하여 '美周郎' 이라 불렀다. 중국 고대 4대 美男의 한 사람이다.

後漢 末年 孫吳의 名將으로, 赤壁之戰(208)을 지휘했고 승리를 이끌어 魏蜀吳 三國의 鼎立(정립)의 局面을 연출했다. 그러나 적벽 승리 후 2년 만에 36세의 아까운 나이에 병사했다.

蕪城懷古(무성회고)

風吹城上樹, 草沒城邊路.
城裏月明時, 精靈自來往.

무성에서 회고하다

성 위의 나무에 바람이 불고,
성 둘레 길은 풀로 덮였다.
성 안에 밝은 달빛 비출 때,
혼령들은 저들끼리 오간다.

| 詩意 | 蕪城(무성)은, 漢 高祖의 庶出 장남인 吳王 劉濞(유비)의 城이다(今 江蘇省 揚州市 江都區). 뒷날 景帝 때 吳楚七國 난(前 153년)의 주동세력이었다. 南朝의 宋代에도 이곳에서 반란이 있어 황폐한 성이 되었다. 달 밝은 밤에 혼령들이 끼리끼리 오가는 모습을 상상할 수 있다.

送郭良輔下第東歸(송곽량보하제동귀)

獻策不得意, 馳車東出秦.
暮年千里客, 落日萬家春.

낙제하여 東으로 귀향하는 곽량보를 보내다

헌상한 계책으로 뜻을 못 이루고,
수레를 몰아 동으로 關中을 떠난다.
늙어서 천 리 먼 길 가는 나그네,
해는 지는데 집집마다 봄이 왔도다.

| 詩意 | '馳車東出秦' 는 '秦(關中, 長安)을 떠나(出秦) 東쪽으로 간다.' 는 뜻이지, '동쪽의 秦으로 간다.' 는 뜻이 아니다.

옛 秦의 터전인 咸陽은 關中 땅이고, 함양과 唐 도읍 長安은 붙어 있다. 그래서 장안을 秦으로 표기할 수 있다.

宿石澗店聞夫人哭(숙석간점문부인곡)

山店門前一夫人. 哀哀夜哭向秋雲.
自說夫因征戰死, 朝來逢着舊將軍.

산속의 객점에서 자면서 여인의 통곡을 듣다

산속 객점의 앞집에 사는 여인이,
밤새 서럽게 가을하늘 보고 울었다.
남편이 싸움터 나가 죽었다 말하며,
아침에 예전 장수를 만났다고 했다.

| 詩意 | 여인의 통곡은 암담한 앞날 때문이 아니겠는가? 이 가련한 여인의 통곡을 위로할 사람은 누구인가?

閨情(규정)

月落星稀天欲明, 孤燈未滅夢難成.
被衣更向門前望, 不忿朝來鵲喜聲.

규수의 마음

지는 달에 희미한 별빛, 날은 새려는데,
아직 끄지 않은 등불에 달아난 새벽꿈.
옷을 걸치고 문 앞에 서서 바라보나니,
반갑다 우는 까치소리 견딜 수 없도다.

| 詩意 | 홀로 밤을 지새운 여인 – 새벽꿈도 달아나버렸고, 일어나 옷을 걸치고 새벽을 맞이한다. 까치가 울지만 반가운 소식이 있을 리 없고, 또 기대조차 접었기에 까치 울음조차 마음속으로 접어야 한다.

그런 여인의 섬세한 감정을 시인은 환하게 들여다본 것 같다.

022

陳羽(진우)

陳羽(진우)는 江東 사람으로, 생졸 연도는 미상이나 德宗 貞元 연간(785 – 804)에 진사에 급제하였다. 한유나 王涯(왕애)에 비견할 만하였고, 東宮衛佐를 역임하였다. 그의 시는 묘사하기 어려운 풍경을 눈앞에 확실하게 보여주는 듯하며, 말로 다 표현할 수 없는 깊은 뜻을 함축하고 언어 밖의 사물을 밝혀낸다고 하였다.

《全唐詩》 348권에, 그의 시가 수록되었다.

送靈一上人(송령일상인)

十年勞遠別，一笑喜相逢.
又上靑山去，靑山千萬重.

靈一 스님과 헤어지다

멀리 헤어져 십 년을 그리워하다가,
한번 웃으며 기쁘게 서로 만났다.
다시 청산을 찾아서 떠난다 하니,
푸른 산들은 천만 겹 둘러쳐 있다.

| 詩意 | 헤어진 지 십 년 – 마음을 다하여 그리워하였다고 힘들여 일하듯 '勞'라고 표현하였다. 상봉은 반갑다(喜)는 말로, 모두를 다 말했다. 그리고 천만 겹으로 에워싸인 그 산속으로 다시 떠나간다. 긴 그리움에 짧은 기쁨, 다시 이별의 아픔 – 마치 公式 같은 서술이다.

吳城覽古(오성람고)

吳王舊國水煙空, 香徑無人蘭葉紅.
春色似憐歌舞地, 年年先發館娃宮.

吳의 성터를 유람하다

吳王의 옛 도읍 물안개에 묻혔고,
꽃길에 사람 없어도 난엽은 붉었다.
春色은 가무하던 곳이 그리운지,
해마다 관애궁에 먼저 찾아온다.

| 詩意 | 제목의 覽古는 '고적을 둘러보다' 라는 뜻이고, 시 속의 香徑은 오왕 闔閭(합려)의 전각 낭하이며, 館娃宮(관왜궁)은 별궁 이름이다.

小江驛送陸侍御歸湖上山(소강역송육시어귀호상산)

鶴唳天邊秋水空，荻花蘆葉起西風.
今夜渡江何處宿，會稽山在月明中.

小江驛에서 호수의 산으로 가는 陸侍御를 전송하다

하늘 끝에 학이 울고 가을 강은 공활한데,
물 억새꽃과 갈대 잎에 서풍이 불어온다.
오늘 밤은 강을 건너 어디서 자야 할지?
회계산엔 밝은 달빛이 가득하다.

| 詩意 | 가을이면 추워지는 날씨도 그렇지만 억새의 하얀 이삭이 꽃처럼 피어 흔들리는데, 이는 나그네에게 수심으로 다가온다. 그리고 일정이 늦어 밤길을 가는데 달이라도 뜬다면 더 없이 서글플 것이다.

自遣(자견)

稚子新能編筍笠，山妻舊解補荷衣.
秋山隔岸清猿叫，湖水當門白鳥飛.

자견

어린 아들은 대나무 순으로 새 삿갓을 짜고,
시골 아내는 헌옷을 뜯어서 일옷을 깁는다.
물 건너 가을 산에 원숭이 울음 슬프고,
문 앞의 호수에선 흰 물새 날아오른다.

| 詩意 | 제목 〈自遣〉은《全唐詩》348권에는, 제목 없이 句로 수록되었다. 한가한 시골의 경치이다. 이런 경치야 어디든 있겠지만 이런 표현은 쉽지 않다. 새 삿갓은 일할 때 써야 하고, 일옷은 작업복이다. 극히 자연스러우면서도 갖출 것은 다 있고, 할 말은 모두 다 말했다.

023

于鵠(우곡)

于鵠(우곡, ?747 – 생졸년 미상, 鵠은 고니 곡)은, 沔州(면주) 漢陽縣(今 湖北省 武漢市)에 은거하다가 德宗 貞元 6년(790), 荊南節度使의 막료로 일했다. 張籍(장적)과 友好했고 詩를 잘 지었는데, 隱逸 생활을 묘사한 시가 많다. 憲宗 元和 말기에 죽자, 장적이 시를 지어 조문했다고 한다.

古詞(고사) 三首 (其三)

東家新長兒，與妾同時生，
並長兩心熟，到大相呼名.

옛 노래(3 / 3)

이웃 동쪽 집에 자란 사내는,
나와 같은 해에 태어났는데,
둘 다 자라며 마음도 통했는지,
다 컸어도 서로 이름을 부른다.

| 詩意 | 오언절구의 근원을 찾아 올라가면 古樂府에 뿌리를 두고 있다. 張籍이나 王建은 그 근원을 잘 계승한 시인으로 알려졌다. 그리고 崔國輔나 元結, 두보 역시 그러했다.

于鵠의 이 시 또한 古樂府體라 할 수 있다.

江南曲(강남곡)

偶向江邊採白蘋，還隨女伴賽江神.
衆中不敢分明語，暗擲金錢卜遠人.

강남곡

우연히 강변에 흰 마름을 따러 나갔다가,
오면서 남들처럼 강가에서 점을 쳐본다.
모두가 분명하게 말은 아니 하지만,
은밀히 돈 내고서 돌아올 날 점을 본다.

| 詩意 | 여인의 일상과 떠도는 낭군을 기다리는 연인의 심리를 묘사하였다. 蘋은 물풀 빈. 개구리 밥. 부평초. 賽는 굿할 새. 점을 치다. 내기하다. 擲은 던질 척. 돈을 내다. 卜은 점 복. 遠人(원인)은 멀리 떠난 사람. 여기서는 남편.

巴女謠(파녀요)

巴女騎牛唱竹枝, 藕絲菱葉傍江時.
不愁日暮還家錯, 記得芭蕉出槿籬.

巴郡 여인의 노래

巴땅 여인이 소를 타고 竹枝詞를 부를 때,
마름 줄기와 연잎은 강가에 가득 자랐다.
날이 저물어 귀가가 늦어도 걱정 아니하고,
무궁화 울타리 옆에 자란 파초만 생각하네.

| 詩意 | 여인 심리의 일단을 묘사하였다. 하여튼 알 수 없는 것이 여자의 마음일 것이다. 여자의 마음은 가을하늘의 구름(女人的心秋天的雲)이라는 말처럼 쉽게 변한다.

024
張志和(장지화)

張志和(장지화, ?730 – ?810, 字는 子同) – 肅宗 때 左金吾衛 錄事 參軍을 역임. 뒷날 업무상 이유로 폄직, 江湖에 은거하면서 煙波釣徒(연파조도)라 자칭하였고, 〈漁父詞〉를 창작하여 새로운 영역을 개척하였다.

漁父歌(어부가) (其一)

西塞山前白鷺飛, 桃花流水鱖魚肥.
青箬笠, 綠蓑衣, 斜風細雨不須歸.

어부가 (1)

西塞山(서새산) 앞강에 백로가 날고,
桃花가 흐른 강물에 쏘가리가 통통하다.
푸른 대나무 껍질 삿갓, 초록 도롱이에,
비껴 부는 바람 가랑비에도 돌아갈 줄 모른다.

漁父歌(어부가) (其二)

釣臺漁父褐爲裘, 兩兩三三舴艋舟.
能縱棹, 慣乘流, 長江白浪不曾憂.

어부가 (2)

낚시 대좌의 어부는 갈옷을 겉옷으로 겉에 입고서,
둘이면 둘, 셋이면 셋이 작은 배를 저어간다.
노를 저을 줄 알고, 강물 흐름을 잘 타니,
長江의 하얀 파도도 두려워하지 않았다.

| 詩意 | 識者의 隱居(은거)에는 크든 작든 불만이 없을 수 없다. 소소히 여겨 삭일 수 있어 삿갓에 도롱이를 입은 채 가랑비에 아랑곳하지 않고 낚시를 드리웠다. '兩兩三三舴艋舟' 의 舴艋(책맹)은 작은 배이다.

上巳日憶江南禊事(상사일억강남계사)

黃河西繞郡城流, 上巳應無祓禊遊.
爲憶淥江春水色, 更隨宵夢向吳洲.

上巳日에 강남의 修禊(수계)를 추억하다

黃河는 郡의 성곽 서쪽을 감싸 흐르는데,
上巳日이나 액막이 祓禊(불계) 놀이도 없다.
봄날의 淥江(녹강) 경치를 떠올리면서,
엊저녁 꿈을 따라 吳洲로 향한다.

| 詩意 | 《全唐詩》 308권에 수록. 上巳日(상사일)은 본래 삼월 上旬의 巳日이었으나 漢代 이후로는 음력 3월 3일을 상사일이라 하였다. 음력 3월이면 추위가 완전히 물러난 온난한 계절이다. 지역에 따라 조상의 묘를 청소하고 겸하여 踏靑(답청)을 즐겼다. 이날의 봄 목욕은 질병을 씻어낸다는 祓除(불제)의 뜻이며, 심신을 청결히 하여 액운을 제거한다는 놀이였다. 그러면서 물가에서 음주하고 시를 읊는 즐거운 날이었다. 祓은 푸닥거리 불. 不淨을 없애다.

025
孟郊(맹교)

가난하고 불우했던 詩人 孟郊(맹교, 751－814, 字는 東野)는 湖州 武康(今, 浙江省 북부 湖州市 德淸縣) 출신이다. 현존 詩歌 500여 수가 전하는데, 五言古詩가 많고 律詩는 하나도 없으며 〈游子吟〉이 대표작이라 할 수 있다.

맹교는 46세에 진사에 급제하였는데, 4년간 관직에 임용되질 못하다가 겨우 溧陽縣尉(율양현위)라는 지방 관직에 임용되었다. 임지로 떠나는 맹교에게 韓愈(한유)는 〈送孟東野序〉라는 名文으로 위로해 주었으니 그 불운이 어느 정도였는지 알 수 있다.

맹교는 평생 곤궁 속에 불우한 생활을 하였지만 世俗을 좇지는 않았다. 맹교의 많은 작품들이 자신의 곤궁한 생활과 그에 따른 불평을 토로했다. 맹교는 일찍이 '惡詩皆得官, 好詩抱空山.(惡詩를 짓는 사람들은 모두 벼슬을 하지만, 好詩를 짓는 사람은 산에 은거한다.)' 라고 자신의 우수를 읊었다.

시풍은 질박하지만 표현 기교에 힘을 쏟으며, 좋은 시구를 얻기 위해 고심하면서 用字造句에 평이한 표현을 극력 피하였다. 韓愈의 칭찬을 받아 세상에 알려졌고, 한유의 영향을 받아 신기하고 괴이한 표현이 많다. 그의 시문을 모은 《孟東野集》이 전한다.

游子吟(유자음)

慈母手中線，遊子身上衣.
臨行密密縫，意恐遲遲歸.
誰言寸草心，報得三春暉.

나그네의 노래

어머니 손의 바늘과 실,
떠나는 아들이 입을 옷을 짓는다.
떠날 즈음까지 꼼꼼히 꿰매기는,
더디게 돌아올까 걱정하는 마음이다.
누가 말했나? 자식의 조그만 섬김으로,
봄철 햇빛 같은 사랑에 보답한다고!

| 註釋 | ○ 〈遊子吟〉 – 〈나그네의 노래〉. 吟은 읊을 음. 詠也, 노래하다. 객지로 떠나려는 자식을 걱정하는 어머니의 심정과 사랑을 그렸다. 빨래하고 돌아오는 모친을 보고 지었다는 自註(자주)도 있다. 《唐詩三百首》에 수록.

屈原(굴원)의 〈漁父辭〉에 '行吟澤畔(행음택반)' 이란 구절이 있다. 樂府題로, 吟은 노래(詩歌)라는 뜻. 《三國演義》에서 諸葛亮은 〈梁父吟(양보음)〉을 즐겨했다는 말이 있다.

○ 慈母 – 어머니. 우리말 '어머니' 에는 아무런 수식어가 필요 없다. '어머니' 라는 말 자체에 모든 것이 들어있다. 말을 보태어

더 꾸밀 필요가 없다. 手中線은 손에 쥔 바늘과 실.

○ 遊子身上衣 – 遊子는 떠나는 아들. 공부하러 가든, 發令을 받아 벼슬길에 오르든, 돈을 벌려고 집을 나서든 어머니의 자식 걱정은 끝이 없다.

○ 臨行密密縫 – 密은 빽빽한 밀. 縫은 꿰맬 봉. 密密縫 – 촘촘히 바느질하다.

○ 意恐遲遲歸 – 遲는 늦을 지. 遲遲歸 – 늦게 돌아오다.

○ 誰言寸草心 – 誰는 누구 수. 言은 '寸草 ~ 暉' 까지. 寸草心은 한 치쯤 되는 풀과 같은 마음. 자식이 부모 생각이나 부모 모시는 정성이 별것 아님을 뜻한다. 자식의 작은 孝誠.

○ 報得三春暉 – 報得은 보답하다. 暉는 빛 휘. 三春暉(삼춘휘)는 봄 석 달 동안의 햇빛. 온 만물을 낳고 키워주는 봄의 태양빛. 어머니의 사랑. 자식의 조그만 정성이나 부모 섬김으로는 어머니 은혜를 조금도 보답할 수 없다는 反語法의 표현. 三春은 孟春, 仲春, 季春.

| 詩意 | 이 시는 객지로 떠나려는 자식을 걱정하는 어머니의 심정과 사랑을 그린 五言古詩이다.

母子連心(어머니와 아들은 마음이 통한다)이며, 知子莫若母(아들은 어머니가 제일 잘 안다)라고 하였다. 그리고 '兒行千里母擔憂(아행천리모담우)' 라는 속담이 있는데, 이는 자식이 천 리 길을 가면 어머니의 걱정을 메고 간다는 뜻이다. 이처럼 어머니의 자식 걱정은 끝이 없다.

이 시는 맹교가 貞元 16년(800), 나이 50세로 溧陽(율양 – 江蘇

省 서남부 溧陽市)의 縣尉라는 지방의 末職에 있을 때 지은 시이다. 지난날의 어머님의 고마움을 회상하고 지은 시다. 어머님의 자식 사랑은 끝없이 크고, 자식의 효성은 너무나 미약하다고 회상하고 있다.

그런데 맹교는 근무지에서 시를 짓는 데에만 정신을 팔아 자신의 업무를 제대로 수행하지 못하므로 '假縣尉(가현위)' 라는 임시직을 채용하여 업무를 수행케 하면서 맹교의 급료를 절반으로 깎았다는 이야기가 있다.

老恨(노한)

無子抄文字，老吟多飄零.
有時吐向床，枕席不解聽.

노인의 한

자식도 없이 시나 짓고 있는데,
늙은이 시는 쓸쓸하고 처량하다.
때로는 침상에서 시를 읊어 보지만,
이부자리는 시를 들어 알지 못한다.

| 詩意 | 맹교는 평생 곤궁 속에 불우한 생활을 하였지만 世俗을 좇지는 않았다. 맹교는 많은 작품에서 자신의 곤궁한 생활과 그에 따른 불평을 토로했다.

맹교의 시풍은 질박하지만 표현 기교에 힘을 쏟으며, 좋은 시구를 얻기 위해 고심하여 用字造句에 평범한 표현을 극력 피하였다. 맹교는 한유의 칭찬을 받아 세상에 알려졌고, 한유의 영향을 받아 신기하고 괴이한 표현이 많다.

위 시는 《全唐詩》 374권에 수록.

古別離(고별리)

欲別牽郎衣, 郎今到何處.
不恨歸來遲, 莫向臨邛去.

옛날의 이별

떠나려는 낭군의 옷을 잡고,
"낭군은 지금 어디로 가렵니까?
늦게야 온다고 원망하지 않지만,
蜀의 臨邛(임공)엔 가지 마시오."

| 詩意 | 《全唐詩》 372권에 수록. 객지에 나가 바람이 날까 걱정하는 여인의 심사를 읊었다. 臨邛(임공)은 四川의 지명으로, 司馬相如의 아내가 된 卓文君의 고향이다. 사마상여는 탁문군의 유혹에 넘어가 成都로 야반도주 했었다. 이 시가 聶夷中(섭이중, 837－884)의 시라는 주장도 있다.

古怨(고원)

試妾與君淚，兩處滴池水，
看取芙蓉花，今年爲誰死.

오랜 원한

한 번 나와 낭군의 눈물을,
두 곳 연못에 떨어뜨리고,
양쪽 연꽃을 확인해 봅시다.
올해 누구 눈물에 죽는가를!

| 詩意 | 나의 눈물과 낭군의 눈물 어느 쪽이 더 진실하고, 누가 더 많은 눈물을 흘리는지 진실게임을 해보자는 뜻의 시이다.

남녀의 애정과 이별 相思는 많은 시인의 주제이지만, 이는 대화체를 택했다는 점에서, 또 진실게임을 요구했다는 점에서 새롭다는 평을 들을 만하다.

《全唐詩》 372권에 수록.

借車(차차)

借車載傢俱，傢俱少於車.
借者莫彈指，貧窮何足嗟.
百年徒役走，萬事盡隨花.

수레를 빌리다

수레를 빌려 살림살이를 실었는데,
살림살이가 수레에도 차지 않는다.
빌려 산다고 손가락질 하지 마오,
가난과 궁색을 어찌 다 한탄하겠나!
평생을 일꾼으로 좇아다녔으니,
세상 만사가 꽃이 지듯 사라진다.

| 詩意 | 《全唐詩》 380권 수록.

평생 가난 속에 살았다면 타고난 가난이니, 무얼, 또 누굴 원망하겠는가?

신혼살림을 조그만 용달차에 싣고 이사 다니던 그 시절을 회상해본다. '서울서 살기가 다 이런 것이지!' 하면서, 시골에서 上京한 것 만으로도 대견히 여겼으니 가난을 원망하지 않았다.

수레 하나를 채우지 못한 맹교의 가난 – 50세에 급제하고서는 좀 나아졌으리라. 그러면서 그 이전의 가난은 꽃이 지듯 정말로 사라졌을까?

登科後(등과후)

昔日齷齪不足誇，今朝放蕩思無涯.
春風得意馬蹄疾，一日看盡長安花.

급제한 뒤에

예전엔 눌려서 큰 소리도 못쳤지만,
오늘은 마음껏 생각대로 말을 한다.
춘풍에 득의하니 말도 빨리 달려서,
하루에 온 장안의 꽃을 다 보았네.

| 詩意 | 맹교는 진사과에 여러 번 낙방하였다.

가난한 살림에 나이는 먹고, 과거에는 연이어 낙방하였으니 …

'一夕九起嗟，夢短不到家.'

'하룻밤에도 아홉 번씩 일어나 탄식하고,
꿈도 짧으니 꿈에 집에도 못 간다.' 고 읊었다.

이런 구절을 통해 과거 시험의 실패가 얼마나 큰 충격이었던가를 알 수 있다. 그러다가 貞元 12년(796)에, 급제하였을 때의 그 기쁨을 짐작할 수 있으리라.

'온 장안의 꽃을 하루에 다 보았다!' 니

元代의 문학자인 元好問(원호문, 1190 – 1257, 字는 裕之, 號는 遺山)은 맹교에 대하여 '詩에 갇힌 사람' 이란 뜻으로 '詩囚(시수)' 라고 표현하였는데, 이는 시 짓기를 즐기는 것이 아니라, 시 때문에 고생을 했다는 의미일 것이다.

洛橋晚望(낙교만망)

天津橋下冰初結，洛陽陌上人行絶．
楡柳蕭疏樓閣閑，月明直見嵩山雪．

저녁에 낙교에서 바라보다

天津橋(천진교) 강물에 첫 얼음이 얼자,
洛陽城(낙양성) 큰길에 행인 자취 끊겼다.
엉성한 누릅나무 사이로 누각도 비었고,
달빛은 嵩山(숭산)에 쌓인 눈을 바로 비춘다.

| 詩意 | 시인의 眼目은 놀랍고도 늘 새롭다.

보통 사람에게도 똑같이 보이는 풍경이 시인에게 다르게 보이는 까닭은 무엇인가?

시인의 心眼이 다르기 때문일 것이다. 늘 새롭게 알아보고, 탐색하며 추구하면 새로운 세계가 열리고, 그렇게 보이는 세계를 그려내면 시가 될 것이다.

《全唐詩》 376권 수록.

答友人贈炭(답우인증탄)

青山白屋有仁人, 贈炭價重雙烏銀.
驅卻坐上千重寒, 燒出爐中一片春.
吹霞弄日光不定, 暖得曲身成直身.

숯을 보내준 벗에게 답하다

青山의 가난한 집에 착한 사람이 사는데,
보내준 숯 값은 은제 까마귀 쌍보다 비싸다.
쫓겨 밀려나 혹심한 추위 속에 움츠렸는데,
화로에 피운 숯불은 한 조각 봄날 같구나.
아지랑이 피듯, 햇볕 가리듯 화력이 어설프나,
따뜻한 불기운에 굽은 몸이 반듯하게 펴졌다.

| 詩意 | '춥고 배고프다'는 말을 많이 들었다. 양식이 떨어진 집에는 땔감도 없다. 그러니 춥고 배고플 수밖에!

추위에 떠는 벗을 위해 숯을 보내 주었으니, 이는 배고픈 사람 집에 쌀가마를 보내준 것과 같으리라. 추위에 떠는 시인에게 화로에 피운 붉은 숯불은 새로 맞이한 봄과 같았다.

聞砧(문침)

杜鵑聲不哀, 斷猿啼不切.
月下誰家砧, 一聲腸一絶.
杵聲不爲客, 客聞髮自白.
杵聲不爲衣, 欲令遊子歸.

다듬이질 소리를 들으며

두견이 울음도 슬프지 않고,
슬픈 원숭이 울음도 녹이지 못하리.
달빛 아래 어느 집의 다듬이질 소리,
소리소리마다 애간장을 끊는다.
방망이질이야 나그네 생각하지 않지만,
듣는 나그네는 머리가 절로 희어지리라.
방망이 소리가 옷감 다듬기보다야,
나그네 돌아가라는 마음을 재촉한다.

| 詩意 | 다듬이질은 여인의 간절한 소원이다. 밤이 늦도록 다듬이질을 하고 옷을 지어 떠나보낸다. 무사하라고, 탈 없이 빨리 돌아오라고 비는 간절한 몸짓이다.

내가 돌아오기를 기다리는 어머니가 계신다 – 이보다 더 큰 위안이 무엇이겠는가? 다듬이질 소리는 나그네의 마음을 위로하며 또 슬프게 한다. 《全唐詩》 374권 수록.

秋夕移居述懷(추석이거술회)

臥冷無遠夢，聽秋酸別情.
高枝低枝風，千葉萬葉聲.
淺井不供飮，瘦田長廢耕.
今交非古交，貧語聞皆輕.

추석에 이사하고 짓다

차가운 방안에 누우니 큰 꿈도 없거늘,
찬바람 소리에 이별의 옛정만 그립다.
높다란 늘어진 가지에도 바람 불으니,
나무의 잎새들 모두가 소리를 낸다.
얕은 우물물을 여럿이 마실 수 없고,
척박한 땅은 농사 그만둔 지 오래다.
지금 사귐은 옛날 교제와 다르기에,
貧者의 말은 누구나 듣지 아니한다.

| 詩意 | 추석 무렵 이사해야 한다는 자체가 가난이다. 농사 다 지어 놓고 편히 지내야만 정상이다. 추석에 이사 가야 하는 그런 가난한 사람의 말을 누가 알아주겠나? 소슬한 가을바람에 낙엽이 울고, 사나이는 차가운 방에 하염없이 누워있다. 옛정이 그립지만, 세상 인심은 야속하다.

《全唐詩》 374권 수록.

泛黃河(범황하)

誰開昆侖源，流出混沌河.
積雨飛作風，驚龍噴爲波.
湘瑟颼飀弦，越賓嗚咽歌.
有恨不可洗，虛此來經過.

황하를 건너가다

그 누가 곤륜산의 물길을 열어,
混沌河(혼돈하)를 흐르게 했는가?
비가 쏟아져 바람이 일어나고,
용을 놀래어 파도를 뿜게 한다.
湘江에서는 금슬을 쓸쓸히 연주하고,
越땅의 객인은 잠긴 목으로 노래한다.
한을 품고도 풀지 못한 채,
이 황하를 그냥 건너가야 한다.

| 詩意 | 중국인들은 황하의 근원을 곤륜산으로 생각했다. 混沌河(혼돈하)는 황하의 상류 황토지대를 흐르는 흙탕물 황하를 뜻한다.

越賓(월빈)은 越 땅에서 청운의 꿈을 안고 올라온 나그네 맹교 자신이다. 낙제했기에 잠긴 목소리로 울어야만 했다. 그러니 그 한을 어떻게 풀어버릴 수 있는가? 풀지 못하고 배를 타고 고향으로 돌아가야 한다. 맹교의 슬픔이 가득하다. 《全唐詩》 377권 수록.

游終南山(유종남산)

南山塞天地, 日月石上生.
高峰夜留景, 深谷晝未明.
山中人自正, 路險心亦平.
長風驅松柏, 聲拂萬壑淸.
到此悔讀書, 朝朝近浮名.

종남산에 놀다

종남산이 하늘과 땅을 가렸으니,
해와 달은 바위에서 떠오른다.
높은 봉우리 밤에도 빛이 남아있고,
깊은 계곡은 낮에도 밝지 아니하다.
산에 사는 사람 스스로 바르게 되나니,
길이 험하지만 마음만은 평온하다.
항상 부는 바람에 송백이 흔들리며,
그 소리에 온 골짝 기운이 맑아진다.
여기에 들어오면 독서를 후회하니,
날마다 헛명성만 얻으려 했었다.

| 詩意 | 당나라 長安 사람들이 즐겨 찾던 終南山은, 今 西安市 扶風區 武功縣 경내의 太一山이라고 한다. 맹교는 德宗 貞元 연간에,

장안에 와서 응시하며 종남산을 유람했었다.

종남산의 형세와 경관을 서술한 다음에, 종남산의 깊이와 분위기에 俗人의 감정도 순화되는 것을 산의 기운과 바람 때문이라 표현하였다.

그러면서 벼슬만을 염두에 두고 독서한 평생을 후회한다고 결론지었다.

《全唐詩》 375권 수록.

游華山雲臺觀(유화산운대관)

華嶽獨靈異，草木恒新鮮.
山盡五色石，水無一色泉.
仙酒不醉人，仙芝皆延年.
夜聞明星館，時韻女蘿弦.
敬玆不能寐，焚柏吟道篇.

華山의 雲臺觀을 유람하다

華嶽(화악)은 특별히 신령하고 기이하며,
草木조차 언제나 신선하다.
산에는 五色의 암석이 가득하고,
냇물은 원천이 하나가 아니다.
仙酒를 마셔도 취하지 아니하고,
仙芝는 모두가 수명을 늘려준다.
한밤에 明星館에서 풍악을 울리는데,
때때로 女蘿(여라)의 가락과 같다.
삼가 조심하며 잠들지 못하고,
향을 태우면서 道經을 읽는다.

| 詩意 | 제목의 운대관은 화산의 정상인 雲臺峰(北峰)의 정상에 있는 道觀(도관)이다.

원문 女蘿(여라)는 소나무에 기생하는 넝쿨식물인데, 연주하는

가락이 가늘고 길게 이어지는 형상이다.

《全唐詩》 375권 수록.

烈女操(열녀조)

梧桐相待老, 鴛鴦會雙死.
貞婦貴殉夫, 捨生亦如此.
波瀾誓不起, 妾心古井水.

열녀의 노래

오동은 서로 마주 보고 시들고,
원앙도 같이 죽는 줄로 안다오.
貞婦는 따라 죽기를 귀히 여기니,
목숨을 버리기 또한 이와 같다오.
맹세코 풍파를 일으키지 않으려니,
마음은 오래된 우물의 물이랍니다.

| 註釋 | ○ 〈烈女操〉 - '열녀의 노래'. 操는 잡을 조. 貞操. 持念. 〈烈女操〉는 樂府詩의 題目. 부인의 정절을 노래한 시. 《唐詩三百首》에 수록.

○ 梧桐相待老 - 梧는 벽오동나무 오. 桐은 오동나무 동. 碧梧桐은 喬木(교목)인데, 봉황새는 벽오동에 깃들고 그 열매를 먹는다고 한다. 우리 풍속에 딸을 낳고 벽오동을 심는 것은 훌륭한 사위를 맞고 싶다는 의지의 표현이며, 또 딸이 출가할 즈음에 그 오동나무를 베어 장롱을 만들어준다는 뜻이 있다. 오동나무는 材質이 가볍고 튼튼하여 예로부터 가구용 목재로 널리 쓰였다.

○ 鴛鴦會雙死 – 鴛은 수컷 원앙 원. 鴦은 암컷 원앙 앙. 원앙은 항상 짝지어 살다가 함께 죽는다고 한다. 會는 ~을 할 줄 안다. ~을 잘 하다. 雙死(쌍사)는 짝지어 죽는다.

○ 貞婦貴殉夫 – 殉은 따라 죽을 순. 徇(따를 순, 복종하다)으로 쓴 판본도 있다. 殉夫 – 남편을 따라 죽다.

○ 捨生亦如此 – 捨는 버릴 사. 죽다.

○ 波瀾誓不起 – 波는 물결 파. 瀾은 물결 난(란). 波瀾은 부부 사이의 풍파. 誓는 맹세할 서.

○ 妾心古井水 – 古井水는 오래된 우물의 물. 井中水(우물의 물)로 쓴 판본도 있다.

| 詩意 | 五言古詩體의 樂府詩이다. 여인 자신이 생명을 걸고 貞節을 지키겠다고 굳게 맹세하는 시다. 원앙새는 짝을 잃으면 남은 새도 결국은 그리움에 지쳐 죽는다고 하기에 원앙을 부부애의 상징으로 삼는다.

明의 胡震亨(호진형, 1569 – 1645)의 《唐詩談叢(당시담총)》에 '島寒郊瘦(도한교수)' 란 말이 있다. 당의 시인 '賈島(가도)는 추위에 떨었고, 孟郊(맹교)는 수척했다.' 는 뜻인데, 이들 두 사람은 貧寒한 삶을 살았다. 맹교의 〈移居詩(이거시)〉에 '借車戴家具, 家具少於車.(수레를 빌려 가구를 실었는데, 가구가 수레보다 적었다.)' 고 했었다. 또 〈謝人惠炭(사인혜탄)〉에 '暖得曲身成直身(따뜻하니 굽었던 몸이 곧게 펴졌다).' 라는 구절이 있다.

026
暢當(창당)

暢當(창당, ? – ?)은 代宗 大曆 7년(770)에 진사에 급제하고, 德宗 貞元 연간(785 – 804)에 太上博士를 역임했다. 韋應物(위응물), 李端(이단), 司空曙(사공서) 등과 교우하며 시를 唱和했다.
《全唐詩》에 287권에 그의 시 17수가 수록되었다.

登鸛雀樓(등관작루)

迥臨飛鳥上，高出世塵間.
天勢圍平野，河流入斷山.

관작루에 올라

나는 새보다 더 위로 오르니,
세속 티끌서 높이 솟아 나왔다.
하늘의 위세는 평야를 에워쌌고,
황하는 험산으로 흘러간다.

| 詩意 | 창당의 이 시는 王之渙의 같은 제목만큼 유명하지는 않지만 매우 널리 알려진 시이다.

高空에 높이 올라 천지의 광활함을 묘사하였다. 河流入斷山의 斷山은 아주 험준한 산이라는 주석이 있으니, 山과 山 사이를 가르며 흘러간다는 뜻이 아니다. 왕지환은 관작루에서 자신의 胸襟(흉금)을 노래했다면, 창당은 대자연을 읊었다. 두 시를 비교하면, 두 시인의 개성이 어떻게 다른가를 알 수 있을 것이다.

027

李冶(이야)

唐代의 李冶(이야), 薛濤(설도), 魚玄機(어현기), 劉采春(유채춘)을 보통 四大女流詩人으로 손꼽는다. 李冶(713? – 784)의 본 이름은 李紿(이태)인데, 그녀의 字를 써서 李季蘭(이계란)으로 기록한 책도 있다.

이야는 開元 초년(713)에 출생하였는데 어려서부터 매우 총명하였다. 전해오는 이야기에 의하면 5, 6세에 이미 문자를 알았는데, 부친의 품에 안겨 뜰을 산책하다가 포도덩굴에 시렁이 없이 땅바닥에 퍼져 있는 것을 보고서 '經時未架却(때가 지났는데도 시렁을 매주지 않아), 心緒亂縱橫(마음처럼 종횡으로 어지럽도다).' 이라 읊었다고 한다.

이 말을 들은 부친은 아이가 커서 엄한 교육을 받지 못하면, 혹 무슨 失行을 할까 걱정하였다고 한다. 결국 어느 정도 성장하자, 도교의 사원인 玉眞觀이란 道觀(도관)에 보내졌고 이야는 여자 도사, 곧 道姑(도고)가 되었다.

그러나 여자 도사라지만 그녀의 才華(재화)는 결코 숨길 수도 또 가릴 수도 없었다. 이야는 시뿐만 아니라 탄금에도 뛰어났기에 수많은 시인이나 명사들이 李冶와 왕래하며 시를 주고받았으며 '女中詩豪(여중시호)로 명성이 높았다.'

그 당시 유명하던《茶經》을 저술한 시인 陸羽(육우, 陸鴻漸)는 이야와 특별히 가까웠다는 이야기가 있다.

八至(팔지)

至近至遠東西, 至深至淺清溪.
至高至明日月, 至親至疏夫妻.

가깝고 먼 8가지

아주 가깝고도 아주 먼 동쪽과 서쪽,
아주 깊고도 아주 얕은 맑은 시내.
아주 높고도 아주 밝은 해와 달,
아주 친하고도 아주 소원한 남편과 아내.

| 詩意 | 이 시는 六言絶句이다. 아주 드물기는 하지만 육언절구의 작품도 있다. 위 시에서 가장 재미있는 구절은, 結句의 至親至疏이다. 부부란 촌수가 없으니 부자 관계보다도 더 가깝지만, 헤어지면 그대로 완전한 남남이다. 한집에 살고 같이 자더라도 마음이 떠난 부부의 그 소원함은 차라리 남만도 못할 것이다. 아마 여류시인이기에 이런 감정을 느꼈을 것이다.

028
薛濤(설도)

薛濤(설도, 768? - 831)는 당나라 제일의 여류 시인이다. 설도의 字는 洪度〔홍도, 또는 宏度(굉도)〕이고, 장안에서 출생하여 아버지 薛鄖(설운)의 관직에 따라 蜀으로 왔고 부친 사후에 成都에서 생활하다가 죽었다.

설도는 촉에 온 절도사나 여러 관리들과 왕래하였는데, 그때의 名士라 할 수 있는 元稹(원진), 牛僧孺(우승유), 張籍(장적), 白居易, 令狐楚(영호초), 劉禹錫(유우석), 張祜(장호), 段文昌(단문창) 등이 설도와 시를 주고받았다. 그중에서도 열 살 정도 연하인 元稹(원진)과의 交情이 가장 도타웠다고 한다. 설도가 살았던 중국 사천 成都에, 지금은 望江樓(망강루) 公園이 있고 거기에 薛濤紀念館이 있다고 한다.

설도의 시는 특히 淸麗(청려)하다는 평가를 받고 있는데 〈送友人〉, 〈牡丹(모란)〉 등이 유명하다. 위는 明 高棅(고병)이 편찬한 欽定四庫全書《唐詩品彙》 45권에 실려 있다.

春望詞(춘망사) 四首 (其一)

花開不同賞，花落不同悲.
欲問相思處，花開花落時.

봄을 기다리는 노래 (1 / 4)

꽃이 펴도 같이 즐기지 못하고,
꽃이 져도 둘이 슬퍼 못하네.
서로 생각 하는 때를 물으려니,
바로 꽃이 피고 꽃이 질 때입니다.

春望詞(춘망사) 四首 (其三)

風花日將老，佳期猶渺渺.
不結同心人，空結同心草.

봄을 기다리는 노래 (3 / 4)

바람에 꽃은 지려 하는데,
만나는 날은 아직 아득하구나.
한마음 맺지 못한 사람이라,
공연히 풀로 同心을 지으려 하네.

| 詩意 | 여인의 그리움이 이렇게 애잔하단 말인가? 우리가 지금도 애창하는 金億(김억, 1896 – ?, 필명 岸曙)이 작사한 가곡 〈同心草〉는 이 시를 飜案(번안)한 것이다.

成都에서 부친을 잃은 설도는 모친과 함께 곤궁하게 살았다. 설도가 열여섯이 되자 타고난 姿色(자색)이 있고, 시를 짓고 음률에 뛰어났기에 樂籍(악적)에 이름을 올릴 수밖에 없었다.

德宗 貞元 연간(785 – 804)에, 當時의 劍南西川節度使인 韋皐(위고)는 薛濤를 아끼고 좋아하였는데, 매번 잔치나 遊樂에 절도사 관아로 불러 시를 짓게 하였다. 그러면서 薛濤에게 '校書' 라는 관직을 내려 달라는 표문을 조정에 올렸으나, 조정에서는 '전례가 없다' 며 인준하지 않았다. 그렇지만 그 이후 설도는 '薛校書' 로 불리었다.

送友人(송우인)

水國蒹葭夜有霜, 月寒山色共蒼蒼.
誰言千里自今夕, 離夢杳如關塞長.

벗을 보내다

물가의 갈대에 밤들어 서리 내리고,
차가운 달빛에 산색은 모두 검도다.
오늘밤 지나면 천리를 간다고 누가 말하나?
이별의 꿈자리 어지럽고 변방은 멀기만 하다.

| 詩意 | 이 시는 변방으로 부임하는 지인을 보내는 시이다. '蒹葭(겸가)' 는 갈대이고, 蒼蒼은 나무들이 짙푸른 모양이나 우거진 모양을 뜻하는데, 짙푸른 색은 사실 검은색에 가깝고 달빛 아래 산이 푸르게 보이지 않는다. 밤에 내리는 서리의 처량함과 차가운 달빛의 쓸쓸함이 모두 시인의 뒤숭숭한 꿈자리로 이어질 것이다.

成都에 부임한 武元衡(무원형)은 설도의 명성을 듣고 설도를 樂籍에서 빼주었다. 설도가 妓女의 신분에서 벗어났지만, 이미 미모와 명성은 널리 알려졌기에 당시 촉에 부임하는 節度使, 幕府佐僚, 귀인과 公子, 문인이나 禪師와 道士들의 내방이 끊이지 않았다. 그중에서도 시인 元稹과의 로맨스가 가장 널리 알려졌지만, 설도는 시인으로서 고독한 생을 마감했다.

029

魚玄機(어현기)

魚玄機(어현기, 844? – 868)는 당나라 4대 여류 시인의 한 사람이라고 하는데, 字는 蕙蘭(혜란)이다. 어현기는 李億納(이억납)이란 사람의 첩이었다가 나중에는 여자 도사가 되어 咸宜觀(함의관)이라는 道觀(도관, 도교의 사원)에서 생활했다. 그리고 온정균과 사귀며 시를 주고받기도 하였다. 자신의 몸종을 때려죽인 죄로 체포되었다가 처형되었다고 한다.

送別(송별) 二首 (其二)

水柔逐器知難定，雲出無心肯再歸.
惆悵春風楚江暮，鴛鴦一隻失羣飛.

송별 (2 / 2)

유연한 물은 그릇대로 모양이 생겨나고,
구름은 무심코 피었다가 쉽게 다시 사라진다.
봄바람 슬프고 楚江에 해는 지는데,
원앙새 한 마리 무리 잃고 날아간다.

| 詩意 | 원앙은 짝을 채워 살고, 또 무리 지어 날아다니는데, 짝 잃은 한 마리를 보고 시인의 쓸쓸한 마음을 보태었다.

혼자 사는 것이 남자나 여인에게 모두 어려운 일인 것을 알기에, 그 외로움이 곧 서러움으로 바뀔 것이다.

江陵愁望有寄(강릉수망유기)

楓葉千枝復萬枝, 江橋掩映暮帆遲.
憶君心似西江水, 日夜東流無歇時.

강릉에서 근심으로 바라보며 짓다

단풍 든 나뭇잎 천 가지 만 가지,
강에 교량 그림자 지며 저녁 배가 늦었다.
그대 그리는 마음은 西江 물과 같으니,
밤낮 쉬지도 않으며 동쪽으로 흘러간다.

| 詩意 | 첫 구는 강릉의 가을 경치에 따른 감흥을 읊었다. 천 가지 만 가지에 달린 단풍잎만큼이나 수심이 많다는 시의 주제를 말했다. 두 번째 구절은 해질 무렵 강가의 가까운 풍경을, 셋째 구는 相思의 뜻을 다시 말했고 결구에서 멀어져 간 님을 그렸다.

이 시를 오언으로 바꿔 지으면 아래와 같은 것이다.

楓葉千萬枝, 江橋暮帆遲.
憶君如江水, 日夜無歇時.

遊崇眞觀南樓, 覩新及第題名處
(유숭진관남루, 도신급제제명처)

雲峰滿目放春晴, 歷歷銀鈎指下生.
自恨羅衣掩詩句, 擧頭空羨榜中名.

崇眞觀의 南樓에서 놀다가 새 급제자 명단 붙인 곳을 바라보다

구름낀 산의 맑은 봄기운 넘쳐 눈에 가득하고,
또렷한 멋진 글씨 손가락 아래 생겨난다.
스스로 한이 맺혀 비단옷으로 詩句를 가리며,
고개를 들어 방문 명단을 공연히 부러워한다.

| 詩意 | 장안의 道觀(道敎의 사원)이나 궁중에 여자 道人(道姑)가 많이 있었다. 어현기는 여자로 태어난 한을 풀 수가 없었다.

그 의지가 결연하니, 만약 남자로 태어났더라면 큰 재목이 되었을 것이라고 많은 문사들이 아끼고 동정하였다고 한다. 어쩌면 그 시절에 걸출한 인물이었다.

贈隣女(증린녀)

羞日借羅袖, 愁春懶起妝.
易求無價寶, 難得有心郎.
枕上潛垂泪, 花間暗斷腸.
自能窺宋玉, 何必恨王昌.

이웃 여인에게 주다

눈부신 햇빛 비단 소매로 가리고,
봄날 수심에 늦게 일어나 화장한다.
비싼 보배도 쉽게 구할 수 있지만,
마음 준 낭군은 내 차지가 어렵다.
베갯머리에 남몰래 흘린 눈물,
꽃을 보아도 마음에 애가 끊어진다.
내가 宋玉을 사랑할 수 있는데,
하필 王昌을 그리며 한탄하겠나?

| 詩意 | 남자도 여인의 사랑을 갈구하지만 여인 역시 마찬가지이다. 왜냐면 젊은 남녀의 色情은 비슷하기 때문이다. 미련에 나오는 宋玉과 王昌은 모두 재능과 용모가 걸출한 미남이다.

030

劉采春(유채춘)

劉采春(유채춘)은, 越州의 광대인 周季南의 아내로 樂籍에 오른 기녀였다고 한다. 원진은 유채춘을 만나자마자 한눈에 사랑에 빠지면서 설도는 완전히 잊어버린다.

어느 날, 유채춘은 주연에서 〈囉嗊曲(나홍곡, 一名 望夫歌)〉 6首를 구슬프게 불러 원진을 비롯한 많은 사람들을 크게 감동시켰다. 나홍은 '멀리 간 사람이 돌아오기를 기다린다.' 는 뜻이라 하니, 그 지역의 방언일 것이다.

나홍곡이 120수나 있는데 다른 문인들이 지은 것이고, 유채춘은 그 노래를 잘 불렀다는 이야기도 있다.

《全唐詩》에는 6수가 유채춘이 지은 시로 실려 있는데, 그중 일부는 다음과 같다.

囉嗊曲(나홍곡) 六首 (其三)

莫作商人婦, 金釵當卜錢,
朝朝江口望, 錯認幾人船.

나홍곡 (3 / 6)

장사꾼 아내는 되지 말지니,
금비녀는 복채로 잡혀 버렸고,
날마다 강가를 바라보면서,
다른 배를 착각하기 몇 번이던가?

囉嗊曲(나홍곡) 六首 (其四)

那年離別日, 只道往桐廬,
桐廬人不見, 今得廣州書.

나홍곡 (4 / 6)

지난번 언젠가 떠나가던 날,
동려에 있겠다 말을 했지만,
그런 사람 동려에 없다는데,
오늘 받은 편지는 廣州서 보냈네.

| 詩意 | 상인 아내의 독수공방의 사무친 기다림과 슬픔이 절절히 나타나 있다. 마지막 수의 桐廬(동려)나 廣州는 다 지명인데, 광주가 더 남쪽이다. 광주는 이미 당나라 때부터 아라비아 상인들이 오가는 무역항으로 번창하였다.

원진은 유채춘의 〈망부가〉를 듣고 그 자리에서 〈贈采春〉이라는 제목의 시를 지어 건네면서 유채춘의 미모와 최고의 노래를 칭찬해 주었다고 한다.

031

杜秋娘(두추낭)

杜秋娘(두추낭, 杜秋, 생졸년 미상)은 금릉 사람으로, 15살에 李錡(이기, 741 - 807)의 妾이 되었다고 한다. 憲宗 元和 2년(807)에, 鎭海節度使인 李錡는 기병하며 造反했다가 한 달 만에 진압되어 죽었고 杜秋娘은 잡혀서 궁중에 보내지는데, 이것이 오히려 전화위복으로 헌종의 총애를 받았다고 한다.

元和 15年(820), 헌종이 죽고 穆宗이 즉위하자 그녀는 목종의 아들 李湊(이주)의 傅姆(부모, 여자 스승)가 된다. 뒷날 이주가 폐위되면서 두추낭은 고향으로 돌아갈 수 있었다.

시인 杜牧(두목)은 금릉을 지나다가 그녀의 궁색하고 늙은 모습을 보고 〈杜秋娘詩〉를 지어 그녀 대신 신세한탄을 해주었다는 이야기가 있다.

金縷衣(금루의)

勸君莫惜金縷衣, 勸君惜取少年時.
花開堪折直須折, 莫待無花空折枝.

금실로 짠 옷

당신께 권하나니 금실 옷이라 아끼지 마오,
당신께 말하지만 젊은 시절을 아껴야 한다오.
꽃피어 꺾을 만하면 바로 꺾어야 하나니,
공연히 기다리다 꽃 없는 가지만 꺾지 마시오.

| 註釋 | ○ 〈金縷衣〉 - 〈금실로 짠 옷〉. 금실 비단옷을 아까워하지 말고 젊은 시절의 자신의 아름다움과 사랑을 마냥 취하라는 메시지를 주고 있다. 《唐詩三百首》에도 수록되었다.

○ 勸君莫惜金縷衣 - 莫惜(막석)은 아까워하지 말라. 재물에 집착하지 말라.

○ 勸君惜取少年時 - 惜取(석취)는 아끼면서 가져라.

○ 花開堪折直須折 - 堪은 견딜 감. 堪折(감절)은 꺾을 만하다. 直須折(직수절)은 곧바로 꺾어야 한다. 기회가 왔다면 움켜쥐라는 뜻.

○ 莫待無花空折枝 - 莫待(막대)는 기다리지 말라. 空折枝는 쓸데없는 가지만 꺾다.

| 詩意 | 가는 세월을 아쉬워했을 것이다.

歌妓나 妾室(첩실)이나 젊은 미모가 기본인데, 세월 따라 미모가 쇠퇴하니 흐르는 세월에 대한 원망은 누구보다 더 절실했을 것이다.

그러나 세월은 선량한 사람을 져버리지 않는(歲月不負善良人) 법이다. 사람이 아무리 좋은 바탕을 타고 났어도, 또 아무리 좋은 환경이라도 스스로 노력해야 한다.

젊어 독서에 마음을 기울이지 않으면(小時讀書不用心), 책 속에 황금이 있다는 이치를 모른다(不知書中有黃金). 그리고 玉도 다듬지 않으면 그릇(물건)이 되지 않는다(玉不琢 不成器).

李白에 얽힌 전설 같은 이야기이지만 '쇠몽둥이도 갈면 바늘로 만들 수 있는(鐵棒可以磨針) 것처럼, 우리 보통 사람이라도 흙을 쌓아올리면 산을 만들 수 있다(積土可以成山).'

032

武元衡(무원형)

武元衡(무원형, 758 - 815, 字는 伯蒼)은 唐朝의 名相이며, 詩人이다. 武則天의 曾侄孫으로, 德宗 建中 4年(783)에 進士科에 급제하여 여러 관직을 역임했다. 덕종의 인정을 받았는데, 덕종은 '武元衡은 眞 宰相器' 라고 칭찬하였다.

그 뒤에 順宗 재위 중에 王叔文(왕숙문) 등에 의거 밀려났다가 憲宗 元和 연간에 부활하여 정치적으로 화려한 업적을 남겼다.

무원형은 시인으로도 유명하여 중당의 유명 시인 白居易, 孟雲卿(맹운경), 李益(이익), 孟郊(맹교), 鮑容(포용) 등과 시단의 주류를 형성하였다.

夏夜作(하야작)

夜久喧暫息, 池臺惟月明.
無因駐清景, 日出事還生.

여름 밤에 짓다

밤이 깊자 시끄런 소리 잠깐 그쳤고,
연못 누각엔 오직 달빛만 가득하다.
까닭 없이 청정한 정경에 머물지만,
해가 뜨면 온갖 일이 다시 생기리라.

| 詩意 | 무원형은 바쁜 사람이었다. 한여름밤의 고요와 달빛을 잠깐 즐기면서도 결국 내일의 새로운 일을 생각하고 있다.

春興(춘흥)

楊柳陰陰細雨晴，殘花落盡見流鶯.
春風一枝吹香夢，夢逐春風到洛城.

춘흥

무성한 버드나무 봄비에 푸르렀고,
시든 꽃 모두 지면서 꾀꼬리 난다.
봄바람 불어 꽃가지 향을 날려 보내니,
봄꿈도 바람 따라서 낙양성에 날아간다.

| 詩意 | 일상생활 중의 늘 있을 만한 평범한 광경이며 서술이다.

봄바람에서 축발되는 思鄕心의 묘사를 통해 평상시의 인품과 무게가 느껴진다.

시가 간결하면서도 전해오는 神韻을 느낄 수 있다.

033

權德與(권덕여)

權德輿(권덕여, 759－818, 字는 載之)는 20세 전에 문장으로 이름이 날려 李兼(이병), 杜佑(두우) 등이 가르침을 청했다고 한다. 德宗이 好文하여 권덕여의 재능을 듣고 太常博士로 초빙하였다. 貞元 10년(794) 知制誥(지제고)가 되었고, 憲宗 元和에 同中書門下平章事 곧 재상에 올랐으나, 뒤에 李吉甫(이길보) 등과 不合하여 지방의 절도사로 폄직된 적도 있었다. 詩賦에 두루 능했고 특히 악부시를 많이 지었다.

嶺上逢久別者又別(영상봉구별자우별)

十年曾一別，征路此相逢.
馬首向何處，夕陽千萬峰.

고갯마루서 오래전 헤어진 사람을 만나, 다시 헤어지다

십 년 전에도 한 번 헤어졌었고,
갈 길 다니다 또 서로 만났네.
말머리가 향한 곳 어디인가?
저녁놀이 온 산을 비춰준다.

| 詩意 | 전반에서 서로 만난 사연을 요약 언급했다.

후반에서는 모든 사연을 다 생략하였다.

10년 간 있었던 일은 지금 상면한 모습으로 대체된다. 그리고 앞날을 예상한다. 고갯마루에서 석양이 비추는 온 산을 바라보며 서로 무사평온을 빌어준다면, 그보다 더 좋은 이별이 또 있겠는가?

《全唐詩》 324권 수록.

玉臺體(옥대체)

昨夜裙帶解，今朝蟢子飛.
鉛華不可棄，莫是藁砧歸.

옥대신영의 시

엊저녁 치마끈이 풀리더니,
오늘 아침 갈거미가 달라붙네.
연지분을 아니 바를 수 없으니,
혹시 지아비가 돌아오려나?

| 註釋 | 〈玉臺體〉 - 〈옥대신영의 시〉. 《玉臺新詠(옥대신영)》의 詩體를 따라 지은 시.

《옥대신영》은 南朝 梁나라 簡文帝(간문제)의 명을 받고 徐陵(서능, 507 - 583)이 漢 및 梁 이전의 艷麗(염려)한 시를 모아 편찬한 詩集이다. 옥대체는 섬세하고 정교하며, 가볍고도 아름다운 시이며 주로 궁중에서 유행했으므로 宮體라고도 한다.

- 昨夜裙帶解 - 裙帶解(군대해)는 치마끈이 풀리다. 술과 음식이 생긴다는 속설이 있다고 한다.
- 今朝蟢子飛 - 蟢는 갈거미 희. 蟢子는 다리가 긴 작은 거미. 이 거미가 사람 옷에 붙으면 기쁜 소식이 있다고 하였다.
- 鉛華不可棄 - 鉛은 납 연. 납(Pb, lead)은 고운 분말로 만들 수 있어 예로부터 화장품의 주요 원료가 되었다. 開化 초기 납이

들어간 불량화장품 때문에 여인들의 납 중독은 흔한 일이었다. 鉛華는 脂粉(지분). 분을 바르는 일. 棄는 버릴 기.

○ 莫是藁砧歸 – 莫是(막시)는 ~이 아니겠는가? 藁는 마를 고. 짚. 볏짚. 砧은 다듬잇돌 침. 藁砧(고침)은 夫를 지칭하는 當代의 은어.

| 詩意 | 규방의 정을 소박하게 그렸고, 출타한 낭군이 돌아오기를 고대하는 여인의 안타까운 심정을 묘사했다. 속되지만 품위가 있고 가벼운 농담처럼 희망을 말하고 있다.

'志士는 知己를 위해 죽을 수 있고(士爲知己者死), 여자는 기쁨을 주는 사람을 위하여 화장을 한다(女爲悅己者容).' 고 하였으니, 여인에게 화장은 생계의 방법이며, 여인에게 기다림이란 숙명과 같은 것이다.

覽鏡見白髮數莖光鮮特異(남경견백발수경광선특이)

秋來皎潔白鬚光, 試脫朝簪學酒狂.
一曲酣歌還自樂, 兒孫嬉笑挽衣裳.

거울에서 몇 가닥 빛나는 특별한 백발을 보고서

가을 되니 하얀 구레나룻이 빛나는데,
관을 벗고 되는대로 춤을 추어본다.
술에 취해 노래하며 혼자 즐기는데,
손자가 좋아 웃으며 옷을 잡아당기네.

| 詩意 | 백발은 곧 늙었다는 증거이며 허무한 인생에 대한 소리 없는 탄식이지만, 시인은 백발을 보고서 막춤을 추고 술에 취해 노래했다. 늙었다는 것은 죽음에 가까웠다는 뜻이겠지만, 남들만큼 살았다고 풀이한다면 마음이 훨씬 가벼웠을 것이다.

술 취한 할아버지 옷을 잡아당기며 웃는 손자가 바로 세대교체의 증거가 아니겠는가? 할아버지는 손자를 보며 자신의 어린 시절을 회상하면서 동시에 자신의 조부를 떠올린다. 자신의 어린 시절이 그립기에 손자가 더 애틋하고 귀엽기만 하다.

부귀가 좋다지만 자손 잘 되는 것만 못하다(富貴好, 子如子孫好).

034

崔護(최호)

崔護(최호)의 생졸년은 알려진 것이 없다. 그의 자는 殷功(은공)이고, 博陵(박릉, 今 河北省 중부 定州市) 사람으로 잘생긴 인물에 다정다감하며 재주가 많은 사람이었다고 한다.

德宗 貞元 12년(796), 최호는 진사에 급제했고, 文宗 大和 3년(829)에 京兆尹(경조윤)이 되었다가 御史大夫를 역임하고 嶺南節度使에 올랐다.

題都城南庄(제도성남장)

去年今日此門中，人面桃花相映紅.
人面不知何處去，桃花依旧笑春風.

도성의 남쪽 농가에서 짓다

작년의 오늘 이 대문 안에는
얼굴과 桃花 함께 붉게 물들었었네.
얼굴을 모르지만 어디에 갔을까?
도화는 전처럼 춘풍에 웃고 있는데!

| 詩意 | 시인으로서 최호의 시는 문사가 아름답고 시어가 청신하다는 평을 받고 있다. 《全唐詩》에 그의 시 6수가 수록되어 있지만 〈題都城南庄〉이 가장 유명하다.

최호가 과거에 낙방하고 어느 해 한식날 교외에 바람을 쐬러 나갔다가 농가에 들러 물을 얻어 마시는데, 거기서 얼굴이 복사꽃처럼 화사한 처녀를 만난다. 그 다음 해 한식날 다시 찾아갔지만 집이 비어 안타까움에 이 시를 지어 대문에 끼우고 돌아온다.

최호의 이런 사랑 이야기는 孟棨(맹계)의 《本事詩 · 情感》에 실려 있어 널리 알려졌다. 明代에는 잡극 〈人面桃花〉로 각색되어 공연되었으며, 현대에서도 1994년에 中國電視公司(中視)의 연속극으로 방영되었다고 한다.

035
張籍(장적)

張籍(장적, 767? – 830?)의 字는 文昌으로, 和州 烏江(今 安徽省 和縣) 사람이다. 德宗 貞元 14년(793)에 북쪽을 유람하면서 孟郊의 소개로 汴州(변주, 今 河南 開封市)에서 韓愈(한유)를 만났고, 貞元 15년에 진사에 급제하였다. 穆宗 長慶 원년(821)에 한유의 추천으로 國子博士가 되었고, 水部員外郞을 거쳐 國子司業으로 관직을 마쳤기에 '張水部' 또는 '張司業' 으로 불리었다.

출신이 한미하였기에 낮은 관직에 머물러야 했고, 서민의 생활을 잘 알고 악부시를 통해 서민의 감정을 잘 표현하였으며, 그 어려움을 동정하였기에 白居易의 존경을 받았다고 한다. 장적과 王建을 함께 '張王樂府' 라 칭하기도 한다.

寄西峯僧(기서봉승)

松暗水涓涓，夜涼人未眠.
西峰月猶在，遙憶草堂前.

서봉의 스님에게 보내다

소나무 그늘에 물은 졸졸 흐르고,
밤에는 서늘해 객인은 잠을 못 잔다.
서산 봉우리 달은 아직 떠있고,
멀리 초가집 마당 그립습니다.

| 詩意 | 서쪽 산봉우리 아래 절이 있는데, 아직 초가인 모양이다. 시인은 자기 집에서 서쪽 산 아래 절을 생각하고 있다.

與賈島閑遊(여가도한유)

水北原南草色新，雪消風暖不生塵.
城中車馬應無數，能解閑行有幾人.

賈島와 한가히 유람하다

강 위쪽 남녘의 들에는 풀빛이 곱고,
눈 녹은 온화한 바람에 먼지도 없다.
성 안에 車馬가 당연히 수없이 많겠지만,
이 한가히 노니는 멋을 몇이나 알겠는가?

| 詩意 | 초봄에 들녘을 거니는 여유로운 발걸음이 가벼웠을 것이다. 성 안에 사는 貴人들의 車馬와 그런 먼지와 당연히 비교가 될 것이다. 朱門이 비록 부유할지라도 마음이 부유할 수는 없을 것이다.

秋思(추사)

洛陽城裏見秋風，欲作家書意萬重.
復恐匆匆說不盡，行人臨發又開封.

가을에 느끼다

낙양성에 가을바람 불어오는데,
家書를 쓰려니 온갖 생각이 겹쳐진다.
바쁘게 썼기에 혹시 못한 말 있나 하여,
갈사람 떠나기 전에 편지 다시 열어본다.

| 詩意 | 시에 '見秋風' 하였으니, 시인의 걱정은 겨울까지 이어질 것이다. 그러니 '意萬重' 할 것이며, 할 말은 얼마나 많겠는가? '說不盡' 은 할 말을 다 못했거나 쓸까 말까 망설였던 말이 있다는 뜻이며, 지금도 망설임이 남아 있어 편지를 가지고 갈 사람이 떠나기 전에 '又開封' 하는 것은 시인의 걱정을 다시 한 번 더 보는 것 같다. 《全唐詩》 386권 수록.

이는 岑參(잠삼)의 '馬上相逢하나 無紙筆하여 憑君傳語하니 報平安이라.〈逢入京使〉' 하는 마음과 같을 것이다.

鄰婦哭征夫(인부곡정부)

雙鬟初合便分離, 萬里征夫不得隨.
今日軍回身獨歿, 去時鞍馬別人騎.

이웃 여인이 원정에 나간 남편을 통곡하다

쪽진 머리 합방한 다음날 바로 헤어졌는데,
만리 먼길 징발된 남편을 따를 수도 없었다.
오늘 回軍 했는데 혼자만 전사했다면서,
그날 타고 간 말과 안장은 다른 사람이 타고 있다.

| 詩意 | 3, 4句에는 처연하게 끓어오르는 슬픔이 담겼다.《全唐詩》 386권 수록.

장적의 고시는 악부체가 많고, 절구는 진솔한 감정이 담겨 元稹(원진)과 白居易의 시풍과 많이 닮았다고 한다.

法雄寺東樓(법웅사동루)

汾陽舊宅今爲寺，猶有當時歌舞樓.
四十年來車馬絶，古槐深巷暮蟬愁.

법웅사의 동쪽 누각

汾陽 郭子儀 옛집이 지금은 절인데,
그때 가무를 즐기던 누각은 아직 남았다.
사십여 년 지나며 거마의 출입은 끊겼고,
늙은 괴목 좁은 골목에 저녁 매미가 운다.

| 詩意 | 郭子儀(곽자의, 697－781)는 唐代 政治家이며, 장군으로 일생 동안 安史之亂 등 여러 반란을 평정하였으며, 玄宗 이후 肅宗, 代宗, 德宗을 섬겼고 汾陽王(분양왕)에 봉해졌다.

곽자의는 出將入相의 본보기였으며 富貴와 長壽를 누렸고, 그의 八子七婿(팔자칠서)가 모두 顯官(현관)으로 근무하였기에 인간이 누릴 수 있는 가장 완벽한 복을 누린 사람으로 알려졌다. 늙어서는 親孫과 外孫이 너무 많아 세배를 받을 때 누군지도 모르고 고개를 끄떡이기만 했다는 일화가 전해 온다.

이런 영화를 누렸던 곽자의의 옛집이 얼마나 웅장했겠는가? 불과 40여 년이 지난 지금 그 저택은 절이 되었고, 골목길 끝 홰나무 고목에 가을 매미만 운다고 하였다.

《全唐詩》 386권 수록.

秋山(추산)

秋山無雲復無風，溪頭看月出深松.
草堂不閉石牀靜，葉間墜露聲重重.

가을 산

秋山에 구름도 또 바람도 없는데,
골짝서 보는 달은 소나무 사이서 뜬다.
草堂은 열려 있고 돌 평상은 조용한데,
잎새에 이슬 떨어지는 소리만 겹쳐진다.

| 詩意 | 시인도, 또 초당에 사는 은자도 보이지 않게 가을 야경을 읊었다. 달이 소나무 가지 사이로 떠오르는 모습을 상상해야 할 것이다. 바람이 없으니 풀잎에 떨어지는 이슬 소리까지 들린다 하였으니, 시인의 숨소리조차 시끄러웠을 것이다.

《全唐詩》 386권 수록.

感春(감춘)

遠客悠悠任病身，謝家池上又逢春.
明年各自東西去，此地看花是別人.

봄날의 감상

먼 길 나그네 오가다가 병이 들은 몸,
어느 집 연못에서 또 새봄을 지낸다.
내년엔 각각 동서로 떠나갈 것이니,
여기서 꽃을 보는 사람은 딴사람이리라.

| 詩意 | 먼 길을 오래오래 다니다가 병이 들어 하염없이 어느 객점에서 누워 있는 나그네가 된 시인은, 따뜻한 봄날에 내년 봄을 그리고 있다. 이 시인도 또 여기 있는 다른 사람도 떠나고 없을 것이니, 내년에는 분명 다른 사람이 꽃을 보고 있을 것이다.

나그네의 憂愁(우수)는 이처럼 진하다.

《全唐詩》 386권 수록.

春別曲(춘별곡)

長江春水綠堪染, 蓮葉出水大如錢.
江頭橘樹君自種, 那不長繫木蘭船.

봄날의 이별

長江의 春水는 물들일 듯 파랗고,
물밖에 솟아난 연잎은 엽전만 하다.
강가의 귤나무를 그대가 심었다면서,
어이해 木蘭船(목란선)을 매두지 않고 가려는가?

| 詩意 | 첫 구의 綠堪染(녹감염)은 녹색 염료로, 곧 다른 천에 푸른물을 들일 수 있을만큼 파랗다는 뜻이다.

木蘭船(목란선)은 떠나갈 벗이 타고 갈 배이다. 이별을 만류하는 뜻을 완곡하게 표현하였다.

送蜀客(송촉객)

蜀客南行祭碧鷄, 木綿花發錦江西.
山橋日落行人少, 時見猩猩樹上啼.

蜀에 가는 사람을 전송하다

蜀의 客人은 南行하려 碧雞(벽계)에 제사를 올리니,
목화 꽃은 錦江의 서쪽에 피었으리라.
산에 걸친 교량에 해 지면 행인도 없으며,
가끔 원숭이가 나무 위에서 울고 있으리.

| 詩意 | 碧鷄(벽계, 푸른 털의 닭)는 益州(蜀땅) 神의 이름. 木棉은 큰 나무처럼 자라는 목화로, 그 씨앗이 술잔만큼 크다는 주석이 있다. 錦江(금강)은 비단을 빨면 비단이 더욱 유기가 난다는 강.

蜀 땅의 경치를 묘사하며 그 민속도 아울러 설명하였다.

《全唐詩》 386권에 수록.

成都曲(성도곡)

錦江近西煙水綠，新雨山頭荔枝熟.
萬里橋邊多酒家，遊人愛向誰家宿.

성도의 노래

금강 서편 안개 낀 강물은 푸르고,
비가 내린 산에는 여지가 익어 간다.
만리교 근처에는 술집이 많은데,
나그네는 어느 집이 좋아 유숙하겠나?

| 詩意 | 四川 땅 成都 시내를 관통해 흐르는 강이 錦江이다. 萬里橋는 蜀漢의 費禕(비위)가 吳에 사신으로 갈 때 諸葛亮(제갈량)이 그 다리까지 나와 '萬里之行이 始於此橋라!' 라고 말한 뒤로, 다리 이름이 만리교가 되었다고 한다.

이 짧은 詩句에 成都의 풍물이 다 그려져 있으니 좋은 시라고 생각된다. 푸른 강물과 중첩된 산과 산에 여지가 익어 가고, 만리교 근처에 술손님과 나그네가 붐비는 成都가 눈에 보이는 것 같다.

《全唐詩》 382권 수록.

凉州詞(양주사) 三首 (其三)

鳳林關裏水東流，白草黃楡六十秋.
邊將皆承主恩澤，無人解道取凉州.

양주사 (3 / 3)

鳳林關 관문 안 냇물은 동쪽으로 흐르고,
白草와 단풍든 느릅나무는 가을이 한창이다.
변방의 장수들 모두가 성은을 입었지만,
아무도 凉州를 수복하겠다 말하지 않는다.

| 詩意 | 凉州 일대는 土蕃族의 침략과 전투가 계속된 唐의 최전방이었다. 전투가 있은 다음에 논공행상을 시행하고, 장졸들은 조정의 은택을 많이 받았다. 그렇다면 凉州 일대의 失地를 빨리 수복하는 것이 爲國忠誠이지만, 그를 알면서도 자발적으로 나서는 자가 없다는 시인의 탄식이다.

董逃行(동도행)

洛陽城頭火曈曈, 亂兵燒我天子宮.
宮城南面有深山, 盡將老幼藏其間.
重巖爲屋橡爲食, 丁男夜行候消息.
聞道官軍猶掠人, 舊里如今歸未得.
董逃行, 漢家幾時重太平.

동도행

洛陽城 안에 무서운 불길이 치솟으며,
반란군이 우리 천자의 궁궐을 불사른다.
宮城의 남쪽에 깊은 산이 있어서,
노인과 어린아이 모두 거기 숨었다.
포개진 바위틈이 집이고 상수리가 끼니며,
장정은 밤에 내려가 소식을 염탐해 온다.
듣기론 관군이 여전히 백성을 노략질하여,
살던 마을에 아직 들어갈 수 없다고 한다.
董逃行(동도행) 노래 그대로,
우리나라는 언제 다시 태평해지려나?

| 詩意 | 이 시는 안록산의 난 중에 관군의 노략질을 고발한 시이다. 반란군의 분탕질이야 예상했겠지만, 관군의 노략질을 어찌 견뎌

야 하겠는가?

董逃行(동도행)이란 본래 漢末의 동요인데, 시인은 이 동요의 뜻을 빌려 사회의 암흑상을 고발하였다.

시인 장적은 악부시에 뛰어났는데 그 제재가 광범위하고, 특히 하층 백성의 고달픈 생활을 묘사한 작품이 많다.

《全唐詩》 382권 수록.

沒蕃故人(몰번고인)

前年伐月支，城上沒全師.
蕃漢斷消息，死生長別離.
無人收廢帳，歸馬識殘旗.
欲祭疑君在，天涯哭此時.

토번 땅에게 죽은 친우

작년에 월지국을 토벌했는데,
城下의 전군이 몰살당했었다.
토번과 중국 간에 소식이 끊겼고,
죽고 산 자는 영원히 이별하였다.
아무도 부서진 군막을 수습치 않았고,
돌아온 말도 찢긴 깃발을 알았으리라.
제사하려니 그대 살아 있는 듯하여,
하늘 끝 보며 지금 통곡할 뿐이라네.

| 註釋 | ○ 〈沒蕃故人〉 – 〈토번 땅에서 죽은 친우〉.

沒은 戰歿(전몰)과 같은 뜻. 蕃은 우거질 번. 土蕃(吐藩, 토번)은 티베트 고원의 나라 이름. 역사상 黨項(당항), 土谷渾(토욕혼, 谷音 욕)이라 기록하였다.

당 太宗 때는 文成公主를 티베트 왕에게 시집보내기도 했었지만 토번인들은 서쪽 변경을 자주 침범하였다. 《唐詩三百首》 수록.

○ 前年伐月支 – 前年은 정확히 언제인가는 알 수 없다. 月支(월지, 月氏라고도 쓴다, 漢代의 大月氏國)는 서역의 이민족을 지칭하거나 그들의 거주 지역에 대한 통칭.

○ 蕃漢斷消息 – 蕃漢은 토번과 중국. 당시에서 漢은 대개의 경우, 唐을 뜻한다.

○ 無人收廢帳 – 廢帳(폐장)은 부서진 장수의 천막.

○ 歸馬識殘旗 – 殘旗(잔기)는 찢겨진 깃발. 말(馬)이 길을 안다 하였으니, 말이 깃발을 알고 돌아왔다는 뜻.

○ 欲祭疑君在 – 疑는 ~인 것 같다.

| 詩意 | 출정하여 죽고 없는 친우를 슬퍼하는 시이다. '欲祭疑君在'는 죽음이 믿기지 않는다는 시인의 마음을 대변해 주고 있다.

나라를 위한 죽음이라지만, 산 자와 죽은 자의 이별은 서글프기만 하다. 이국 변방에서 고생하고 또 고생만 하다가 이름도 없이, 보람도 없이 죽어간 그 生靈을 누가 위로해 주어야 하는가? 위정자는 누구를 위해 백성들을 그렇게 죽음으로 내모는가?

시인의 아픈 마음은 짧은 詩句 안에서 너무 많은 이야기를 들려주고 있다.

036

王建(왕건)

王建(왕건, 767－830?, 字는 仲初)은 潁川(영천, 今 河南省 許昌市) 사람이다. 王建은 어린 시절 張籍(장적)과 함께 공부하였고, 진사가 되어 元和 8년 昭應縣丞, 長慶 원년(821) 太府寺丞, 秘書郎 등을 지냈다. 장안에 있으면서 張籍, 韓愈, 白居易, 劉禹錫(유우석) 등과 교유했다. 나중에 太常寺丞, 陝州 司馬를 지낸 뒤 文宗 大和 5년(831) 光州刺史가 되어 賈島(가도)와 왕래하였으나 이후 행적은 불분명하다.

왕건의 유명한 詩作으로는 《宮詞一百首》가 있는데, 이는 자신이 직접 들은 이야기도 있지만 지나는 이야기로 얻어 들은 것을 망라하여 '宮詞' 하나의 제목으로 일백 수(정확히는 107수)나 시로 읊었다는 것은 정말 대단한 일이다.

新嫁娘(신가낭)

三日入廚下, 洗手作羹湯.
未諳姑食性, 先遣小姑嘗.

새 며느리

삼 일 만에 부엌에 들어가,
손을 씻고 국을 끓인다.
시어머니 식성을 모르기에,
먼저 시누이에게 맛보게 한다.

| 註釋 | ㅇ 〈新嫁娘〉 – 〈새 며느리〉. 嫁는 시집갈 가.

ㅇ 三日入廚下 – 廚는 부엌 주.

ㅇ 洗手作羹湯 – 羹은 국 갱. 湯은 끓일 탕. 목욕하다. 제사에 쓰이는 국.

ㅇ 未諳姑食性 – 諳은 외울 암. 알다(熟悉). 姑는 시어미 고(婆婆).

ㅇ 先遣小姑嘗 – 小姑(소고)는 시누이. 嘗은 맛볼 상.

| 詩意 | 어떤 사람은 이 시가 과거에 합격한 뒤 처음 관직생활을 시작하는 사람이 윗사람의 성질을 파악하기 위해 동료에게 가르침을 구하는 뜻이라고 풀이하였다. 말이 되긴 되지만 꼭 그렇게 해석해야만 하는가?

일상생활을 소재로 한 아름다운 시이다. 새로 시집온 며느리의 조심성과 지혜를 엿볼 수 있다.

중국인들은 '신부가 대문에 들어오고, 3일 동안은 빗자루를 들지 않는다.(過門三朝, 不動掃帚.)' 고 하였는데, 이는 신부를 맞이한 것이 바로 복이니, 복을 쓸어내지 않는다는 뜻이다.

그러나 '며느리가 없을 때는 며느리를 생각하지만(沒有媳婦想媳婦), 며느리를 맞이하고 나면 며느리를 싫어한다(有了媳婦厭媳婦).' 고 하였다.

또 '며느리는 처음 들어왔을 때 가르치고(教婦初來), 며느리도 참고 견디면 시어머니가 되고(多年媳婦熬成婆), 며느리 노릇은 쉽고 시어머니 노릇은 어렵다(媳婦好做 婆婆難當).' 고 하였다.

이런 속담을 본다면 사람이 사는 모습은, 시어머니와 며느리의 관계는 중국과 우리나라나 마찬가지일 것이다.

園果(원과)

雨中梨果病，每樹無數箇.
小兒出入看，一半鳥啄破.

뜰의 배나무

비 때문에 배나무가 병이 들어,
나무마다 겨우 몇 개가 달렸다.
어린아이가 오가며 눈여겨보나,
그중 반쯤은 새들이 쪼아버렸다.

| 詩意 | 그저 평범한 말로, 보통 있을 수 있는 일을 시처럼 읊었다. 시가 平凡 소박하면서도 생동감을 느끼게 하니, 마치 民歌와 같은 기분이 든다.

雨過山村(우과산촌)

雨裏雞鳴一兩家，竹溪村路板橋斜.
婦姑相喚浴蠶去，閑看中庭梔子花.

산촌에 비가 내린 뒤

빗속에서 한두 집의 닭이 울고,
竹溪의 마을길 널다리가 삐딱하다.
姑婦는 함께 가서 누에알을 고르며,
한가한 틈에 치자 꽃핀 뜨락을 본다.

| 詩意 | 板橋는 널판으로 만든 교량이고, 浴蠶(욕잠)은 누에알을 물에 담가 좋은 누에알을 고르는 일이다. 보통 음력 2월에 하는 일이다.

十五夜望月寄杜郎中(십오야망월기두낭중)

中庭地白樹棲鴉, 冷露無聲濕桂花.
今夜月明人盡望, 不知秋思在誰家.

보름날 밤에 杜낭중에게 주다

가온 뜰에 달빛 희고 나무엔 까마귀 잠드는데,
차건 이슬 소리 없이 계수의 꽃을 적시었다.
오늘 밤에 달이 밝아 모두가 바라볼 것이니,
누구 집에 가을 시름 내릴지 알지 못하겠네.

| 詩意 | 달빛이 땅에 내려앉으면 땅이 희게 보인다. 그래서 이백은 '床前明月光, 疑是地上霜.' 이라고 하였다. 근심이나 시름, 걱정을 뜻하는 愁를 풀어쓰면 秋心, 곧 秋思이다.

밝은 달을 모두가 똑같이 바라보지만 사람의 苦樂(고락)은 같을 수 없기에 시인은 탄식하고 느끼는 감개는 무한하리라.

하여튼 글 읽는 사람에게 가을은 이래저래 생각이 많은 계절이고, 시인은 달이 밝기에 더욱 벗을 그리고 있다.

《全唐詩》 301권 수록.

夜看揚州市(야간양주시)

夜市千燈照碧雲，高樓紅袖客紛紛.
如今不似時平日，猶自笙歌徹曉聞.

밤에 양주의 시장을 보다

夜市의 많은 등불이 하늘 구름을 비추고,
큰 누각 붉은 소매는 손님 사이에 바쁘다.
지금은 보통 때와 같지 않다고 하는데,
그래도 생황의 노랫소리는 새벽까지 들린다.

| 詩意 | 隋나라 煬帝(양제)의 대운하 개통 이후 당나라에서도 양주는 남북 경제 교역의 중심지로 여전히 번영하였다. 특히 安史의 난 이후 강남의 물자가 양주를 거점으로 삼아 華北으로 운송되면서 전국의 大商, 富商이 모여들어 양주는 더욱 번영하였다.

많은 시인들이 양주에서의 즐거운 추억을 간직하고 있었으니, 특히 杜牧(두목)은 양주에서의 놀이를 '十年一覺揚州夢'이라 표현하였다. 張祜(장호)는 '人生只合揚州死라' 읊었고, 徐凝(서응)은 '天下三分明月夜하면, 二分明月在揚州라.' 하여 양주의 명월야가 아름답다 하였으니, 여기에는 양주의 밤을 밝히는 수천 개의 등불이 켜진 夜市도 한몫을 했을 것이다.

《全唐詩》 301권 수록.

望夫石(망부석)

望夫處，江悠悠.
化爲石，不回頭.
山頭日日風復雨，行人歸來石應語.

망부석

낭군을 떠나보낸 곳,
강물은 유유히 흐른다.
굳어서 돌덩이 되었으니,
고개 돌려 보지도 못한다.
산마루에 날마다 비바람이 치지만,
낭군께서 오는 날 돌은 다시 말하리라.

| 詩意 | 군역에 징발되어 나간 남편을 기다리다가 돌이 되었다는 여인의 전설 – 중국이나 우리나라에 흔히 있는 이야기이다.

기다리는 여인의 恨과 애정을 이처럼 짧은 글로, 이렇듯 절실하게 그려내다니!

이토록 애틋한 부부를 갈라놓은 자가 누구이며, 무엇이겠나?

부부가 평소에 생활하면서 서로 부딪기고 다투더라도 그러면서 정이 들기에 부부는 사랑하는 원수이고(夫妻是個寃家), 그러다 보니 부부의 은혜와 사랑은 쓰고도 달다(夫妻恩愛苦也甛). 결국 부부의 태도나 관점이 같아 부부는 한 얼굴이 된다(夫妻一個

臉). 하루 부부라도 백일의 恩情이 있고(一日夫妻百日恩), 부부간 사랑보다 더한 사랑은 없다(至愛莫過於夫妻).

그러니 망부석이 될 수 있는 것이다.

037
劉商(유상)

劉商(유상, 생졸년 미상, 字는 子夏)은 彭城(팽성, 今 江蘇省 북단 徐州市) 사람으로, 어려서부터 好學하여 글을 잘 짓고 그림에도 뛰어났었다.

代宗 大曆初年(766)에, 進士 급제하여 合肥縣令에 임용되었고 禮部郎中을 역임하였다. 飮酒를 즐겼고, 만년에 산림에 은거했다.

行營卽事(행영즉사)

萬姓厭干戈, 三邊尙未和.
將軍誇寶劍, 功在殺人多.

軍營에서 읊다

만백성이 전쟁에 질렸지만,
세 변경엔 아직도 그치지 않았다.
장군은 보검을 자랑하는데,
사람을 많이 죽여 이룬 공이다.

| 詩意 | 불과 20자의 절구지만 諷諭(풍유)의 뜻이 꽉 차있다.
곧 一針見血(일침견혈)이라 아니할 수 없다.
《全唐詩》 304권 수록.

登相國寺閣(등상국사각)

晴日登臨好，春風各望家.
垂楊夾城路，客思逐楊花.

相國寺 누각에 올라

맑은 날 산에 오르기 좋으니,
춘풍에 모두가 고향 쪽을 바라본다.
성에 가는 길 옆엔 늘어진 버들,
나그네 마음은 버들 꽃처럼 흩어진다.

| 詩意 | 간단명료하나 드러나지 않은 생각은 많다. 고향 그립다 말은 없지만 그런 마음이 모두 드러난다.

《全唐詩》 304권 수록.

醉後(취후)

春草秋風老此身, 一瓢長醉任家貧.
醒來還愛浮萍草, 漂寄官河不屬人.

술에 취한 뒤

春草와 秋風이 이 몸을 늙게 하나니,
가난한 살림에 늘 한잔 술에 취해버렸다.
술 깨면 여전히 부평초 삶을 좋아하나니,
관직을 떠돌며 누구에게도 얽매지 않았다.

| 詩意 | 春草와 秋風은 흐르는 세월이다.

좋은 음식을 준비하고 마시는 술이 아니라 바가지로 한 잔 떠 마시는 술이다. 그런 술로 늘 취했다가 다시 깨어난다. 그래도 부평초 같은 삶이 좋다고 하였다.

유상은 道家의 신선술을 羨慕(선모)하고 연단에도 관심을 갖고 있었으며, 여러 은사들과 폭넓게 교제하였다. 그는 나중에 江海 어디에도 흔적을 남기지 않고 영원히 산림에 은거했다.

《全唐詩》 304권에 수록.

038

韓愈(한유)

韓愈(한유, 768－824)의 字는 退之이다. 출생지는 河南 河陽(今 河南省 북부 焦作市 관할 孟州市)이고, 祖籍은 昌黎郡(창려군, 지금의 遼寧省 義縣)이기에 자칭 昌黎 韓愈라 하였고, 사람들은 韓昌黎(한창려)라고 불렀다. 만년에 吏部侍郎(이부시랑)을 역임했기에 韓吏部라 하며, 시호가 文公이기에 韓文公이라고도 지칭한다. 또 柳宗元과 함께 당시의 古文運動을 주도했기에 두 사람을 韓柳(한유)라 병칭한다. 한유는 散文과 詩에서 골고루 유명하며, 그의 문집으로 《昌黎先生集》이 있다.

한유는 출생하면서 곧 어머니가 죽었고, 3살에 부친도 돌아가신다. 그래서 형의 손에 의해 양육되고, 형의 관직에 따라 각지를 전전하다가 형이 죽자 조카 韓老成과 함께 형수 鄭氏의 손에 양육된다. 韓愈는 7세부터 독서를 시작하여 13세에 문장을 짓고 德宗 貞元 2年(786) 과거에 응시하지만 낙방하고, 貞元 8年(792)에야 진사에 급제하였으며, 吏部試에는 연속 낙방하였다. 德宗 貞元 12년(796)에야 절도사 막료로 근무를 시작한다.

貞元 17년(801)에 國子監 四門博士가 되었고, 다음 해 유명한 〈師說〉을 지었다. 조카 韓老成이 먼저 죽자 〈祭十二郎文〉을 지었다. 憲宗 元和 6년(811)년 國子博士가 되어 〈進學解〉를 지었다. 憲宗

元和 14년(819), 〈諫迎佛骨表〉를 지어 불교 숭상과 폐단을 극간하다가, 今 廣東省의 潮州刺史로 폄직을 당하였다. 潮州(조주)에 부임하여서는 治民興學에 힘썼다. 穆宗이 즉위하자(820), 장안에 돌아온 뒤 國子監의 총장이라 할 수 있는 祭酒(제주)를 역임하고, 兵部侍郞 등을 역임하다가 57세에 병사하였다.

韓愈는 文學을 '道를 밝히는 도구(文以載道)'로 보았고, 유교의 도덕을 담고 있지 않는 문장은 가치가 없으며, 세상의 교화에 도움이 되지 않는 문학은 쓸모가 없다고 주장하였다. 한유는 자신이 古文을 배우고 쓰는 것은, 儒家의 道를 배우고 실천하는데 목적이 있다고 하였다.

한유의 이러한 문학론에 의거하여, 한유의 문장은 내용도 풍부하고 형식도 다양하여 여러 문체에 두루 통달하였으며, 새로운 것을 힘써 구하면서도 구상이 기이하고도 雄奇하며, 기세가 당당하면서도 사상과 감정이 풍부한 명문장을 많이 지었다.

韓愈의 文章으로는, 불교와 노장사상을 비판하며 유가의 도를 밝히는 문장이 많은데, 〈師說〉, 〈原性〉, 〈原道〉, 〈諫迎佛骨表〉, 〈進學解〉, 〈送窮文〉, 〈柳子厚墓志銘〉 등은 우리에게도 잘 알려진 명문장이다. 한유는 유종원과 함께 唐宋八大家로 손꼽히고 있다.

韓愈는 中唐에서 백거이와 함께 시단의 영수로 독특한 시풍을 확립하였다. 한유의 시는 문장에서처럼 복고적 기풍이 강하게 나타나고 있다. 한유의 시는 종래와 다른 새로운 표현을 중시하였고, 남들이 잘 사용하지 않는 문자를 사용하여 기이한 詩語를 많이 사용하였다. 때문에 그의 시는 '奇險怪僻(기험괴벽)' 하다는 평과 함께 대상물을 세밀히 묘사하고 설득하려는 뜻을 담고 있기에, 그의 시는 '散文的(산문적)' 이라는 평가도 받고 있다. 하여튼 한유의 영향을 받은 시인으로 孟郊(맹교), 賈島(가도)가 유명하고, 盧仝(노동)과 李賀(이하)도 그의 영향을 받았다.

柳巷(유항)

柳巷還飛絮，春餘幾許時.
吏人休報事，公作送春詩.

버드나무 골목

버들 골목에 아직 버들솜 날리니,
봄은 얼마쯤 남았을까?
아전은 업무를 아뢰지 말지니,
公은 봄이 아쉬워 시를 짓는다.

| 詩意 | 한가로운 지방 관아의 모습을 떠올리면 느낌이 온다. 公을 한유 자신으로 보면 '나는 송춘시를 ~' 이라 번역하겠지만, 시인이 제 3자이면 公은 지방관 또는 관청의 上官일 것이다.

青青水中蒲(청청수중포) 三首 (其一)

青青水中蒲, 下有一双魚.
君今上隴去, 我在與誰去.

푸른 물속의 부들 (1 / 3)

맑고 맑은 물속의 부들,
그 아래에 물고기 한 쌍.
당신이 隴右에 가신다면,
나는야 누구와 지내야나요?

青青水中蒲(청청수중포) 三首 (其三)

青青水中蒲, 葉短不出水.
婦人不下堂, 行子在萬里.

푸른 물속의 부들 (3 / 3)

맑고 맑은 물속의 부들은,
잎이 짧아 물 밖에 못 나왔네.
여인은 집을 떠날 수 없지만,
낭군은 만 리 밖에 있네요.

| 詩意 | 한유는 덕종 貞元 8년(792)에 진사 급제한 뒤에, 정원 9년에 이 시를 지어 아내 盧氏에게 주었다고 알려졌다.

당시 한유는 26세 부인은 19세였다니, 젊은 부부의 애틋한 감정이 대화체 시 속에 그대로 담겨졌다. 1, 2, 3首로 갈수록 서로 그리는 감정이 더욱 진하게 드러나는 것 같다.

春雪(춘설)

新年都未有芳花，二月初驚見草芽.
白雪却嫌春色晚，故穿庭樹作飛花.

봄눈

새해들어 아직도 꽃이 피지 않았는데,
이월인데 갑자기 새싹 풀이 돋아났네.
백설은 늦게 오는 새 봄이 싫었기에,
일부러 뜨락 나무에 꽃잎을 날려 보낸다.

| 詩意 | 한유에 대한 고정관념을 깨야 한다.

난해한 문장으로 박식을 자랑하는, 근엄한 국자감의 祭酒, 道가 들어있지 않은 시문은 가치가 없다고 엄하게 질책하는 원칙주의자!

그런데 한유의 절구나 율시를 보면 그렇지 않다.

늦게 내리는 봄눈을 하늘이 뿌리는 꽃잎이라고 생각했다. 한유의 관찰력과 深思, 그리고 뛰어난 敍景 描寫(묘사)에 감탄한다.

晩春(만춘)

草樹知春不久歸, 百般紅紫鬪芳菲.
楊花楡莢無才思, 惟解漫天作雪飛.

늦봄

풀과 나무는 오래잖아 봄이 끝난다 알기에,
온갖 붉거나 자색으로 향기를 내며 다툰다.
버들과 느릅나무는 다른 재주가 없어,
오직 하늘 가득 눈 내리듯 날려 보낸다.

| 詩意 | 보통 꽃나무는 색과 향기로 아름다움을 다투지만, 버드나무나 느릅나무는 온 하늘에 그 꽃을 날려 보낸다는 의미이다.

하여튼 무엇인가 풍자하는 뜻이 있는 것 같은데, 딱히 무어라고 집어낼 수가 없다.

한유의 시는 그 의미나 내용으로 무엇인가 논리를 전개하는 것 같은 느낌을 준다.

早春呈水部張十八員外(조춘정수부장십팔원외) 二首 (其一)

天街小雨潤如酥, 草色遙看近卻無.
最是一年春好處, 絶勝煙柳滿皇都.

이른 봄, 水部의 張十八 員外에게 주다 (1 / 2)

장안 거리는 적은 비에도 매끈한 윤기나는데,
풀빛은 멀리서 보이나 가까이 가면 없어진다.
일 년 중 가장 좋은 봄날이려니,
안개에 싸인 고운 버들 皇都에 가득하다.

| 詩意 | 水部의 張十八員外는 한유의 知人인 張籍(장적, 767? – 830?)을 말한다.

딱딱하고 괴이한 표현과 어려운 전고를 즐겨 쓰면서, 마치 운을 단 散文 같다는 한유의 시에 이렇듯 섬세하고 쉬운 시가 있다는 자체가 놀랍다. 이를 보면 문장가 한유이면서, 또 시인 한유이다.

초봄의 풀빛은 멀리서 보면 연한 연두색으로 보이지만, 가까이 보면 색이 없어진다는 묘사는 張水部, 곧 張籍이 안질이 있어 색깔을 잘 보지 못하는 사실을 말한 것이라고 설명한다. 그러나 실제로 이른 봄에 풀이 처음 나올 때는 그렇게 보인다.

贈賈島(증가도)

孟郊死葬北邙山, 日月星辰頓覺閑.
天恐文章渾斷絶, 再生賈島在人間.

가도에게 주다

맹교가 죽어 북망산에 묻히자,
일월성신은 갑자기 심심해졌네.
하늘은 문장이 모두 끊어질까 두려워,
다시 가도를 보내어 세상에 살게 했네.

| 詩意 | 賈島(가도, 779 – 843)의 字는 浪先(閬先, 낭선)으로, 范陽〔범양, 今 河北省 涿州市(탁주시)〕 사람이다. 賈島는 貧寒하여 일찍이 승려가 되어 法號를 無本이라 했었다. 그가 낙양에서 韓愈의 행차와 부딪칠 때는 승려의 오후 외출이 금지되던 때였다고 한다. 가도는 한유의 가르침을 받아가며 환속하여 과거에 여러 번 응시하였으나 급제하지 못하다가 穆宗 長慶 2년(822)에 진사과에 급제하였다. 이후 관직생활은 불우하기만 했다.

賈島는 이른 바 '苦吟派(고음파)' 에 속하는 시인이다. 가도는 오언율시에 뛰어났으며, 가도의 시는 意境이 孤苦荒凉(고고황량)하다는 평을 듣는다. 姚合(요합, 779? – 846)과 賈島(가도)는 친우였고 시풍도 비슷하여 후세에 '姚賈(요가)' 라 함께 지칭하였으며, '姚賈詩派' 라고도 부른다.

馬厭穀(마염곡)

馬厭穀兮，士不厭糠籺.
土被文繡兮，士無短褐.
彼其得志兮不我虞，一朝失誌兮其何如?
已焉哉，嗟嗟乎鄙夫.

馬는 곡식 먹기에 질렸다

말은 곡식에 물렸지만,
士人은 겨와 지게미도 물리지 않는다.
땅에도 수놓은 비단을 깔았지만,
士人은 짧은 갈베 옷도 없다.
힘쓰던 저들이 우리를 걱정하지 않다가,
어느 하루 자리를 잃으면 어찌하겠나?
그만 둘지어다.
아! 한심한 못난 것들아!

| 詩意 | 배가 불러 정말 먹기 싫은 것을 '물리다(厭)' 라고 한다. 이제 '노는 것도 질렸다' 고 말한다면, 물린 것이다. 귀인의 대저택 말은 곡식에 물렸지만, 窮士(궁사)는 지게미나 겨(곡식의 속껍질)도 배불리 먹지 못한다. 바로 이것이 불평등이다. 그런 불평등이 영원할 수는 없다.

醉留東野(취류동야)

昔年因讀李白杜甫詩, 長恨二人不相從.
吾與東野生並世, 如何復躡二子蹤.
東野不得官, 白首誇龍鍾.
韓子稍姦黠, 自慙青蒿倚長松.
低頭拜東野, 願得終始如駏蛩.
東野不廻頭, 有如寸筳撞鉅鐘.
我願身爲雲, 東野變爲龍.
四方上下逐東野, 雖有離別無由逢.

취해서 東野를 만류하다

옛날에 李白과 杜甫의 詩를 읽으며,
둘이서 서로 따르지 않았다고 크게 한탄했다.
나와 東野(孟郊)는 같은 세상에 살고 있나니,
어찌 다시 李杜의 자취를 다시 답습하리오!
東野는 관직에 오르지 못했지만,
白首로 늙어가도 당당하도다.
나 韓愈는 약간 잔머리를 굴렸기에,
낮은 쑥대가 長松에 기생했으니 스스로 부끄럽다.
고개 숙여서 東野에게 절을 하면서,
바라나니 끝까지 하찮은 존재로 남으리라.

東野는 고개 돌려 보지도 않나니,
풀을 묶어 큰 종을 친다고 상관치 않는다.
내가 바라나니 이 몸은 구름이 되고,
東野는 용으로 승천하기를!
온 세상 모두가 東野를 따른다면,
모두에게 이별과 상봉도 없으리라.

| 詩意 | 한유는 東野(맹교)의 인품에 감동했고, 맹교의 열렬한 후원자였다. 자신은 관직에 올랐지만, 관직이 없어도 白首로 지내는 당당한 맹교를 존중했다. 그러면서 자신은 맹교에 비하면 아주 하찮은 존재(駏蛩, 駏는 버새 거. 蛩은 귀뚜라미 공. 땅강아지)이지만, 맹교 곁에 그런 존재로 남아도 괜찮다고 하였다.

또 자신이 처신이 마치 한 줌 풀을 묶어 큰 종을 치려는 듯 엉터리 짓이지만, 맹교는 그런 일에 상관치 않는다며 脫俗한 맹교를 칭송하였다.

幽懷(유회)

幽懷不能寫, 行此春江潯.
適與佳節會, 士女競光陰.
凝妝耀洲渚, 繁吹蕩人心.
間關林中鳥, 亦知和爲音.
豈無一尊酒, 自酌還自吟.
但悲時易失, 四序迭相侵.
我歌君子行, 視古猶視今.

울적한 회포

가슴속 설움 씻을 수 없어,
이렇게 봄날 강가를 걷는다.
이처럼 좋은 계절이 왔으니,
士女는 모두 春景을 즐긴다.
화장이 짙은 얼굴이 어른거리고,
들리는 피리 소리에 마음 들뜬다.
새들의 울음 숲속서 들리는데,
그들도 때에 맞추어 지저귄다.
이러니 어찌 한잔 술 아니하겠나?
혼자서 따라 마시며 읊어본다.
서러운 시절 쉽사리 잊어버려도,

사계절 이어 쉬지 않고 바뀐다.
나는야 〈君子行〉을 노래하나니,
옛일을 지금 그대로 생각해본다.

| 詩意 | 세월은 그냥 흘러간다. 흐르는 세월이 아쉽고, 무엇인가 해야 한다고 생각할 때, 시인은 울적한 기분이 든다. 이대로 이렇게 흘려보내서는 안 된다고 생각하며, 옛일에 대한 회포와 함께 시인은 슬픔에 잠긴다. 흐르는 시간에 대한 시인의 탄식은 이처럼 절실하다.

《全唐詩》 337권 수록.

贈唐衢(증당구)

虎有爪兮牛有角, 虎可搏兮牛可觸.
奈何君獨抱奇材, 手把鋤犁餓空穀.
當今天子急賢良, 匭函朝出開明光.
胡不上書自薦達, 坐令四海如虞唐.

唐衢(당구)에게 주다

호랑이는 발톱이, 소에게는 뿔이 있어,
호랑인 후려치고, 소는 들이받을 수 있다.
그대는 어이하여 뛰어난 재주를 지녔는데,
쟁기와 호미를 잡고서도 끼니를 굶주리는가?
천자는 현량한 인재를 지금 급히 찾고 있으며,
백성 말을 따르고 광명천지를 열어간다네.
직접 자신을 천거하는 상서를 올리고,
태평 천하를 왜 아니 만들려 하는가?

| 詩意 | 唐衢(당구)는 人名. 한유를 추종했고 시가를 잘 지었다고 알려졌다. 재능을 겸비한 인재로, 은거하며 때를 기다리는 사람은 언제나 있었다. 물론 여의치 않아 관직의 꿈을 접은 사람이 더 많았겠지만 …. 그리고 賢君이나 관직을 가진 사람은, 누구나 인재를 천거하고 등용하는 것이 의무였고 도리였다. 한유도 당구에게 관직에 나가기를 강력 권장하였다. 《全唐詩》 338권 수록.

古意(고의)

太華峰頭玉井蓮, 開花十丈藕如船.
冷比雪霜甘比蜜, 一片入口沈痾痊.
我欲求之不憚遠, 青壁無路難夤緣.
安得長梯上摘實, 下種七澤根株連.

옛 뜻

太華山 봉우리에 있는 玉井의 연꽃이,
꽃을 피우면 10길 크기에 뿌리는 배(船)만 하다.
서리나 눈처럼 차갑고 벌꿀마냥 감미로워,
조금만 먹어도 온갖 질병이 모두 낫는다.
그것을 구하려 나는 먼 길도 걱정 않지만,
검푸른 절벽에 길도 없고 오르기도 어렵다.
어떻게 기다란 사다리를 구해 보물을 얻어다가,
천하에 널리 심어 뿌리와 줄기를 번식케 할까?

| 詩意 | 太華는 오악 중 서악인 華山을 지칭한다. 그 산꼭대기 연못의 연꽃 전설을 통해 한유의 이상을 서술하였다. 온 세상 사람들을 질병의 고통에서 벗어나게 한다면, 그런 이상을 품은 것이 허영이겠는가? 末聯의 七澤은 구체적으로 楚 땅의 雲夢澤을 지칭하지만, 여기서는 온 천하를 의미한다. 얻기 어려운 부귀에 대한 소망이 아니라 자신의 이상을 실현하고픈 소박한 꿈을 그린 시이다.

贈鄭兵曹(증정병조)

樽酒相逢十載前, 君爲壯夫我少年.
樽酒相逢十載後, 我爲壯夫君白首.
我材與世不相當, 戢鱗委翅無復望.
當今賢俊皆周行, 君何爲乎亦遑遑.
杯行到君莫停手, 破除萬事無過酒.

鄭 兵曹에게 보내다

십 년 전에 만나 통술을 마셔댈 때,
당신 장년에 저는 젊은이였습니다.
통술 마시고 이제 10년이 지났으니,
나는 장년이지만 당신은 白首입니다.
나의 재능은 세상 상에 맞지 않기에,
떨어진 비늘, 꺾인 날개에 절망입니다.
지금은 賢人 俊才가 조정에 가득 찼는데,
당신은 무엇 얻으려 그리도 서두릅니까?
술잔이 받고 당신은 그대로 들기 바라니,
만사를 잊기에 술이 가장 좋다 합니다.

| 詩意 | 이 시는 貞元 15년, 한유 32세 때의 작품으로 알려졌다.《昌黎先生集》에 수록.

鄭兵曹는 鄭通誠(정통성)이란 사람으로 절도사의 副使였고, 한유는 從事로 재직하며 함께 말술을 즐겼던 사이로 추정할 수 있다. 변방의 막료나 지장 관아의 하급 관리로 술에 의지하여 나날을 보내기는 충분히 그럴 수 있다. 세월 따라 늙어가며, 세상사 잊어버리기에 술보다 더 좋은 것은 없다.

左遷至藍關示姪孫湘(좌천지남관시질손상)

一封朝奏九重天，夕貶潮州路八千.
欲爲聖明除弊事，肯將衰朽惜殘年?
雲橫秦嶺家何在? 雪擁藍關馬不前.
知汝遠來應有意，好收吾骨瘴江邊.

좌천 길 藍關에서 질손 湘에게 주다

한통의 상소를 아침에 궁궐서 상주하고,
저녁에 폄직되어 潮州 땅 팔천 리를 간다.
본디 폐하를 위해 폐정을 막으려 했는데,
감히 쇠약해진 몸으로 여생을 걱정하랴?
구름 비낀 秦嶺에 나의 집은 어디인가?
눈이 막힌 藍關에 말도 가지 못하누나.
네가 멀리 왔으니 응당 뜻이 있는 줄 아노니,
瘴氣 어린 강가에 나의 시신이나 잘 거두어다오.

| 詩意 | 韓愈 작은 형의 손자, 곧 한유의 姪孫(질손, 한유의 조카라는 주장도 있다.)인 韓湘子(한상자)는 仙骨을 타고났으며, 그 품성이 세속 사람과 크게 달랐다.

한상자는 중국인들에게 잘 알려진 八仙의 한 사람이다.

어느 날, 한상자는 깊은 산속을 돌다가 붉은 복숭아(仙桃)가 무르익은 것을 보았다. 한상자는 복숭아나무에 올라가 선도를 따려다가 가지가 부러지면서 땅으로 떨어졌다.

그 순간, 한상자는 肉身을 벗어 두고 마치 매미가 껍질을 벗어 두고 창공으로 날아가듯 승천했다. 도교에서는, 이를 尸解(시해)라고 한다. 그러나 같은 시해라도 한밤중의 시해보다 한낮에 승천하는 白日 시해를 상대적으로 더 높게 평가한다.

당 憲宗(헌종, 재위 805~820)은 불교를 좋아하여 독실하게 숭배했다. 그 재위 중 서역에서 승려 편에 석가모니의 몸에서 나온 眞身舍利(진신사리)를 보내왔다. 헌종은 크게 기뻐하며 鳳翔(봉상)이라는 곳까지 나아가 성대한 의식을 거행하고 부처의 사리를 친히 모셔 환궁했다. 그 당시 여러 신하 중 그 누구도 불교가 나라를 다스리는 바른 가르침과 시책이 아니라고 반대하지 못하였다.

그러나 당시 형부시랑의 직책을 맡은 한유는, 표문을 올려 불교는 정도가 아닌 이단의 가르침이며 佛骨(사리)을 숭배하는 어리석음과 헌종의 잘못을 깨우치려 했다. 한유가 상주한 표문을 읽은 헌종은 크게 노했다. 헌종은 한유를 강등시켜 외직인 멀리 남쪽, 지금의 廣東省 潮州刺史(조주자사)로 내보냈다. 한유는 즉시 임지로 출발해야 했다.

한유는 가족과 이별한 뒤 조주를 향해 길을 나섰다. 길을 떠난지 오래된 어느 날, 붉은 구름이 사방에서 일어나며 차가운 바람이 몰아치더니 곧 엄청난 눈이 쏟아지기 시작했다.

바람은 점차 사나워지고 눈이 휘날려 옷마저 모두 젖어 추위와 굶주림, 그리고 절망 속에 낙담한 한유에게 누군가가 눈을 치우며 조카인 한 상자가 나타났다. 거기서 한유가 지은 시가 이 시이다.

뒷날 한유는 조주자사로 백성들에게 선정을 베풀었다. 그곳 주민들이 악어에 잡아먹히는 등 악어 피해가 속출하자 〈祭鰐魚文(제악어문)〉을 지어 제사하자 악어가 사라졌다고 한다. 이 〈제악어문〉은 《고문진보》에 실려 있어 아주 유명한 문장이 되었다.

山石(산석)

山石犖确行徑微，黄昏到寺蝙蝠飛.
升堂坐階新雨足，芭蕉葉大梔子肥.
僧言古壁佛畫好，以火來照所見稀.
鋪床拂席置羹飯，疏糲亦足飽我飢.
夜深靜臥百蟲絶，清月出嶺光入扉.
天明獨去無道路，出入高下窮煙霏.
山紅澗碧紛爛漫，時見松櫪皆十圍.
當流赤足蹋澗石，水聲激激風吹衣.
人生如此自可樂，豈必侷促爲人鞿.
嗟哉吾黨二三子，安得至老不更歸.

산의 돌

산 돌멩이 어지러운 좁은 길을 걸어,
해질 무렵 절에 드니 박쥐가 날고 있네.
법당 층계 올라 앉으니 비가 막 그치며,
파초 잎은 크고 치자 봉오리 부풀었다.
스님은 법당 낡은 벽화 보기 좋다면서,
불 밝혀 비춰주나 희미하기만 하다.
상 펴고 자리 보아 국과 밥을 차려주니,
거친 밥이나 내 주린 배 채우기 족했네.

밤 깊어 홀로 누우니 온갖 벌레 그치고,
달 밝게 산에 올라 빛이 사립에 들어오네.
날 밝아 홀로 가니 산길도 찾기 어려워,
들고 나고 오르내리며 안갯속을 헤맸네.
붉은 메꽃 푸른 골이 함께 어울려 아름답고,
때로 뵈는 솔과 참나무 모두 열 아름씩 컸다.
내 건너려 냇물 자갈을 맨발로 밟았더니,
물 콸콸 소리에 바람은 옷깃을 휘날린다.
인생이 이러하면 절로 즐길 수 있으려니,
어이해 좇기면서 남에게 매여 살겠는가?
아아! 나와 같은 뜻을 가진 그대들이여!
어찌 늙도록 아니 돌아갈 수 있으리오?

| 註釋 | ○ 〈山石〉 - 〈산의 돌〉. 詩의 첫 두 글자를 그대로 詩題로 삼았다. 《全唐詩》 338권에 수록.

○ 山石犖确行徑微 - 犖은 얼룩소 낙(락). 뛰어나다. 분명하다. 确은 자갈땅 학. 犖确(낙학)은 산에 돌이 많아 평탄치 않은 모양.

○ 黃昏到寺蝙蝠飛 - 蝙은 박쥐 편. 蝠은 박쥐 복. 박쥐는 天鼠(천서, 하늘을 나는 쥐), 飛鼠(비서), 夜燕(야연, 밤 제비)이라고도 부른다.

중국의 박쥐는 혐오의 대상이 아니라 행복과 장수의 상징으로 통하는데, 박쥐 5마리의 그림은 五福(壽, 富, 康年, 修好德, 考終命)을 의미한다. 박쥐를 거꾸로 그려 놓은 것은 하늘에서 내려오는 복, 곧 '하늘이 주는 福' 이란 의미이다. 이는 福(fú)과 蝠(fú)의 발음이 같기 때문이다.

'祿從天上至 福向醜人來(祿은 하늘로부터 내려오고, 福은 못생긴 사람에게로 온다.)' 라는 중국의 속담이 있으니, 못생겼다 하여 福이 없는 것도 아니다. 그렇지만, 또 '一切禍福 自作自受(모든 화와 복은 스스로 만들고 스스로 받는 것).' 라 하고, '禍福無門 唯人所招(화와 복은 문이 없어도 사람이 불러들이는 것).' 이라 하였으니, 어쩌면 박쥐와는 상관없을 것이다.

○ 升堂坐階新雨足 – 新雨는 금방 내린 비.

○ 芭蕉葉大梔子肥 – 梔는 치자나무 치. 梔子肥(치자비)는 치자의 꽃봉오리가 통통하다.

○ 僧言古壁佛畵好 – 古壁佛畵는 오래 전에 그린 벽의 佛畵. 壁이 오래 되었다는 뜻이 아니라 그림이 오래되었다는 뜻.

○ 以火來照所見稀 – 所見稀는 보이는 정도가 흐릿하다.

○ 鋪床拂席置羹飯 – 鋪는 펼 포. 鋪床(포상)은 밥상을 차리고. 拂席(불석)은 자리를 치우다. 置羹飯(치갱반)은 국과 밥을 차리다.

○ 疏糲亦足飽我飢 – 糲는 현미 여(려). 疏糲(소려)는 조잡한 현미밥. 飽는 배부를 포, 물릴 포. 실컷 먹다. 飢는 굶주릴 기.

○ 夜深靜臥百蟲絶 – 百蟲絶은 온갖 벌레들도 보이지 않다.

○ 淸月出嶺光入扉 – 扉는 문짝 비.

○ 出入高下窮煙霏 – 霏는 안개 비. 窮煙霏(궁연비)는 구름과 안갯속.

○ 山紅澗碧紛爛漫 – 澗은 시내 간. 계곡. 爛은 문드러질 난(란). 爛漫(난만)은 빛이 흩어지는 모양.

○ 時見松櫪皆十圍 – 櫪은 말구유 역. 상수리나무. 櫪은 상수리나무 역(력)과 同.

○ 當流赤足踏澗石 – 赤足은 맨발.

○ 水聲激激風吹衣 – 激激(격격)은 물이 급히 흐르는 모양. 콸콸. 風吹衣는 바람이 옷깃을 휘날리다.

○ 豈必侷促爲人鞿 – 侷은 다그칠 국. 促은 재촉할 촉. 侷促 – 쫓기다. 鞿는 재갈 기.(재갈 – 짐승을 쉽게 몰려고 입을 가로질러 당기는 끈.)

○ 嗟哉吾黨二三子 – 嗟哉(차아)는 아! 자신도 모르게 나오는 감탄사. 嗟乎와 同. 吾黨 – 나와 뜻을 함께 하는 그대들. 《論語 公冶長》의 '子在陳, 曰, 歸與, 歸與, 吾黨之小子狂簡, ~' 와 《論語 述而》의 '子曰, 二三子以我爲隱乎. ~' 를 인용하였다.

○ 安得至老不更歸 – 不更歸는 다시 돌아가지 않다. 벼슬살이에 집착하다.

| 詩意 | 이 시는 韓愈가 德宗(재위 779 – 805) 貞元 17년(801년) 7월에, 다른 사람들과 함께 낙양 북쪽의 惠林寺에 갔을 때 지은 것이지만 여러 異說이 많다. 당시 한유의 나이는 34세였다. 한유는 정원 18년에, 四門博士를 거쳐 監察御史가 되었다.

그러나 다음 해 정원 19년에는 宮市의 폐를 極諫하다가 陽山현령으로 폄직되었다. 당시는 당파 간의 대립이 심하던 때였으며, 특히 한유는 사상적으로도, 유교의 正統을 남다르게 옹호하고 불교를 배척한 극단주의자였다.

그러므로 이 시에서도 '아아! 나와 뜻을 함께 하는 그대들이

여!(嗟哉! 吾黨二三子!)' 라고 한 것이다. 또 '인생을 이렇게 자연과 더불어 즐길 수 있거늘(人生如此自可樂)', '하필이면 궁색하게 남에게 구속을 받으며 벼슬살이를 하랴(豈必局促爲人鞿).' 고 한 심정도 알 수 있을 것이다. 그러나 실제로 현실 정치에 분주했던 한유는 다시 이 절을 한가하게 찾아가지 못했다.

詩句의 첫 말을 따서 詩題로 삼은 것은《詩經》의 예를 본뜬 것으로 깊은 뜻은 없다.

이 시는 한유의 대표적인 紀行詩인데, 僻字(벽자)와 기이한 표현이 많아 난해한 한유의 다른 시가와 달리 平易한 서술과 순차적 묘사로 청신한 맛을 주면서도 짧은 수필을 읽는 듯하다. 이 시는 내용상 5단으로 나눌 수 있다.

제1단(1~2聯) – 험한 산길을 올라 절에 도달하고, 파초와 치자나무가 무성한 뜰을 바라보다.

제2단(3聯) – 절의 중이 낡은 벽화를 보여주었다.

제3단(4~5聯) – 간소한 저녁 뒤에 조용히 누워있을 제, 달빛이 밝았다.

제4단(6~8聯) – 새벽에 안개 자욱한 산속에서 자연의 정취를 만끽했다.

제5단(9~10聯) – 정치적 속박에서 벗어나 자연으로 돌아가고 싶다.

謁衡嶽廟遂宿嶽寺題門樓(알형악묘수숙악사제문루)

五嶽祭秩皆三公，四方環鎭嵩當中.
火維地荒足妖怪，天假神柄專其雄.
噴雲泄霧藏半腹，雖有絶頂誰能窮.
我來正逢秋雨節，陰氣晦昧無清風.
潛心默禱若有應，豈非正直能感通.
須臾靜掃衆峰出，仰見突兀撑青空.
紫蓋連延接天柱，石廩騰擲堆祝融.
森然魄動下馬拜，松柏一徑趨靈宮.
粉墻丹柱動光彩，鬼物圖畫塡青紅.
升階傴僂薦脯酒，欲以菲薄明其衷.
廟令老人識神意，睢盱偵伺能鞠躬.
手持杯珓導我擲，云此最吉餘難同.
竄逐蠻荒幸不死，衣食纔足甘長終.
侯王將相望久絶，神縱欲福難爲功.
夜投佛寺上高閣，星月掩映雲曈曨.
猿鳴鐘動不知曙，杲杲寒日生於東.

형악묘를 참배하고 곧 山寺에서 잔 뒤 門樓에서 짓다

五嶽의 祭官은 모두 三公이었고,
四方을 두루 진압하며 嵩山은 中嶽이라네.
南方은 거친 땅이며 요괴가 많이 살지만,
天神이 힘을 주어 衡山 雄氣를 주관케 했네.
구름과 안개는 산허리에서 분출하고,
정상이 있지만 누가 거길 오를 수 있겠는가?
내가 여기 올 때 마침 가을 장마철이라서,
음기가 짙게 깔리고 시원한 바람도 없었다.
마음을 가다듬어 묵도하자 감응이 있는 듯,
나의 정직이 신령과 感通했다 어찌 아니 하리오?
잠깐 사이 구름 걷히고 여러 봉우리 나타나니,
우뚝 서 청공을 하늘 받친 산들을 올려 본다.
자개봉은 줄기차게 뻗어 천주봉에 닿았으며,
석름봉은 높이 뛰어 올라 축융봉 옆에 섰네.
너무 놀라워 혼이 나간 듯 하마하여 절하고,
송백 늘어선 외길로 산신 묘당으로 나아갔네.
분칠한 담장 붉은 기둥 광채를 내고,
神像과 여러 그림은 울긋불긋 하도다.
계단 올라 허리 굽혀 육포와 술을 올려,
보잘 것 없지만 내 진정을 표하려 했었다.
묘당 지키는 노인은 산신 뜻을 잘 알기에,

아래 위로 훑어보더니 능숙하게 인사를 하네.
손에 杯珓(배교)를 들고 나에게 던져보라 하더니,
이는 정말 좋은 점괘라 다른 괘와 다르다 한다.
남만 거친 땅에 쫓겨 가서 다행히 죽지 않았기에,
먹고 입을 수만 있다면 기꺼이 오래 살리라!
王侯將相의 꿈은 버린 지 오래니,
神께서 복을 내려도 공을 이루기 어려울지라.
밤에 절에 들어가 높은 누각에 올랐더니,
별과 달이 엷은 구름에 가려 희미하더라.
원숭이 울고 종을 쳐도 날 밝은 줄 몰랐는데,
밝은 태양은 동쪽에 떠올랐네.

| 註釋 | ○ 〈謁衡嶽廟遂宿嶽寺題門樓〉 – 〈형악묘에 참배하고 곧 山寺에서 잔 뒤 門樓에서 짓다〉.

이 시를 지은 지리적 배경은 중국 오악의 하나인 衡山(형산)이다. 제목 그대로 형산의 묘당을 참배하고 山寺에서 잠을 잔 뒤 다음 날 아침 산사의 문루에 올라 아침에 시를 지었다.

謁은 아뢸 알. 拜謁(배알), 參謁(참알), 謁見(알현). 衡은 저울대 형. 衡嶽은 衡山 – 五嶽(岳) 중 南岳, 今 湖南省 衡陽市(형양시) 지역 내 위치. 최고봉은 祝融峰(축융봉, 1300m). 南嶽 衡山은 28宿 중에서 인간의 수명을 주관하는 별, 곧 軫星(진성)에 해당하며 道教의 36洞天 72福地 중 하나이니, 곧 신선의 거주하는 땅이다. 唐代에 南岳廟가 건축되었고, 李白, 杜甫 등이 이곳을 찾아 시를 읊었다. 遂는 이룰 수. 마음먹은 대로 되다. 곧, 이어, 즉시. 결국. 題는 이마. 제목. 文體의 한 종류. 시문을 짓다.

《昌黎先生集》과 《唐詩三百首》에 수록. 이는 順宗 永貞 원년(805) 가을에 지은 시로 알려졌다.

○ 五嶽祭秩皆三公 – 秩은 차례 질. 祭秩(제질)은 祭官의 관작. 三公은 太師, 太傅(태부), 太保를 지칭하는데, 담당 실무는 없고 황제의 자문에 응하는 명예직이며 國政의 元老이다.

○ 四方環鎭嵩當中 – 四方을 두루 누르고 있는데, 嵩山(숭산)이 中嶽에 해당한다. 嵩은 높을 숭.

○ 火維地荒足妖怪 – 火는 五行의 火는 방위상 南이다. 維는 밧줄 유. 모퉁이(隅와 通, 네 모퉁이를 四維라고도 한다). 維는 뜻이 없는 語助辭로도 쓰인다(惟와 通, 惟는 文語에서 助辭로도 쓰인다). 火維는 南方. 地荒(지황)은 땅이 거칠다. 사람 살기 어려운 땅이다.

○ 天假神柄專其雄 – 假는 거짓 가. 빌려주다. 柄은 자루 병. 神柄 – 嶽神의 권한. 專 – 주관케 하다. 독점하다. 其雄 – 衡山의 雄氣.

○ 噴雲泄霧藏半腹 – 噴은 뿜을 분. 泄은 샐 설. 틈이나 구멍으로 새어 나오다. 藏은 감출 장. 저장하다. 半腹(반복)은 가운데 배(腹). 산허리. 산 중턱에서 구름과 안개가 발생한다는 의미.

○ 雖有絶頂誰能窮 – 雖有絶頂은 산의 정상이 있다 한들. 雖는 비록 수. 誰는 누구 수(의문사). 能窮 – 끝을 보다, 끝을 내다. 산 정상에 오르다.

○ 我來正逢秋雨節 – 正은 바로, 딱. 逢은 만나다.

○ 陰氣晦昧無淸風 – 晦는 그믐 회, 어둘 회. 昧는 새벽 매. 컴컴하다. 陰氣晦昧 – 음산한 기운이 진하게 퍼져있다.

○ 潛心默禱若有應 – 潛은 물속에 잠길 잠. 潛心은 마음을 가라앉히다. 默禱(묵도)는 소리를 내지 않고 기도하다. 有應은 感應이 있다. 若有應은 감응이 있는 것 같았다.

○ 豈非正直能感通 – 豈非(기비)는 어찌 ~이 아니겠는가? '어찌 (나의) 正直이 山神을 感通할 수 있던(能) 것이 아니겠는가?' 로 해석하였다. 正直을 神이라 해석한 책도 있다.('神 聰明正直而壹者也' 라는 《左傳》의 글이 있다고 한다.)

○ 須臾靜掃衆峰出 – 臾는 잠깐 유. 須臾(수유)는 잠시 잠깐. 靜掃(정소)는 안개나 구름이 싹 걷히다.

○ 仰見突兀撐靑空 – 突은 갑자기 돌. 兀은 우뚝할 올. 突兀(돌올)은 우뚝 솟은 모양. 撐은 버틸 탱.

○ 紫蓋連延接天柱 – 蓋는 덮을 개. 덮개. 紫蓋와 天柱는 모두 봉우리 이름. 衡山에는 紫蓋, 天柱, 石廩(석름), 祝融, 芙蓉의 五峰이 있다.

○ 石廩騰擲堆祝融 – 廩은 곳집 늠(름). 창고. 石廩(석름)은 형산의 봉우리 이름. 騰은 오를 등. 擲은 던질 척. 堆는 언덕 퇴. 높이 쌓이다. 祝融은 형산의 최고봉(1,300m).

석름봉은 위로 던져진 듯 축용봉 가까이에 높이 솟아 있다는 뜻.

○ 森然魄動下馬拜 – 森은 나무 빽빽할 삼. 森然(삼연)은 빽빽이 줄지어 선 모양. 삼엄하여 氣가 꺾인 모양. 嚴然한 모양. 魄動(백동)은 혼령이 감동하다. 한유가 크게 감동을 느꼈다.

○ 松柏一徑趨靈宮 – 徑은 지름길 경. 一徑은 외길. 趨 달릴 추. 빨리 걷다. 向하다. 靈宮은 廟堂. 형산의 산신을 모시는 사당.

○ 粉墻丹柱動光彩 – 粉墻(분장)은 분칠을 한 담장.

○ 鬼物圖畫塡青紅 – 鬼物은 神像. 圖畫(도화)는 묘당의 각종 그림. 塡은 메울 전.

○ 升階傴僂薦脯酒 – 傴는 구부릴 구. 僂는 구부릴 누(루). 곱사등이. 傴僂(구루)는 허리를 구부리다(背曲). 薦은 드릴 천. 供物을 바치다. 脯는 저미어 말린 고기 포.

○ 欲以菲薄明其衷 – 欲은 바라다. 菲는 엷을 비. 보잘 것 없다. 다른 사람한테 물건을 보내면서 '보잘 것 없는 물건' 이라는 뜻으로, '菲品' 또는 '菲儀' 라고 쓴다. 薄은 엷을 박. 衷은 속마음 충.

○ 廟令老人識神意 – 廟令은 묘당에서 제사를 준비하거나 관련된 일을 하는 正九品 관리. 識神意는 山神의 뜻을 잘 풀이하다. 神祀나 廟堂에는 그 모시는 신과 관련된 미신이나 점을 치고 그 뜻을 풀이해 준다.

○ 睢盱偵伺能鞠躬 – 睢는 부릅뜨고 볼 휴. 盱는 쳐다볼 우. 偵은 정탐할 정. 伺는 엿볼 사. 鞠躬(국궁)은 서서 허리를 굽혀 절하다.

○ 手持杯珓導我擲 – 杯는 잔 배. 珓 玉으로 만든 산통 교(玉 算筒). 杯珓(배교)는 吉凶을 점치는 도구. 導我는 나를 데려가서. 擲은 던질 척.

○ 云此最吉餘難同 – 最吉은 아주 길한 점괘. 餘難同은 다른 것과는 같을 수 없다.

○ 竄逐蠻荒幸不死 – 竄은 숨을 찬. 逐은 좇을 축. 蠻荒(만황)은 남

방의 거친 땅.

○ 衣食纔足甘長終 – 纔는 겨우 재(才). 근근이. 甘은 달게 여기다. 만족하다.

○ 侯王將相望久絶 – 望久絶(망구절)은 희망은 끊은 지 오래다.

○ 神縱欲福難爲功 – 縱은 늘어질 종. 세로의. 놓아주다. 설령 ~일지라도(縱使). 神께서 설령 福을 준다 해도 功을 이루기 어렵다.

○ 夜投佛寺上高閣 – 投는 ~에 들다. 投宿하다.

○ 星月掩映雲曈曨 – 掩은 가릴 엄. 曈은 눈동자 동. 어수룩한 모양. 曨은 흐릿할 농(롱). 曈曨(동롱)은 흐릿한 모양.

○ 猿鳴鐘動不知曙 – 曙는 새벽 서.

○ 杲杲寒日生於東 – 杲는 밝을 고. 杲杲(고고)는 해가 밝은 모양.

| 詩意 | 이 시는 한유가 貞元 21년에 지은 〈八月十五夜贈張功曹〉의 시보다 조금 앞서 지은 시이다. 한유는 양산현령으로 폄직되었다가 강릉의 법조참군에 임명되어 강릉으로 가는 도중에 형산의 남악묘를 참배하고 지은 시이다. 이 시는 敍景, 敍事, 抒情이 잘 어울린 시이다.

이 시를 읽으면 어려운 글자들이 많이 나온다. 마지막 구의 '杲杲(고고, 밝은 모양)' 도 그냥 쓴 말이 아니고 《詩經》의 '杲杲出日' 에서 인용한 말이다. '長終' 역시 다른 책에 그 전고가 있는 말이다. 이처럼 한유의 시에 쓰는 표현은 사실 다 典故가 있다.

寒日은 '추운 날' 이라는 사전적 뜻이 있다. 그렇지만 '차가운 해' 라고 번역했을 때 태양을 보고 차갑게 느낀다면 좀 이상한 사람일 것이다. 또 '차가운 해' 란 단어가 事理로 볼 때 있을 수 있겠는가? 말하자면, 보이는 글자대로만 번역했다면 이런 논리적 과오를 범하게 된다. 이 시에서는 가을 장마철이지만 구름이 걷혔기에 해가 밝게 떠올랐다고 하였다. '寒' 에는 '건조' 하다는 의미도 있고, 太陽을 '寒' 이라 칭한다는 用例가 있다. 따라서 여기의 '寒日' 은 '차가운 해' 가 아니라 그냥 '해' 이다.

韓愈가 이런 표현을 했다면 분명 '典故' 가 있다는 뜻이다. 한유의 博識은 이미 다 잘 알려진 사실이다. 한유는 자신의 그러한 박식을 바탕으로 다른 사람이 쓰지 않는 새롭고도 기이한 표현을 찾으려 노력했다. 이 '寒日' 이 바로 그러한 예이다.

八月十五夜贈張功曹(팔월십오야증장공조)

纖雲四捲天無河，清風吹空月舒波.
沙平水息聲影絶，一杯相屬君當歌.
君歌聲酸辭且苦，不能聽終淚如雨.
洞庭連天九疑高，蛟龍出沒猩鼯號.
十生九死到官所，幽居默默如藏逃.
下床畏蛇食畏藥，海氣濕蟄熏腥臊.
昨者州前搥大鼓，嗣皇繼聖登夔皐.
赦書一日行萬里，罪從大辟皆除死.
遷者追迴流者還，滌瑕蕩垢清朝班.
州家申名使家抑，坎軻祗得移荊蠻.
判司卑官不堪說，未免捶楚塵埃間.
同時輩流多上道，天路幽險難追攀.
君歌且休聽我歌，我歌今與君殊科.
一年明月今宵多，人生由命非由他，
有酒不飮奈明何?

추석날 밤에 張공조에게 보내다

엷은 구름 사방서 걷히고 은하 아직 뵈지 않는데,
서늘한 바람 불고 달은 천천히 빛을 뿌린다.
모래밭 넓고 강물도 멈춰 소리나 그림자도 없는데,
한 잔 드시고 부탁이니 노래나 불러 주오.
그대 노랫소리 서글프고 가슴 쓰린 사설이라,
끝내 다 못 듣고 눈물을 비 오듯 흘리노라.
동정호는 하늘에 닿고 구의산은 높이 솟았는데,
교룡이 살고 성성이와 박쥐가 슬피 우는 곳이다.
산 사람 열에 아홉은 죽어 임지에 도착하나니,
외로운 거처에 말없이 숨고 도망친 듯 살았다오.
침상 아래 뱀이 두렵고 독 있는 먹을거리 겁나며,
습한 해풍, 벌레 냄새와 비린내와 누린내.
지난번에 관아 앞 큰 북을 치고서는,
뒤를 이은 황제께서 어진 신하들을 등용하리다.
사면 조서는 하루에 천리를 달려가나니,
사형의 중죄라도 사형을 면제하였다.
좌천된 자 돌아가고 유배된 자 풀려 돌아가고,
하자를 없애고 때를 없애 조정 반열을 맑게 했다.
자사가 올린 사면 명단을 관찰사가 가로막아,
막힌 길에 운도 없으니 강릉으로 와야만 했었다.
判司라는 낮은 관직 말할 수도 없나니,

회초리 맞고 먼지 덮어쓰기를 면할 수 없으리라.
같이 밀렸던 사람 여럿은 上京 길에 올랐고,
天朝에 드는 길 막히고 험하니 따라가기 어려워라.
그대 노래 잠깐 쉬고 내 노래 들어보면,
내가 부를 노래는 그대와 많이 다를 것이오.
일 년 중에 오늘 밤이 가장 좋은 明月이니,
인생은 운명이지 다른 것은 없다오.
이 술을 아니 마시면 저 달을 어찌해야 하나요?

| 註釋 | ○ 〈八月十五夜贈張功曹〉 - 〈추석날 밤에 張功曹에게 주다〉.

이 시는 貞元 21년(805년) 추석에 법조참군으로 있는 한유가 같은 처지의 동료 張署(장서, 758~817)와 함께 술을 마시면서 울분을 토로한 詩이다.

장서는 한유보다 10년 연장자로 당시에는 강릉의 功曹參軍(공조참군)이었다. 參軍은 본래 주요 고관의 막료였으나 여기서는 지방관의 업무를 돕는 직위이다. 그는 전에 監察御史, 혹은 刺史(자사) 등을 역임한 고관이었으나 죄에 걸려 유배되었었다. 805년, 德宗이 죽고 뒤를 이은 順宗이 등극하면서 대사령을 내렸다. 그러나 장서는 장안으로 돌아가 높은 자리를 되찾지 못하고, 남쪽의 江陵에서 末端微官(말단미관)인 공조참군으로 이동되었다.

한편 한유는 貞元 20년, 덕종의 노여움을 받고 陽山현령으로 유배되었다가 순종의 대사령으로 풀려나기는 했으나, 장안으로 돌아가지 못하고 강릉에서 法曹參軍(법조참군)이란 말단 직위에 근무 중이었고, 張署 역시 功曹參軍으로 같은 관아의 동료였다. 이에 그들은 추석날 함께 술을 마시며 울분을 토로하였을 것이다.

○ 纖雲四捲天無河 – 纖은 가늘 섬. 纖雲은 엷게 낀 구름. 捲은 감아 갈 권. 四捲은 사방에서 걷히다. 無河는 은하는 없다. 아직 은하수는 보이지 않는다.

○ 淸風吹空月舒波 – 月舒波(월서파)는 달은 천천히 달빛을 쏟아낸다. 波는 물결. 여기서는 달빛.

○ 沙平水息聲影絶 – 聲影絶(성영절)은 소리나 그림자의 움직임도 없다. 죽은 듯 고요하다.

○ 一杯相屬君當歌 – 屬은 모을 촉, 부탁할 촉. 술을 권하다. 무리 속. 相屬(상촉)은 상대에게 술을 권하다. 君當歌(군당가)는 그대여 노래를 불러주시오.

○ 君歌聲酸辭正苦 – 酸은 초 산. 시다. 슬프다. 辭正苦(사정고)는 사설이 너무 가슴 아프다.

○ 洞庭連天九疑高 – 洞庭(동정)은 동정호. 九疑(구의)는 구의산. 湖南 寧遠縣(영원현)에 있으며, 蒼梧山(창오산)이라고도 한다. 舜(순)임금의 무덤이 있다. 산봉우리가 9개 있어 헷갈리므로 九疑라 부른다.

○ 蛟龍出沒猩鼯號 – 蛟龍(교룡)은 구름과 비를 일으킨다는 전설상의 용. 이무기. 猩鼯(성오) – 猩은 성성이 성(원숭이의 한 종류). 鼯는 박쥐 오.

○ 十生九死到官所 – 十生九死는 (유배된 사람) 10명 중의 9명이

죽어 官所(관소)에 도착한다. 관소는 貶職(폄직)되어 새로 발령 받은 임지. 한유는 廣東 陽山縣(양산현), 장서는 湖南 臨武(임무)에 폄직되었다.

○ 幽居默默如藏逃 – 幽居默默(유거묵묵)은 숨어살듯 말이 없다. 藏은 감출 장. 숨다. 逃는 달아날 도.

○ 下床畏蛇食畏藥 – 床은 침상 상. 蛇는 뱀 사. 畏는 두려울 외. 藥은 여기서는 毒草나 毒水 또는 毒蟲.

○ 海氣濕蟄熏腥臊 – 海氣는 바닷바람. 濕은 축축할 습. 蟄은 숨은 벌레 칩. 毒蟲. 熏腥臊(훈성조)는 고약한 냄새, 비린내(腥), 누린내〔臊(조)〕 여기까지는 한유와 張署가 江陵에 근무하기 전 더 먼 남쪽에서 지방관으로 근무할 때의 어려움을 묘사하였다.

○ 昨者州前搥大鼓 – 昨者는 지난 번. 州前은 州의 관아 앞. 搥는 칠 추. 大鼓(대고)는 큰 북. 큰 북을 쳐 大赦令(대사령)을 알렸다.

○ 嗣皇繼聖登夔皐 – 嗣皇繼聖(사황계성)은 뒤를 이은 황제가(上皇인 덕종의 뒤를 이은 順宗) 성덕을 계승하여(繼聖), 순종이 805년에 즉위하였으나 겨우 6개월을 재위했었다. 登은 등용하다. 夔는 조심할 기. 舜은 임금의 賢臣인 伯夔(백기). 皐는 언덕 고. 舜임금의 賢臣인 皐陶(고요, 기쁠 도, 화락하게 즐길 요. '고도'로 읽지 않는다).

○ 赦書一日行萬里 – 赦書(사서)는 대사령의 詔書(조서).

○ 罪從大辟皆除死 – 辟은 임금 벽, 법 벽. 허물. 大辟은 사형, 죽음. 五刑의 하나.

○ 遷者追迴流者還 – 遷은 옮길 천. 遷者는 貶謫(폄적)되어 연고 없는 지방에 근무하는 자. 迴는 돌 회. 돌아오다. 追迴(추회)는

原 직책이나 직위로 돌아가다. 流는 流配. 流刑.

- 滌瑕蕩垢淸朝班 – 滌瑕蕩垢(척하탕구)는 잘못한 하자를 세척하고 더러운 때를 씻다. 滌은 씻을 척. 瑕는 티 하. 허물. 蕩은 쓸어버릴 탕. 垢는 때 구. 班은 나눌 반. 班列, 序列과 席次. 朝班 – 조정의 반열에 있던 사람.
- 州家申名使家抑 – 州家는 州의 刺史(자사). 申名은 사면하는 명단을 上申하다. 使家 – 관찰사의 근무처. 지방행정관을 순회감독하는 觀察使(관찰사). 抑은 누를 억. 억제하다. 빼버리다.
- 坎軻祗得移荊蠻 – 坎은 구덩이 감. 軻는 굴대 가. 멍에. 坎軻(감가)는 길도 막히고 불우하다. 祗는 공경할 지. 마침. 이것. 祗得(지득)은 별수 없이 ~하다. 荊은 모형나무 형. 楚나라. 楚의 땅. 蠻은 오랑캐 만. 越(월)나라가 있던 지역. 荊蠻(형만)은 지역을 지칭, 여기서는 江陵(강릉).
- 判司卑官不堪說 – 判司(판사)는 공문서를 판독하는 관직. 功曹參軍.
- 未免捶楚塵埃間 – 捶는 종아리 칠 추. 楚는 가시나무 초. 未免捶楚(미면추초) – 회초리 매를 면치 못한다. 唐의 제도에 參軍이나 簿尉(부위)는 잘못하면 笞杖(태장)의 형을 받았다. 塵은 티끌 진. 埃는 티끌 애. 塵埃間(진애간)은 흙먼지 속에서, 자질구레한 잡일에 시달리며.
- 同時輩流多上道 – 多上道는 많은 사람이 (사면 받아) 上京하였다.
- 天路幽險難追攀 – 天路는 天子의 朝廷에 가는 길. 幽險(유험)은 기회나 길이 보이지 않고 어렵다. 攀은 더위잡을 반. 무엇을

잡고 기어오르다.

○ 君歌且休聽我歌 – 且은 또 차. 일단, 다만.

○ 我歌今與君殊科 – 殊는 다를 수. 科는 조목 과. 종류나 품격. 殊科는 같지 않다.(不同也).

○ 一年明月今宵多 – 宵는 밤 소. 今宵多는 明月이 가장 좋다. 가장 좋은 밤이다.

○ 人生由命非由他 – 人生은 運命이 있을 뿐 다른 것은 없다.

○ 有酒不飮奈明何 – 奈明何는 이 明月을 어찌 하리오?

| 詩意 | 앞에 나온 〈山石〉이 그래도 가장 평이한 내용이면서 詩 맛을 풍긴다. 〈八月十五也贈張功曹〉이 시는 어려운 내용은 그만두고서라도 '왜 이런 시를 읊었을까?' 라고 작자를 다시 생각하지 않을 수 없다.

한유의 시는 요즈음 말로 하면 '입학시험용 논술' 만큼이나 논리적이며 해박한 지식을 자랑하며 산문에 압운을 한 것 같다는 느낌을 준다.

이 시는 貞元 21년(805), 德宗의 치세가 끝나고 順宗이 즉위하던 해 지은 것으로 알려졌으니, 한유는 38세의 혈기왕성한 장년이었지만 관직 생활에 이런저런 좌절을 겪었다. 한유의 현실에 대한 불만 토로는, 곧 정직하고 유능한 인재를 등용 못하는 정치 실세에 대한 비판이 될 것이다. 이는 '儒家의 正道를 피력하며 실천을 촉구' 하는 의미를 가진 '메시지가 담긴 詩' 라고 할 수도 있을 것이다. 그렇지만 불우한 처지에, 또 객지에서 추석 보름달을 보고서 이렇게 건조한 詩를 썼으니, 한유는 아무래도 '詩人의 感

性' 보다는 '政客의 論理' 에 충실했다고 평할 수 있다.

이 시는 4단으로 구분할 수 있다. 1단에서는 중추 明月에 張 功曹와 함께 술 마시며 슬픈 노래를 부른다. 2단은 남쪽에 폄적되었을 때의 어려움과 비애를 토로했으며, 3단에서는 昨日의 사면이 자신들에게는 아무런 혜택이 없다며 새로운 '判司' 라는 卑職을 묘사하였고, 마지막으로 인생은 運命이라며 이 밤에 이 술을 아니 마시면 저 달을 어찌하겠느냐 서글픈 추석날 밤을 묘사하였다.

石鼓歌(석고가)

※ 본 詩는 66句의 장편이기에 讀解의 편의를 위해 前·後 半2단으로 나누어 譯註하였다.

(一)

張生手持石鼓文, 勸我試作石鼓歌.
少陵無人謫仙死, 才薄將奈石鼓何.
周綱陵遲四海沸, 宣王憤起揮天戈.
大開明堂受朝賀, 諸侯劍佩鳴相磨.
蒐于岐陽騁雄俊, 萬里禽獸皆遮羅.
鐫功勒成告萬世, 鑿石作鼓隳嵯峨.
從臣才藝咸第一, 揀選撰刻留山阿.
雨淋日炙野火燎, 鬼物守護煩撝呵.
公從何處得紙本, 毫髮盡備無差訛.
辭嚴義密讀難曉, 字體不類隷與蝌.
年深豈免有缺畫, 快劍砍斷生蛟鼉,
鸞翔鳳翥衆仙下, 珊瑚碧樹交枝柯.
金繩鐵索鎖鈕壯, 古鼎躍水龍騰梭.
陋儒編詩不收入, 二雅褊迫無委蛇.
孔子西行不到秦, 掎摭星宿遺羲娥.

석고가

(一)

張生이 손에 石鼓文을 들고 와서,
나에게 石鼓歌를 지어보라 하였다.
少陵의 杜甫도 謫仙인 李白도 죽었는데,
재주도 없는 내가 석고가를 어이 짓겠는가?
西周의 기강이 무너지고 천하가 들끓을 때,
宣王이 분기하여 천자의 군사를 지휘했었다.
明堂을 활짝 열고 제후의 朝賀를 받으니,
(알현하려는) 諸侯들의 보검과 패옥이 부딪쳤다.
岐陽에서 사냥하며 영웅과 준재들을 모아서는,
萬里 내의 새와 짐승을 모두 막고 잡았다.
공적을 새기고 끝내어 萬世에 알리니,
돌에 새겨 석고를 만들려고 큰 산도 허물었다.
수행하는 신하들 재주 모두 第一이지만,
고르고 골라 돌에 새겨 山阿에 두었노라.
비에 씻기고 햇볕 쬐고 들불에 탔지만,
귀신은 이를 지키며 수고로웠다.
張公은 어디서 이 탁본을 얻었는지,
털끝까지 완전하게 틀린 것이 없었다.
글자와 뜻이 嚴密하나 읽어 알기는 어렵고,

字體는 예서나 과두문자와도 달랐다.
옛 글이니 빠진 필획이 어찌 없을 수 있겠으며,
날선 칼로 찍고 팠는데 교룡과 악어를 자른 듯,
난새와 봉황이 날고 뭇 신선이 내려오듯,
산호 푸른 나무 가지가 뒤섞이듯,
靑桐과 쇠로 만든 줄이 엉킨 듯 힘차며,
물에서 건진 古鼎, 북에서 뛰어나온 龍 같도다.
고루한 선비들은 詩를 엮으면서도 넣지 못했고,
大雅 小雅는 좁고 짧으며 넉넉지 않았다.
孔子가 서쪽을 유람했지만 秦에는 못 갔기에,
별들은 챙겼지만 해와 달을 버렸다.

| 註釋 | ○ 〈石鼓歌〉 – 현재 北京 故宮博物院에 보존된 石鼓(석고, 북고)는 陣倉石碣(진창석갈, 비석 갈) 또는 岐陽石鼓(기양석고)라고 부르는데, 모두 10개이며 거기에 새겨진 而師, 馬薦, 吾水 등등 글자 2자로 이름을 붙여 관리하고 있다. 先秦 시기의 새겨진 중국 最古의 石刻문자이다. 627년에, 지금의 陝西省 서남부 寶鷄市의 황야에서 발견되었다.

이 石鼓의 제작 시기에 대해서는 正論이 없다. 韋應物(위응물)과 韓愈의 〈석고가〉에서는 西周 宣王(기원전 827 – 782) 時期의 刻石이라 주장하였다. 이후 여러 주장이 있으나 막연히 先秦 시기로 인정되고 있다. 10개의 石鼓(실제 북은 아니지만 북 모양과 비슷하여 석고라 부른다)에는 700여 자가 새겨졌을 것으로 추정

하나 지금은 읽을 수 있는 글자는 400여 字라고 한다. 이 석고를 모방하여 각 지방에서 공자를 모시는 文廟에 석고를 만들어 문자를 새기는 일이 널리 퍼졌고 여러 유물이 남아 있다.

○ 張生手持石鼓文 – 張生 張籍(장적, 786 – 830), 한유의 지인으로 國子司業을 역임. 한유의 제자인 張徹이라는 주장도 있다. 石鼓文은 석고의 글을 탁본한 것.

○ 勸我試作石鼓歌 – 試作은 한번 지어보다. 歌는 樂府詩의 한 종류.

○ 少陵無人謫仙死 – 少陵(소릉)은 두보의 原籍地 마을. 두보는 자신을 '少陵野老'라 불렀다. 無人은 사람이 없다. 이미 죽었다. 謫은 귀양 갈 적. 謫仙 李白. 李白은 762년, 두보는 770년에 각각 죽었고, 한유는 768년에 출생했다.

○ 才薄將奈石鼓何 – 才薄(재박)은 재주가 없다. 薄은 엷을 박. 將은 ~으로. 奈何(내하) 어찌, 어떻게. ~을 어찌 하겠는가? 奈石鼓何는 石鼓歌를 어찌 하겠는가?

여기까지는 본석고가를 짓게 된 연유를 묘사하였다.

○ 周綱陵遲四海沸 – 周 西周. 綱은 벼리 강. 굵은 밧줄. 周綱 – 周나라의 정치 또는 紀綱. 陵은 언덕 능(릉). 遲는 늦을 지. 게을리하다. 陵遲(능지)는 무너지다, 허물어지다.(陵夷). 四海는 전 중국. 沸는 끓을 비.

○ 宣王憤起揮天戈 – 宣王(재위 기원전 827 – 782) 西周의 왕, 厲王(여왕)의 아들, 여왕의 뒤를 이어 정치 기강을 확립했고 주변 이민족을 정벌하였다. 憤은 성낼 분. 揮는 휘두를 휘. 戈는 창 과. 天戈(천과)는 天子의 무기.

○ 大開明堂受朝賀 – 明堂은 천자가 정사를 펴는 곳. 朝賀는 제후들이 周의 王을 뵙고 하례하다.

○ 諸侯劍佩鳴相磨 – 諸侯 周王에 의해 被封된 통치자. 劍은 寶劍. 佩는 찰 패. 매달다. 佩玉. 鳴은 울 명. 磨는 갈 마. 문지르다. 相磨는 서로 부딪치다.

○ 蒐于岐陽騁雄俊 – 蒐는 모을 수. 사냥하다. 于는 어조사 우(於와 同). 岐는 갈림길 기. 岐山(기산)은西安市 서쪽, 寶鷄市 동쪽 60km에 있는 산. 周 王朝 發祥地. 周公廟가 남아 있다. 岐陽은 기산의 남쪽. 騁은 달릴 빙. 마음대로 하다. 雄俊(웅준)은 뛰어난 인재. 雄才와 俊才.

○ 萬里禽獸皆遮羅 – 萬里는 넓은 지역. 온 세계. 禽獸(금수)는 새와 짐승. 遮는 막을 차. 羅는 새 그물 라. 그물로 잡다. 벌려 놓다.

○ 鐫功勒成告萬世 – 鐫은 새길 전. 글자를 파서 새겨 놓다. 功은 공적. 勒은 굴레 늑(륵). 파다, 새기다. 鐫功勒成(전공늑성)는 공적과 성공한 내용을 새겨놓다.

○ 鑿石作鼓隳嵯峨 – 鑿은 뚫을 착. 作鼓는 북처럼 만들다. 隳는 무너트릴 휴. 嵯는 우뚝 솟을 차. 峨는 높을 아. 鑿石作鼓隳嵯峨는 돌을 깨어 石鼓를 만들려고 여러 산에서 돌을 구했을 것이다.

○ 從臣才藝咸第一 – 從臣은 隨從(수종)하는 신하들. 宣王을 보필하던 方叔과 같은 신하들. 咸은 모두 함. 전부.

○ 揀選撰刻留山阿 – 揀은 가려 뽑을 간. 撰은 지을 찬. 刻은 새길 각. 좋은 문장을 짓고 선택하여 돌에 새겨 세상에 남겼다는 뜻.

○ 雨淋日炙野火燎 – 淋은 물 뿌릴 임. 물에 젖다. 炙는 고기를 구을 자(적). 野火는 들 불. 燎는 불 탈 요(료) 불로 태우다. 石鼓가 오랜 세월 방치되었다는 뜻.

○ 鬼物守護煩撝呵 – 鬼物은 귀신. 煩은 괴로워할 번. 고생을 하다. 撝는 찢을 휘. 呵는 꾸짖을 가. 사람들이 석고를 보호하지 않았다는 뜻.

○ 公從何處得紙本 – 公은 張籍, 석고 탁본을 가져온 사람. 紙本은 종이로 拓本(탁본)한 것.

○ 毫髮盡備無差訛 – 毫는 가는 털 호. 髮은 터럭 발. 毫髮(호발)은 털끝만큼도. 盡備(진비)는 完備. 訛는 그릇될 와. 差訛(차와)는 잘못, 어긋남. 差誤(차오).

○ 辭嚴義密讀難曉 – 辭는 석고에 쓰인 말. 辭嚴은 言辭가 峻嚴하다. 義密은 새긴 글의 의미가 치밀하다. 曉는 새벽 효. 깨우쳐 알다. 辭義가 嚴密하여 읽어도 그 뜻을 알기 어렵다.

○ 字體不類隸與蝌 – 字體는 석고에 쓰인 書體. 不類는 닮지 않다. 비슷하지 않다. 隸는 따를 예, 부릴 예. 奴隸(노예). 隸書(예서) 秦에서 창안되어 漢代에 보편적으로 사용되었다. 蝌는 올챙이 과. 蝌蚪文字(과두문자). 붓(筆)이 발명되기 전이라서 옻나무 물(漆書)이나 먹물을 대쪽(대나무 토막 아래를 칼로 찢어)으로 쓰기 때문에 처음에는 많이 흘러 글자가 모두 올챙이 큰 머리와 가는 꼬리(頭粗尾細)처럼 생겼다 하여 붙여진 이름. 先秦 字體의 하나. 石鼓에 쓰인 문자는 大篆體(대전체)이다. 이상은 석고의 字體와 그것이 마모되고 훼손되었다는 사실을 묘사.

○ 年深豈免有缺畫 – 年深은 오랜 세월이 지나다. 缺畫(결획)은 새겨진 글자의 획이 깨지거나 닳아 없어졌을 것이다.

○ 快劍砍斷生蛟鼉 – 快劍은 잘 드는 칼. 날카로운 칼. 砍은 벨 감. 斷은 자를 단. 蛟는 교룡 교. 鼉는 악어 타. 새겨진 글자체가 독특하다는 묘사.

○ 鸞翔鳳翥衆仙下 – 鸞은 난새 난. 翔은 빙빙 돌아 나를 상. 높이 날다. 翥는 날아오를 저. 翥仙下는 여러 신선이 내려오다.

○ 珊瑚碧樹交枝柯 – 珊은 산호 산. 瑚는 산호 호. 碧은 푸를 벽. 枝는 가지 지. 柯는 자루 가. 나뭇가지. 산호의 푸른 나무가 그 가지를 서로 섞인듯하다.

○ 金繩鐵索鎖鈕壯 – 金은 지금의 黃金이 아니라 靑銅이었다. 청동은 중국인들이 알았던 최초의 쇠붙이(金屬)였다. 이 靑銅(金)을 왕이 제후나 대신에게 상으로 내려 주는 것이 바로 賞金(상금)이다. 또 상금을 관청 앞 나무 막대에 매달아 놓은 것이 懸賞金(현상금)이다. 繩은 줄 승. 새끼 줄. 索은 줄 삭. 鎖는 쇠사슬 쇄. 鈕는 꼭지 뉴(유). 단추. 금줄과 쇠줄이 서로 얽힌 것처럼 힘차 보인다.

○ 古鼎躍水龍騰梭 – 鼎은 솥 정. 나라의 큰 제사에 쓰는 청동의 솥. 鼎에는 그런 祭器를 만든 내용이 쓰여 있는데, 이를 보통 金文이라 한다. 그래서 청동의 제기나 돌에 쓰인 옛 글을 金石文이라 부른다. 躍은 뛸 약. 躍水는 물에서 뛰어 나오다. 물에서 건져냈다는 뜻. 騰은 오를 등. 梭는 북 사. 베(옷감)를 짤 때 실꾸리를 넣는 나무로 만든 도구. 이 북을 좌우로 보내면서 씨줄(緯線)이 만들어진다. 龍騰梭(용등사)는 베틀의 북이 나르듯 龍

이 빨리 날아오르는 형상. 東晋의 陶侃(도간, 도연명의 曾祖父)이 낚시하다가 호수에서 베틀의 북(梭)을 하나 건져냈는데, 그를 가져다가 벽에 걸어두었더니 갑자기 용이 튀어나와 하늘로 올라갔다는 이야기도 있다. 이 구절은 石鼓에 새긴 글자의 강건한 아름다움을 묘사한 것.

○ 陋儒編詩不收入 – 陋는 좁을 누(루). 생각이 좁다. 陋儒는 고루한 생각을 고집하는 선비들. 編詩는 옛 詩를 모아 책으로 만들다. 不收入은 수록하지 않다.

○ 二雅褊迫無委蛇 – 二雅는 大雅와 小雅. 《詩經》의 주요한 편명. 褊은 좁을 편. 迫은 닥칠 박. 좁혀지다. 褊迫(편박)은 박정하다. 委는 맡길 위. 편안하다. 蛇는 뱀 사. 구불구불 갈 이. 委蛇(위이)는 (마음의) 여유가 없다. 다른 사람과 잘 지내려는 뜻이 없다.

○ 孔子西行不到秦 – 西行은 魯에서 서쪽의 여러 나라를 周遊하다. 不到秦은 石鼓가 방치되어 있던 秦의 땅에는 가지 않았다.

○ 掎摭星宿遺羲娥 – 掎는 끌 기. 摭은 주울 척. 星宿(성수)는 별. 遺는 끼칠 유. 남기다. 버리다. 羲는 내쉬는 숨 희. 복희씨. 해(日)를 몰고 다니는 羲和(희화). 娥는 예쁠 아. 달(月) 속의 여인 姮娥(항아). 孔子께서 《詩經》을 刪詩(산시)하면서도 石鼓의 시를 몰라 수록하지 않은 것은 마치 잔 별들은 모았지만 해와 달을 버린 것과 같다면서 아쉬움을 토로한 구절이다.

(二)

嗟予好古生苦晩，對此涕淚雙滂沱，
憶昔初蒙博士徵，其年始改稱元和.
故人從軍在右輔，爲我度量掘臼科.
濯冠沐浴告祭酒，如此至寶存豈多.
氈包席裹可立致，十鼓祇載數駱駝.
薦諸太廟比郜鼎，光價豈止百倍過.
聖恩若許留太學，諸生講解得切磋.
觀經鴻都尙塡咽，坐見擧國來奔波.
剜苔剔蘚露節角，安置妥帖平不頗.
大廈深簷與蓋覆，經歷久遠期無佗.
中朝大官老於事，詎肯感激徒媕婀.
牧童敲火牛礪角，誰復著手爲摩挲.
日銷月鑠就埋沒，六年西顧空吟哦.
羲之俗書趁姿媚，數紙尙可博白鵝.
繼周八代爭戰罷，無人收拾理則那.
方今太平日無事，柄任儒術崇丘軻.
安能以此上論列，願借辯口如懸河.
石鼓之歌止於此，嗚呼吾意其蹉跎.

(二)

아! 나는 好古하지만 너무 늦게 태어났기에,
이를 생각하면 두 줄 눈물이 줄줄이 흐른다.
전에 국자박사로 부름 받을 때를 회상하면,
그해 처음으로 元和로 연호를 바꿔 불렀다.
知人이 軍에 있다가 右輔로 재직하면서,
나를 위해 측량하며 출토된 곳을 발굴하였다.
갓을 털어 쓰고 목욕한 뒤 祭酒에게 고하였나니,
이런 대단한 보물이 어찌 또 있겠습니까?
담요와 자리로 싸고 묶으면 곧 운반할 수 있으니,
석고 열 개는 겨우 낙타 몇 마리면 실을 것입니다.
종묘에 바치면 옛날 郜鼎(고정)과 같을 것이나,
빛나는 가치야 어찌 그 백배만 된다 하겠습니까?
聖恩이 만약에 太學에 두도록 허락만 하신다면,
諸生은 면학에 더더욱 절차탁마할 것입니다.
石經을 보려는 사람이 오히려 태학에 몰렸었듯이,
온 나라서 물결처럼 몰리는 사람을 그냥 볼 것입니다.
이끼를 벗겨내어 글씨를 다 드러낸 다음에,
반듯하고 기울지 않게 안치시켜야 합니다.
큰 집의 깊은 처마로 잘 가려주면,
오랜 세월이 지나도 틀림없이 무사할 것입니다.

조정의 고관들은 업무에 노련하지만,
어찌 공감은 하면서도 그냥 망설이기만 하는가?
목동은 돌을 쳐 불을 켜고 소는 뿔을 비벼대니,
누가 다시 이를 어루만져 줄 것인가?
날마다 문질러 달마다 닳으면 곧 매몰되리니,
6년간 나는 서쪽을 바라보며 헛소릴 하였다.
왕희지 세속적 글씨는 아름다움을 따라갔으니,
글씨 몇 장을 오히려 흰 거위와 바꿨었다.
周를 이어 8대에 걸친 쟁탈전은 끝났는데,
아무도 이를 수습하지 않는다면 무슨 이치인가?
지금은 태평하여 날마다 무사하거늘,
유학으로 다스리며 공자 맹자를 받들고 있다.
어떻게 하면 이를 조정에서 논의토록 하겠나?
강물을 쏟아내듯 달변의 입을 빌리고 싶도다.
석고의 노래는 여기서 그치지만,
오호라! 나의 뜻은 아마 실현키 어려우리라!

| 註釋 | ○ 嗟予好古生苦晩 – 嗟는 탄식할 차. 아! 予는 나 여. 生苦晩은 늦게 태어나 고생이다. 늦게 태어난 것을 한스럽게 생각한다.

○ 對此涕淚雙滂沱 – 此는 석고의 탁본. 涕는 눈물 체. 淚는 눈물 누(루). 滂은 비 퍼부을 방. 물이 질펀하게 흐르는 모양. 沱는 물 이름 타(長江의 지류). 눈물이 흐르는 모양.

○ 憶昔初蒙博士徵 – 憶은 생각할 억. 初는 처음에. 蒙은 입을 몽. 博士는 國子監의 博士(教授職), 한유는 國子博士였었다. 徵은 부를 징. 황제에게 불려가다. 벼슬을 받다. 한유는 江陵의 법조 참군에서 장안에 들어가 국자박사가 되었다.

○ 其年始改稱元和 – 元和는 憲宗(재위 805 – 820)의 연호.

○ 故人從軍在右輔 – 故人은 친구. 인명 미상. 右輔(우보)는 漢代에 京畿와 長安 부근의 행정관을 京兆尹(경조윤), 左馮翊(좌풍상), 右扶風(우부풍)이라 하였는데, 이 셋을 합쳐 三輔라 하였다. 在右輔는 '右扶風의 행정관' 으로 근무하다. 뒤에 三輔는 長安 일대를 지칭하는 말이 되었다. 예를 들어 〈三輔黃圖〉라 하면 '長安 일대의 지도' 이다. (참고 – 首善은 首都를 뜻한다. 조선 시대에 〈首善全圖〉하면 수도 漢陽의 지도이다.)

○ 爲我度量掘臼科 – 度量은 측량하다. 掘은 팔 굴. 발굴하다. 臼는 절구 구. 臼科(구과)는 구덩이. 최초 발견 시에는 9개였다고 함. 결국 최초의 발견 장소 일대를 발굴하여 하나를 더 찾아내어 10개가 되었다고 한다.

○ 濯冠沐浴告祭酒 – 濯은 씻을 탁. 沐은 머리 감을 목. 浴은 씻을 욕. 祭酒는 국자제주. 당시 鄭餘慶이란 사람.

– 祭酒(제주)는 국자감의 실질적 행정 책임자, 從三品. 국립대학의 총장이라지만 정확히 표현하면 '국립대학교의 교무학사 전담 부총장' 이다. 조선의 경우 성균관 최고 직위인 成均館知館事는 大提學이 겸임했다. 唐에서도 총장이라 할 수 있는 최고 직위는 宰相이 겸직했다. 國子祭酒의 아래 직위는 國子監司業.

祭酒를 '좨주' 라 읽어야 한다고 하며, 우리말 사전에도 올랐다. 본래 祭에는 '좨' 발음이 없지만 우리나라에서 습관적으로 그렇게 읽고 불린 것이다. 우리나라의 관직으로 지칭할 경우 '좨주' 로 독음을 달지만, 여기 漢, 唐 등 중국의 관직명은 '제주' 로 독음을 단다. 황해도의 '白川' 을 누구나 '배천' 으로 읽는 것도 같은 예라 할 수 있다.

○ 如此至寶存豈多 – 至寶는 아주 소중한 寶物. 存豈多는 어찌 많이 있을 수 있는가?

○ 氈包席裹可立致 – 氈은 모전 전. 털로 만든 담요. 席은 자리. 우리나라로 치면 볏짚으로 만든 '멍석' 이지만, 唐나라에서는 무엇으로 만들었는지 알 수 없음. 立은 즉시. 致는 가져오다.

○ 十鼓祇載數駱駝 – 十鼓는 열 개의 石鼓. 祇는 다만 지. 겨우. 只와 同. 駱은 낙타 낙(락). 駝는 낙타 타.

○ 薦諸太廟比郜鼎 – 薦은 천거할 천. 바치다. 太廟는 선대 제왕의 廟堂. 宗廟. 比는 ~처럼. 郜는 나라 이름 고. 郜鼎(고정)은 춘추시대 齊의 桓公(환공)은 산동지방에 있던 小國 郜(고)나라의 鼎을 갖다가 태묘에 바쳤다. 이런 예를 본받아 석고를 종묘에 바쳐야 한다는 주장.

○ 光價豈止百倍過 – 光價는 영광의 가치. 그 光價가 어찌 百倍보다 많은데 그치겠는가? 그 보이지 않는 가치가 있다는 뜻.

○ 聖恩若許留太學 – 聖恩 황제의 특별한 배려. 太學은 국자감 내에 國子學, 太學 四門學의 구분이 있었다.

○ 諸生講解得切磋 – 諸生은 국자감 내의 모든 학생. 切은 끊을 절. 磋는 갈 차. 切磋琢磨(절차탁마) – 열심히 勉學, 求學하다.

○ 觀經鴻都尙塡咽 – 觀經은 經을 보다. 石經을 읽거나 베끼다. 鴻都는 漢 궁궐의 문 이름. 그 안쪽에 태학이 있었기에 太學의 별칭. 尙은 오히려. 塡은 메울 전. 咽은 목구멍 인. 塡咽 – 꽉 차다. 이 石鼓를 보러 많은 사람들이 몰려들어 태학을 꽉 채울 것이다.

○ 坐見擧國來奔波 – 擧國은 온 나라에서, 거국적으로. 奔波는 힘차게 몰려가는 파도. 온 나라에서 파도처럼 사람들이 몰려드는 상황을 앉아서 볼 것이다.

○ 剜苔剔蘚露節角 – 剜은 깎을 완. 苔는 이끼 태. 剔은 뼈를 바를 척. 살과 뼈를 분리하는 작업. 蘚은 이끼 선. 露는 이슬 노. 드러내다. 節角은 石鼓에 새겨진 글씨의 꺾인 곳이나 모서리.

○ 安置妥帖平不頗 – 安置는 잘 놓아두다. 妥는 온당할 타. 帖은 표제 첩. 妥帖(타첩)은 반듯하게. 頗는 자못 파. 기울다. 반듯하고 평평하여 기울지 않게 안치하다.

○ 大廈深簷與蓋覆 – 廈는 큰 집 하. 簷은 처마 첨. 蓋는 덮을 개. 覆은 덮을 복. 大廈의 깊은 처마 아래 두어 잘 가려주다. 큰 건물의 처마 아래에 두면 비바람을 처마가 가려줄 것이라는 뜻.

○ 經歷久遠期無佗 – 經歷은 지나가다. 세월이 흐르다. 久遠은 오랜 시간. 期는 기약할 기. 佗는 다를 타(他). 無佗는 다름이 없다. 현상을 유지할 것이다. 無異.

○ 中朝大官老於事 – 中朝는 朝廷. 大官 고급 관리. 老於事는 일처리가 노련하다.

○ 詎肯感激徒媕婀 – 詎는 어찌 거. 肯은 옳게 여길 긍. 徒는 무리 도. 다만. 媕은 머뭇거릴 암. 婀는 아리따울 아. 媕婀(암아)는 일

을 빨리 처리 못하고 꾸물대다.

○ 牧童敲火牛礪角 – 敲는 두드릴 고. 敲火는 부싯돌로 돌을 쳐서 불을 피우다. 礪는 거친 숫돌 여(려). 숫돌에 갈다. 牛礪角(우여각)은 특히 황소는 돌이나 나무에 자신의 뿔을 문질러서 날카롭게 한다.

○ 誰復著手爲摩挲 – 著手(착수)는 着手와 같다. 摩는 갈 마. 挲는 만질 사. 摩挲(마사)는 애석해 하며 어루만지다. 보살피다. 누가 다시 석고를 보살피는데 착수하겠는가?

○ 日銷月鑠就埋沒 – 銷는 녹일 소. 鑠은 녹일 삭. 日銷月鑠(일소월삭)은 날마다 문대고 달마다 조금씩 닳으면. 就는 곧. 埋沒(매몰)은 파묻히다. 새긴 글자가 없어질 것이다.

○ 六年西顧空吟哦 – 西顧(서고)는 서쪽을 바라보다. 國子祭酒였던 鄭餘慶은 재상을 거쳐 물러난 뒤에 다시 장안 서쪽 鳳翔(봉상)절도사로 나갔다. 吟은 읊을 음. 哦는 읊을 아. 空吟哦 – 아무 성과도 없는 말만 하였다. 한유는 鄭餘慶이 石鼓를 장안으로 옮기는 일을 마쳐주기를 바랬으나 6년 동안 실적이 없었다.

○ 羲之俗書趁姿媚 – 羲之는 왕희지. 東晋의 書聖. 俗書는 속세에 잘 알려진 글씨. 趁은 좇을 진. 姿는 맵시 자. 媚는 아첨할 미. 예쁘게 보이려 애쓰다. 王羲之의 글씨체는 아름다움만을 추구하였다.

○ 數紙尙可博白鵝 – 博은 넓을 박. 잡다(捕는 사로잡을 포), 교환하다(換也). 鵝는 거위 아. 글씨 몇 장으로 거위와 바꾸다. 거위를 좋아했던 왕희지가 山陰의 道士에게 도덕경을 필사해주고 거위를 가지고 온 故事.

○ 繼周八代爭戰罷 – 繼周八代는 周의 뒤를 이은 八代 王朝 – 秦, 漢, 晉, 宋(南朝), 齊(南朝), 梁(南朝), 陳(南朝), 隋의 八代 그동안 쟁탈전이 많아 그런 것을 챙기지 못했다는 의미.

○ 無人收拾理則那 – 無人收拾은 (石鼓를) 수습하는 사람이 없다면. 理則那 – (그렇다면) 天理는 어디에 있는가? 무어라 해야 하는가? 那는 何와 같음.

○ 方今太平日無事 – 方今은 지금. 日無事는 날마다 무사하다. 내전이나 반란도 없다. 그러나 실제로 이 시기에 唐은 확실하게 쇠퇴의 길을 걷고 있었다.

○ 柄任儒術崇丘軻 – 柄은 자루 병. 柄任은 맡기다. 丘軻는 孔子(孔丘)와 孟子(孟軻).

○ 安能以此上論列 – 어찌하면 이를 논의에 올릴 수 있는가? 어떻게 하면 이를 국정 논의의 대상이 되겠는가?

○ 願借辯口如懸河 – 辯口는 말을 잘 하는 사람. 懸河는 황하를 거꾸로 매달다. 황하가 쏟아지다. 말이 유창하다.

○ 石鼓之歌止於此 – 止於此는 여기에서 그치다.

○ 嗚呼吾意其蹉跎 – 嗚는 탄식 소리 오. 嗚呼 – 아! 吾意는 이를 국정과제로 삼기를 바라는 나의 뜻. 其는 아마도. 혹은. (추측). 蹉는 넘어질 차. 跎는 헛디딜 타. 蹉跎(차타)는 실현되지 않다.

| 詩意 | 한유는 이 〈석고가〉를 통해 석고의 유래를 고증하며, 학술과 예술적 가치를 강조하며 국가에서 이를 보호해야 한다는 당위성을 역설하고 있다. 감상적 회포보다는 詩意가 분명하고 엄숙하며 아주 면밀하게 논리적 설득을 전개하였다.

이 시는 먼저 이를 짓게 된 동기를 밝히고(1 – 4句), 석고문의 내력을 자신이 알고 있는 지식을 동원하여 현장을 중계하듯 설명하였다.(5 – 16句) 이어 석고문의 내용, 글씨체, 학술적 가치를 강조하고서(17 – 30句) 이를 태학에 보전해야 한다고 역사적 예를 들어 주장하였다.(31 – 50) 그리고서는 이 石鼓와 관련하여 그간에 자신이 어찌 하였는가를, 그리고 자신이 주장이 아직도 실현되지 않았기에 그 서글픈 감상을 토로하였다.(51 – 66句)

039
張仲素(장중소)

張仲素(장중소, ?769 - 819, 字는 繪之)는 당대 시인. 貞元 14년 진사 급제, 秘書省 校書郎, 元和 10년(815) 司勳員外郎 등 역임. 〈春閨思〉, 〈秋夜曲〉 등의 시가 잘 알려졌다.
《全唐詩》 367권 수록.

春閨思(춘규사)

嫋嫋城邊柳，青青陌上桑.
提籠忘采葉，昨夜夢漁陽.

봄날 규수의 마음

살랑대는 마을의 버들,
길가의 푸르른 뽕나무.
바구니 뽕잎 따기도 잊었나니,
어젯밤 꿈에 漁陽땅에 갔었다.

| 詩意 | 嫋嫋(요뇨)는 바람이 살랑대는 모양, 감기에 휘도는 모양. 嫋는 예쁠 요(뇨). 산들산들 흔들리는 모양. 陌上(맥상)은 밭두둑. 길가. 籠은 대나무 바구니 농.

봄날 양잠에, 뽕따기는 규수의 공인된 외출이었다. 설레임이 있는 외출, 화창한 봄날에 사무치는 그리움에 뽕따기도 잊었다.

漁陽은 지금 중국의 北京市, 河北省, 天津市 일원이다. 유명한 安祿山(안록산)은 약 10만의 병력을 보유한 최대 軍鎭인 范陽節度使(범양절도사)였는데 그 세력 근거지가 漁陽이었고, 막강한 軍權을 동원하여 반란을(755 – 763년) 일으켰다. 규수의 낭군은 징집되어 漁陽에 근무 중이다. 여인의 그리운 심사를 잘 그렸다.

秋夜曲(추야곡)

丁丁漏水夜何長, 漫漫輕雲露月光.
秋逼暗蟲通夕響, 征衣未寄莫飛霜.

추야곡

똑똑 떨어지는 물방울에 밤은 어찌 이리 긴가?
하늘 가득 엷은 구름 사이로 달빛이 내비친다.
가을이 풀벌레 재촉하여 밤새워 우는데,
겨울옷 못 보냈으니, 서리야 내리지 말라.

| **詩意** | 丁丁은 물방울 떨어지는 소리. 의성어. 漫漫(만만)은 끝없다. 가득하다. 一望無際(일망무제). 일상생활 속의 여인의 한과 戰場에 끌려간 남편의 안녕을 비는 염원을 읊었다.

《全唐詩》 367권에 수록되었다.

040

劉禹錫(유우석)

劉禹錫〔유우석, 772－842, 字는 夢得(몽득)〕은 唐나라의 저명한 시인이며, 中唐 문학을 대표하는 인물의 한 사람이다. 德宗 貞元 9년(793)에 柳宗元과 함께 진사에 급제하여 이름을 날렸다. 이후 감찰어사를 지낸 뒤 王叔文(왕숙문)의 천거를 받아 요직을 역임하였으나, 33세 때인 805년 順宗의 禪讓(선양)에 따라 왕숙문이 실각되면서 그도 郎州(今 湖南省 북부 常德市) 司馬로 폄직되어 10년을 지내야만 했다.

이후 廣東 지방에서 지방관을 역임한 뒤 文宗 太和 2년(828) 장안으로 돌아와 太子賓客을 역임하였기에 '劉賓客' 이라고도 부르고, 檢校禮部尙書와 秘書監의 虛銜(허함)을 받았기에 '秘書劉尙書' 라고도 부른다. 그러나 다시 정치적 소용돌이에 휘말려 좌천되어 지방관으로 떠돌아야만 했다. 유우석은 특별한 능력을 가진 시인이며 文才였으나 너무 솔직하거나 아니면 경박한 일면이 있었다고 한다.

劉禹錫의 시풍은 질박하지만 웅혼하고 상쾌하며 호탕한 기운이 있어 친우 白居易는 유우석을 '詩豪(시호)' 라고 지칭하면서 '유우석의 시는 신이 보호하고 지지한다.(劉君詩, 在處有神物護持.)' 고 말했다. 유우석과 백거이는 함께 '劉白' 으로 불리었다. 또 元稹(원진) 등과 함께 詩와 음악, 문자와 음악의 융화를 꾀했기에 많은 사람들이 즐겨 그의 시를 외웠다고 한다.

지금 그의 시 약 800여 수가 전해지는데, 서민들의 생활모습과 咏史(영사), 懷古(회고), 抒情을 읊은 명작이 많고, 우정을 중시하여 많은 사람들이 그를 좋아하였다고 한다.

특히 〈柳枝詞〉, 〈竹枝詞〉, 〈楊柳枝詞〉 등은 民歌的이어서 널리 불렸다.

그의 산문 〈陋室銘(누실명)〉은 우리나라에서도 유명한 글이다. 짧은 名文이기에 아래에 수록한다.

「山不在高, 有仙則名. 水不在深, 有龍則靈. 斯是陋室, 惟吾德馨. 苔痕上階綠, 草色入簾綠. 談笑有鴻儒, 往來無白丁. 可以調素琴, 閱金經. 無絲竹之亂耳, 無案牘之勞形. 南陽諸葛廬, 西蜀子雲亭. 孔子云, 何陋之有.」

秋風引(추풍인)

何處秋風至，蕭蕭送雁群.
朝來入庭樹，孤客最先聞.

가을바람

가을바람은 어디서 불어오나?
소슬한 바람 기러기 떼를 보낸다.
아침에 뜨락 나무에 불어오니,
외로운 나그네 제일 먼저 듣는다.

| 詩意 | 제목의 引은 曲과 같은 뜻이다. 이는 악부시의 제목으로 歌, 曲, 行, 詞, 怨과 같이 모두 '노래' 라는 뜻이다.

가을바람은 지친 나그네에게 고생을 예고하는 것 같아 情懷(정회)가 많았을 것이다.

《全唐詩》 364권에 수록되었다.

飮酒看牧丹(음주간목단)

今日花前飮, 甘心醉數杯.
但愁花有語, 不爲老人開.

술 마시며 모란을 보다

오늘 꽃을 보며 술을 마시며,
기꺼이 여러 잔을 마셔 취했다.
다만 걱정은, 말하는 꽃이라도,
노인 위해 피었다고 말하지 마오.

| 詩意 | 모란은 부귀의 상징이다. 늙어서도 부귀하면 많은 사람이 우러러보겠지만, 늙은 노인은 그 부귀를 얼마나 어떻게 즐기겠는가? 젊었을 때 넓은 집, 좋은 음식, 미인, 화려한 거마를 즐길 수 있지만, 늙어 運身도 자유롭지 못하다면?

그래서 모란이 말할 줄 알더라도 늙은이를 위해 피었다고 말하지 말라고 했을까? 하여튼 늙으면 이래저래 서럽다.

別蘇州(별소주) 二首 (其一, 二)

三載爲吳郡，臨岐祖帳開.
雖非謝桀黠，且爲一裴回.

蘇州을 떠나며 (1 / 2)

삼 년간 吳郡에 머물렀다가,
갈림길에 전별의 휘장을 쳤다.
일부러 사양하는 것은 아니지만,
일단은 마음속에 머뭇거려진다.

流水閶門外，秋風吹柳條.
從來送客處，今日自魂銷.

蘇州을 떠나며 (2 / 2)

창합문 밖에 물이 흐르고,
가을바람은 버들가지에 분다.
그전에 손님을 보냈던 곳에서,
오늘은 나의 마음이 녹는구나.

| 詩意 | 閶門(창문)은 蘇州의 서문인 閶合門이라는 주석이 있다. 관직을 따라 떠도는 몸이다. 전날 손님을 떠나보내던 곳에서 오늘은 내가 떠나는 인사를 받아야 한다. 여러 감회가 새로웠을 것이다.《全唐詩》364권에 수록.

烏衣巷(오의항)

朱雀橋邊野草花, 烏衣巷口夕陽斜.
舊時王謝堂前燕, 飛入尋常百姓家.

오의항

朱雀橋 주변에 들꽃이 피고,
烏衣巷 어귀에 석양이 기운다.
옛날에 王, 謝氏 집에 들던 제비들,
지금은 보통 백성들 집에 날아든다.

| 註釋 | ㅇ 〈烏衣巷〉 - 〈오의항〉. 역사의 흥망을 노래한 시이다.

이 시의 3, 4句는 인생의 성쇠를 말할 때 흔히 나오는 구절이다. 烏衣巷은 지금의 南京에 있는 지명. 巷(거리 항, xiàng)은 주택가의 골목. 북방의 胡同(hútòng), 대도시의 弄(lòng)과 같다. 오의항은 南京 秦淮河(진회하) 남안에 있는 東晋시대의 귀족 마을이었다. 그곳에 귀족 자제들이 이름 그대로 烏衣(오의, 검은 옷)를 즐겨 입었다고 한다.

ㅇ 朱雀橋邊野草花 - 朱雀(주작)은 四神 중 南方을 지키는 瑞鳥(靑龍, 朱雀, 白虎, 玄武). 朱雀橋(주작교)는 오의항에 가까운 다리. 花는 꽃이 피다. 동사로 쓰였다.

ㅇ 烏衣巷口夕陽斜 - 烏는 까마귀 오. 검다. 烏衣巷은 본래는 삼국시대 吳의 궁궐 수비대가 주둔하던 자리이며 수비대의 복장

이 검은 옷이었기에 그런 이름이 붙었다고 한다. 夕陽斜는 석양이 지고 있다. 斜도 '기울어지다' 동사로 쓰였다.

○ 舊時王謝堂前燕 – 舊時는 東晋 시대(316 – 420). 王謝는 琅邪(낭야) 王氏와 陳郡 謝氏. 두 성씨가 다 5胡를 피해 북에서 남으로 이주해 온 귀족집단이었다.

○ 飛入尋常百姓家 – 尋常(심상)은 보통의.

| 詩意 | 이 시는 劉禹錫의 〈金陵五題〉의 하나이다. 유우석은 石頭城 등 금릉의 고적을 찾아 시를 읊었으니, 敍景의 시이지만 懷古詩(회고시)이다. 이 시는 분명 고적을 읊었지만 그 뜻은 매우 상징적이다.

이 시의 주제는 인간의 榮枯盛衰(영고성쇠)이다. 현재의 南京은 唐代에는 金陵이었지만, 三國時代 吳나라 이후, 東晋에서는 國都로 번영했었다. 유우석은 東晋 이후 귀족들의 마을로 번성했던 오의항의 황폐한 모습을 서글프게 묘사했다.

野草花와 夕陽斜는 對偶이면서 쇠락의 상징이다. 사람이 많이 산다면 들꽃이 자라고 꽃을 피울 수 있겠는가? 그리고 제비(燕)를 보고 인간의 영고성쇠의 흐름을 객관적으로 증명하듯 묘사하였다. '이보다 더 적절한 비유가 또 있겠나?' 라는 생각이 든다.

이는 자세한 관찰과 깊은 사색이 아니라면 생각해낼 수 없는 뛰어난 묘사이다. 시가 얼마나 좋은가는 그 시가 얼마나 많은 뜻을 함축하고 있느냐에 달렸다.

西晋의 황족 司馬睿(사마예, 동진의 건국자 元帝)는 서진이 망하자, 建業 지금의 남경으로 옮겨와 낭야 王氏의 王導(왕도)와 王敦

(왕돈), 陳郡 謝氏 일족들의 도움으로 건국할 수 있었다. 왕희지는 낭야 왕씨로 개국 공신 왕도의 친조카였다. 진군 사씨 역시 동진 귀족의 큰 세력이었으나, 謝玄(사현), 謝安(사안) 등이 뒷날 동진의 정치와 군사권을 장악하고 있었다.

'王謝' 는 동진 이후 남조에서 두 가문을 지칭하는 보통 명사처럼 사용된 말이었다. 王導와 謝安으로 지명하여 번역한 책이 많으나 귀족 중 꼭 그 두 사람의 집만 여기에 있지 않았다. 오의항은 귀족들의 집단 거주지였다. 그리고 王導(276 – 339)가 한창 권력을 누릴 때 진군 사씨는 세력이 크지 않은 보통 귀족이었다. 謝安(320 – 385)은 왕도보다 한참 뒤에 활약했으니 그 차이를 고려해야 한다. 그리고 유우석이 금릉에 갔을 때까지 그 귀족의 집이 남아 있을 리도 없다.

'너무 꼼꼼하게 따지면 시의 맛이 가신다.' 고 말할 수도 있지만, 시를 번역하는데 역사적 관계나 사실을 정확히 알면 그 번역은 그만큼 명확해지니 고려해야 할 것은 필히 고려해야 한다.

春詞(춘사)

新妝宜面下朱樓，深鎖春光一院愁.
行到中庭數花朶，蜻蜓飛上玉搔頭.

봄노래

새로 꾸민 고운 얼굴 朱樓에서 내려와,
오래 잠긴 뜨락 안에 봄볕도 수심이다.
가온 뜰에 가서 꽃송이를 세는데,
잠자리 한 마리 옥비녀에 앉는다.

| 註釋 | ○ 〈春詞〉 – 〈봄의 노래〉.

宮怨을 노래한 시이다. 宮怨, 閨怨, 邊塞, 別離, 隱居의 시가 많다는 것은 그만큼 감정이 절박하다는 의미이다.

○ 新妝宜面下朱樓 – 妝은 꾸밀 장. 宜는 마땅할 의. 新妝宜面(신장의면)은 화장을 마친 고운 얼굴.

○ 深鎖春光一院愁 – 深鎖(심쇄)는 오랫동안 잠겨 있는. 사람의 왕래가 없는. 鎖는 쇠사슬 쇄. 자물쇠. 잠그다.

○ 行到中庭數花朶 – 數는 세어보다. 朶는 늘어질 타. 花朶(화타)는 꽃송이.

○ 蜻蜓飛上玉搔頭 – 蜻은 잠자리 청. 蜓은 잠자리 연. 蜻蜓(청연)은 잠자리. 玉搔頭(옥조두)는 옥으로 만든 머리 장식.

| 詩意 | 사랑을 받지 못하는 宮人의 한스런 春心을 그린 시이다.

首句에서는 새로 단장한 아름다운 궁인이 황제의 내방을 기다리다 지쳐서 궁전에서 뜰로 내려온다. 그래도 할 일이 없다. 2句에서는, 굳게 문을 닫은 깊은 후궁의 뜰에는 봄빛이 눈부시다. 그럴수록 사랑을 잃는 궁인의 수심은 더욱 넘친다. 봄날의 수심은 더 깊어질 것이다. 그야말로 樂景에 敍愁라 할 수 있다.

3구에서, 궁인은 별생각 없이 뜰에 피어난 꽃송이를 헤아리지만 역시 무료하다.

그리고 결구의 수심은 잠자리가 대변해 준다. 무심한 잠자리가 사뿐 날아와서 그녀의 옥비녀 끝머리에 앉는다. 잠자리는 愁를 모르니 궁인의 愁心은 깊어진다. 전체적으로 '愁' 가 주제이며 당대의 宮怨 詩에서 수작으로 꼽힌다.

秋詞(추사) 二首 (其一)

自古逢秋悲寂寥，我言秋日勝春朝.
晴空一鶴排雲上，便引詩情到碧霄.

가을의 노래 (1 / 2)

예부터 가을 되면 슬프고 쓸쓸하다지만,
나는 가을이 봄날보다 더 좋다 말한다.
맑은 하늘에 학 한 마리 구름 돌아 날고,
문득 떠오른 詩情은 푸른 하늘에 닿는다.

秋詞(추사) 二首 (其二)

山明水淨夜來霜，數樹深紅出淺黃.
試上高樓淸入骨，豈如春色嗾人狂.

가을의 노래 (2 / 2)

밝은 산 맑은 물에 밤들어 서리가 내렸고,
짙은 단풍 사이로 엷게 물든 노랑 나뭇잎.
모처럼 오른 높은 누각 뼛속까지 시원하니,
봄경치가 어찌 이리 사람을 들뜨게 하겠나?

| 詩意 | 시인의 詩情을 끌어 내주는 가을이 좋다는 것은, 시인의 마음이 학처럼 孤高하고 高潔(고결)하다는 뜻일 것이다.

봄 날씨와 경치가 좋다지만 가을의 景象은 분명 봄과 다르며, 어찌 보면 계절의 眞髓(진수)를 완벽하게 우리에게 선사한다. 그래서 가을을 좋아하는 시인이 많을 것이다.

竹枝詞(죽지사) 二首 (其一, 二)

楊柳青青江水平, 聞郎江上唱歌聲.
東邊日出西邊雨, 道是無晴卻有晴.

죽지사 (1 / 2)

버들은 푸릇푸릇 강물은 잔잔한데,
낭군이 강에서 부르는 노랫소리 들린다.
동쪽은 해가 났는데 서쪽은 비가 내리니,
정분이 있는가 아니면 없다는 말인가?

楚水巴山江雨多, 巴人能唱本鄉歌.
今朝北客思歸去, 回入紇那披綠羅.

죽지사 (2 / 2)

長江과 巴山의 물에는 비가 많이 내리고,
巴郡 사람은 그들 고향 노래를 잘 부른다.
오늘 아침 북쪽 나그네 고향 가고 싶어서,
집안에 들어가 푸른 비단 옷을 꺼내 입었다.

| 詩意 | 어느 곳이든 그곳 자연환경이나 풍토에 따라 거기에 맞는

情緖(정서)가 형성된다. 큰 장강에 크고 작은 지류와 높고 낮은 巴蜀의 산, 그리고 거기에 사는 사람들의 정서를 담은 民歌 – 그런 고향 노래에 나그네는 향수에 젖는다.

유우석은 821년에 四川의 동부지역 夔州(기주) 자사로 나갔는데, 그 지역의 소수 민족은 산과 강에서 일하면서 노래를 즐겨 불렀다. 〈竹枝〉는 그들의 민요이다.

여기서 '날이 개었다(有晴)', '아니 개었다(無晴)'의 晴(qíng)은 情(qíng)의 雙關隱語(쌍관은어)이니, '有晴'은 '有情'의 뜻이다. 한쪽 산에 비가 오고 다른 산에는 해가 나는 것처럼 알 수 없는 것이 남녀의 애정일 것이다. '道是無晴～'의 道(dào)는 동사로 '말하다'의 뜻이다.

그리고 꽃이 쉽게 지듯 낭군의 마음이 수시로 변한다며 걱정하는 처녀의 愁心은 쉬지 않고 흐르는 강물과 같다고 노래하지만 처녀 마음 역시 자주 변하는 것이다.

竹枝詞(죽지사) 九首 (其二)

山桃紅花滿上頭，蜀江春水拍山流.
花紅易衰似郎意，水流無限似儂愁.

죽지사 (2 / 9)

산 복숭아 붉은 꽃 산위까지 만개했고,
蜀江의 봄철 강물은 산을 치며 흐른다.
붉은 꽃 쉽게 지니 내님의 사랑 같고,
흐르는 강물 끝없으니 내 근심 같아라!

竹枝詞(죽지사) 九首 (其四)

江上朱樓新雨晴，瀼西春水縠紋生.
橋東橋西好楊柳，人來人去唱歌行.

죽지사 (4 / 9)

강가의 붉은 정자에 금방 비가 그쳤고,
瀼江 서편 봄물에는 비단 무늬가 그려진다.
다리의 동서 쪽에 멋진 버들이 줄지었고,
오가는 사람들은 노래를 부르면서 걷는다.

竹枝詞(죽지사) 九首 (其六)

兩岸山花似雪開，家家春酒滿銀盃.
昭君坊中多女伴，永安宮外踏青來.

죽지사 (6/9)

양쪽 언덕에는 메꽃이 눈처럼 희게 피었고,
집집마다 담근 봄 술은 은병에 가득 찼다.
昭君坊 마을에 여인 그리는 사람이 많고,
永安宮 주변엔 사람들이 들놀이 나왔다.

| 詩意 | 유우석은 821년에 四川의 동부지역 夔州(기주) 자사로 나갔는데, 그 지역의 소수 민족은 산과 강에서 일하면서 노래를 즐겨 불렀다. 〈竹枝〉는 그들의 민요이다.

〈竹枝詞〉 (2/9)의 마지막 구절 儂愁(농수)의 儂은 나 농. 1인칭대명사이다.

이는《全唐詩》365권에 실려 있다. 향촌 생활의 서정을 그림처럼 펼쳐내었다. 이런 시와 그림에는 아무런 근심도 없다.

楊柳枝詞(양류지사) 九首 (其一)

塞北梅花羌笛吹，淮南桂樹小山詞.
請君莫奏前朝曲，聽唱新翻楊柳枝.

양류지사 (1 / 9)

羌人의 피리 소리 변새 밖 매화에 들리고,
淮南의 계수나무는 小山詞 소리를 듣는다.
그대는 옛날의 음곡을 연주하지 마시고,
새로이 지어진 楊柳枝를 따라 불러보시오.

楊柳枝詞(양류지사) 九首 (其六)

煬帝行宮汴水濱，數枝楊柳不勝春.
晩來風起花如雪，飛入宮牆不見人.

양류지사 (6 / 9)

煬帝(양제)의 行宮은 汴水(변수)에 자리했는데,
늘어진 버들가지마다 봄기운이 한창이다.
해질녘 바람이 일면서 꽃이 눈처럼 날려,
궁궐에 날아들지만 사람은 뵈지 않는다.

楊柳枝詞(양류지사) 九首 (其八)

城外春風吹酒旗，行人揮袂日西時.
長安陌上無窮樹，唯有垂楊管別離.

양류지사 (8 / 9)

성 밖 춘풍에 술집 깃발이 나부끼고,
나그네 떠나갈 제 해는 서산에 걸렸다.
長安 큰 길의 그 많은 나무들 중에서,
오직 수양버들만이 이별을 주관하네.

| 詩意 | 단순한 풍경묘사나 詠物詩는 아니고, 인간의 여러 감정 중 특히 이별의 아픔을 버들에 기탁하여 노래하였다.

臺城懷古(대성회고)

清江悠悠王氣沉，六朝遺事何處尋.
宮牆隱嶙圍野澤，鸛鶂夜鳴秋色深.

臺城을 회고하다

清江은 유유히 흐르나 王氣는 이미 쇠퇴했고,
六朝의 옛 영화를 어디에서 찾을 수 있겠나?
궁궐의 담장은 외진 벌판 水澤에 묻혔고,
한밤에 우는 물새 소리에 가을은 깊어간다.

| 詩意 | 臺城은 東吳 – 東晋 – 宋 – 齊 – 梁 – 陳으로 이어지는 南朝의 수도였던, 今 江蘇省 서남부의 南京市이다. 6朝 귀족사회의 번영과 화려한 사치는 특별했다. 물론 이러한 사치와 향락 속에 건실한 기풍을 잃고 쇠락했지만, 남경의 榮枯盛衰(영고성쇠)는 인간사의 홍성과 몰락의 반복과 순환 그대로였다.

《全唐詩》365권에 수록.

玄都觀桃花(현도관도화)

紫陌紅塵拂面來, 無人不道看花回.
玄都觀裏桃千樹, 盡是劉郎去後栽.

현도관의 복숭아 꽃

皇都의 뿌연 먼지가 얼굴에 날리는데,
꽃을 보고 온다 말하지 않는 이가 없네.
玄道觀의 그 수많은 복숭아나무는
모두 다 유우석이 떠난 뒤에 심었다네.

| 詩意 | 이 시의 제목을 〈自朗州至京戲贈諸君子〉로 적기도 한다. 《全唐詩》 365권. 당나라에서는 國姓인 李氏 老子를 크게 숭상하면서 道教를 장려하였기에 곳곳에 많은 道觀(도교의 사원)을 지었으니, 현도관도 그중 하나일 것이다.

유우석은 順宗의 永貞革新(여정혁신) 실패로 805년에 장안을 떠나 지방관으로 폄직되어 10년을 지내고 장안으로 잠시 돌아왔다. 그때 장안 현도관의 도화가 그렇게 유명했는데, 그 복숭아나무는 劉郎(유랑, 유우석)이 떠난 뒤에 심었다는 뜻이다.

'盡是劉郎去後栽' – 이 한 구절이 얼마나 많은 뜻을 담고 있는가? 세월의 무상이라고 말할 수도 있고, 속세의 영화나 쇠락이 한 순간이라는 뜻도 있고, 나는 이런 줄도 모르고 시골에 처박혀 있다가 돌아왔다는 뜻으로 해석할 수도 있다. 또 그 뒷맛은 얼마나 많은가? 그 뒤의 이야기가 또 한 편의 시가 되었다.

再游玄都觀(재유현도관)

百畝庭中半是苔，桃花淨盡菜花開.
種桃道士歸何處，前度劉郎今又來.

현도관을 다시 구경하다

드넓은 뜰에 그 절반은 이끼가 덮였고,
도화는 모두 사라지고 유채꽃이 피었다.
복숭아 심었던 도사는 어디로 갔는가?
전번에 왔던 유우석이 오늘 다시 왔다네.

| 詩意 | 이 시에는 서문이 있는데, 유우석은 서문에서 시를 지은 전후를 설명하였다.

유우석은 貞元 21년(805)에 屯田員外郞에서 連州의 지방관으로, 다시 朗州司馬로 폄직되었다가 10년 뒤에 장안으로 돌아왔다. 사람들이 모두 도사가 심은 도화가 가득 피었다는 말을 했고 자신도 도화를 구경하고 시를 지었었다.

다시 지방관으로 나가 14년이 지나 돌아와 主客郞中에 임명되었고, 이 도관에 다시 들렸더니 복숭아나무는 한 그루도 보이지 않고 푸성귀와 귀리만 봄바람에 흔들리고 있는 것을 보고 칠언절구를 지었다고 하였다. 끝으로 이 시는 文宗 大和 2年(828) 3월에 지었다고 하였다.

시에 나오는 畝(무, 이랑 무)는 면적의 단위이다. 100무는 1頃

(경)이지만, 여기서는 '아주 넓다' 라는 의미로 사용되었다.

사라진 복숭아나무와 그 꽃, 그 꽃을 보려고 웅성대던 사람들 – 과수원이 있고 없고가 아니라 인심이 그렇게 바뀐다는 뜻일 것이다.

與歌者何戡(여가자하감)

二十餘年別帝京, 重聞天樂不勝情.
舊人唯有何戡在, 更與殷勤唱渭城.

歌者인 何戡(하감)에게 주다

이십여 년 장안을 떠나 있다가,
다시 궁중 음악을 들으니 감회가 새롭네.
옛날 사람 오직 하감이 있어,
다시 은근히 위성곡을 불러 주네.

| 詩意 | 유우석이 다시 장안으로 돌아오니, 그래도 예부터 알고 있던 何戡(하감, 戡은 칠 감)이란 歌人이 있어 자신을 위해 王維의 渭城曲(위성곡)을 불러 준다는 뜻이다.

위성곡은 왕유의 〈送元二使安西〉를 말하는데, 〈陽關三疊(양관삼첩)〉이라고도 불렀으니 그 시대는 물론 宋代까지 크게 유행한 이별가였다.

本 作品은《全唐詩》365권 수록.

韓信墓(한신묘)

將略兵機命世雄, 蒼黃鐘室歎良弓.
遂令後代登壇者, 每一尋思怕立功.

한신의 묘

장수 지략과 用兵은 세상의 으뜸이었지만,
컴컴한 鐘室에서 버려진 良弓을 탄식했다.
뒷날에 이 층계를 밟는 자는 알아야 하니,
언제나 숙고하고 큰 공을 자랑치 말지라.

| 詩意 | 漢 高祖 劉邦(유방)을 도와 개국케 한 漢初 三傑의 한 사람인 韓信(前 230 – 196)은 胯下之辱(과하지욕), 漂母進飯(표모진반), 國士無雙, 多多益善, 鳥盡弓藏(조진궁장), '成敗一蕭何 生死兩婦人.' 成語의 주인공이다. 班固의 《漢書》 34권, 〈韓彭英盧吳傳〉에 立傳되었다.

지략과 용병의 실패 때문에 죽은 것이 아니고, 그 공이 너무 컸기 때문에 어디에도 용납될 수가 없었다. 張良의 겸양과 自肅(자숙), 蕭何(소하)의 退讓(퇴양)과 비교할 수 있다.

《全唐詩》 365권 수록.

堤上行(제상행) 三首 (其一)

酒旗相望大堤頭，堤下連檣堤上樓.
日暮行人爭渡急，槳聲幽軋滿中流.

제방에서 읊다 (1 / 3)

술집 깃발 이어서 나부끼는 나루터 제방,
뚝방 아래 돛배가, 위에는 술집이 붙어있다.
날이 저물며 행인은 빨리 건너려 서두르고,
삐걱대는 노 젓는 소리만 강물에 가득하다.

| 詩意 | 시인은 화가와 비슷한 데가 있다. 보이는 것 중에서 좋은 부분만 골라 화가는 그리고, 시인은 그냥 써내려간다. 시인은 먼데서 제방 주변을 대략 훑어보고, 다음에 나루터에서 와서 사람들이 서두르는 모습을 관찰하며 건너가는 배를 바라본다.

시인은 느긋하지만, 행인은 모두 急(급)하다. 빨리 건너가서 또 걸어가야 할 나그네, 조금이라도 먼저 가고 싶은 급한 마음이 詩에 그대로 나타나 있다. 그러니 사공도 부지런히 노를 저어야 하고, 삐걱대는 노 젓는 소리가 들렸을 것이다. '急' 이 글자 하나를 고르려고 유우석은 고민했을 것이다.

《全唐詩》 365권 수록.

望洞庭(망동정)

湖光秋月兩相和, 潭面無風鏡未磨.
遙望洞庭山水翠, 白銀盤裏一青螺.

동정호를 바라보다

호수 경치와 가을 달빛 서로 어울리고,
수면에 바람 자니 닦지 않은 거울이다.
멀리서 동정호 바라보니 산수가 푸르고,
하얀 은쟁반에 올려놓은 푸른 소라 같구나.

| 詩意 | 가을 동정호에 취한 시인의 마음은 아름답기만 하다. 광활하게 탁 트인 호수가 가을 달빛을 받았는데, 마침 바람도 자니 호수는 은쟁반이리라. 그리고 동정호 가운데 72개 봉우리가 있다는 君山은 은쟁반에 놓은 푸른 소라라 하였으니 꼭 한번 보아야 하지 않겠는가?

《全唐詩》 365권 수록.

石頭城(석두성)

山圍故國周遭在，潮打空城寂寞回.
淮水東邊舊時月，夜深還過女牆來.

석두성

산에 에워싸인 옛 도성에 둘레 흔적 남았는데,
조수는 황폐한 성벽을 치고서 적막히 돌아간다.
진회하 동쪽에 옛날 그 달이 떠올라서,
깊은 밤 달빛은 낮은 성벽을 타고 비춘다.

| 詩意 | 지금 南京市의 청량산이 石頭城인데 삼국시대 吳와 東晋, 그리고 南朝 여러 나라의 수도였다. 이곳까지 조수가 들어와 성벽을 치고 적막하게 돌아간다는 '潮打空城寂寞回'는 千古의 絶唱(절창)으로 알려졌다. 結句의 女牆(여장)은 城門 주변의 나지막한 방어 시설을 지칭한다. 유우석의 이 시는 산수의 풍경을 묘사하여 인간세상의 영고성쇠를 정말 절절하게 읊었다.

浪淘沙(낭도사) 九首 (其一)

九曲黃河萬里沙，浪淘風鏡自天涯.
如今直上銀河去，同到牽牛織女家.

물결에 일은 모래 (1 / 9)

아홉 번 굽어 흐르는 황하의 긴긴 모래밭,
물결이 일고 바람이 까불어서 하늘서 내려온다.
이제 곧바로 은하를 타고 하늘에 올라가,
같이 견우와 직녀의 그 집에 가련다.

| 詩意 | 쌀을 바가지에 넣고 이리 저리 흔들어 혹시 있을 수 있는 작은 모래를 가려내는 과정을 '쌀을 인다(일다)' 고 말한다. 그리고 곡식을 키에 넣고 아래위로 흔들어 바람으로 검불이나 쭉정이를 가려내는 동작을 '까불다' 라고 한다. 키를 한 번도 보지 못한 사람에게 그 모양과 사용법을 어떻게 설명해야 할지 모르겠다.

하여튼 황하의 모래는 바람이 키가 되어 까불었고, 강물에 씻기고 일었기 때문에 깨끗하다. 그 황하와 강가의 모래는 마치 하늘에서 내려오는 것처럼 보인다. 황하를 따라가면 은하로 이어지고, 은하를 건너 견우와 직녀 집에 함께 가보자는 이 시를 학생들에게 가르치면 꿈과 낭만과 국토사랑 마음을 심어줄 수 있을 것이다.

《全唐詩》 365권 수록.

浪淘沙(낭도사) 九首 (其二)

洛水橋邊春日斜，碧流淸淺見瓊砂.
無端陌上狂風急，驚起鴛鴦出浪花.

물결에 일은 모래(2 / 9)

洛水橋 근처에 봄날이 저무는데,
푸른 강물 맑은 잔물결, 고운 모래 보인다.
갑자기 백사장에 급한 회오리바람 일어나,
원앙은 놀라 날고 하얀 파도 크게 친다.

浪淘沙(낭도사) 九首 (其七)

八月濤聲吼地來，頭高數丈觸山回.
須臾卻入海門去，卷起沙堆似雪堆.

물결에 일은 모래(7 / 9)

八月에 파도 소리 땅을 흔들 듯 들려오고,
여러 길 파도 크기 산을 치고 되돌아간다.
곧이어 바다로 곧장 들어갈 강물이지만,
모래를 휘몰아 눈 쌓듯 언덕을 만든다.

| 詩意 | 황하는 정말 큰 강이다. 그 큰 강의 여러 모습을 사실대로 그려내었다. 잔잔하고 고운 물결에 하양 모래가 빛나는 강이지만 때로는 무섭게 파도 치며 폭풍을 불러오고 모래언덕을 만든다. 이렇듯 큰 황하의 모습을 실제 그림처럼 그려낸 시인의 안목이 놀랍다.

蜀先主廟(촉선주묘)

天地英雄氣, 千秋尚凜然.
勢分三足鼎, 業復五銖錢.
得相能開國, 生兒不象賢.
淒涼蜀故妓, 來舞魏宮前.

蜀漢 先主의 廟堂

천지에 가득한 영웅의 기개,
천년이 지난 지금에도 늠름하다.
천하를 나눠 삼국이 鼎立하며,
帝業은 漢을 부흥하였다.
諸葛 승상을 얻어 개국할 수 있었고,
아들이 있었지만 현인을 닮지 않았다.
처량한 신세인 蜀의 歌妓는,
魏나라 궁전에서 춤을 춰야만 했다.

| 註釋 | ○ 〈蜀先主廟〉 - 〈蜀漢 先主의 廟堂〉. 蜀漢(221 - 263 존속)의 개국군주인 劉備(161 - 223, 字는 玄德). 《三國演義》 주인공의 한 사람. 묘당은 四川省 成都市 남문 武侯祠大街에 있다.

中國 惟一의 君臣을 合祀한 사묘인데, 武侯祠와 昭烈廟堂과 무덤인 惠陵을 한 곳에 組成하였는데 사람들은 武侯祠라 통칭한다.

○ 千秋尙凜然 - 尙은 오히려. 아직도. 凜은 찰 늠(름). 凜然(늠연)

은 凜凜(늠름)하다.

○ 勢分三足鼎 – 鼎은 세발 솥 정. 鼎足(정족). 제갈량의 삼분천하의 계책.

○ 業復五銖錢 – 銖는 무게 단위 수. 1냥의 24분의 1. 五銖錢(오수전) – 五銖는 무게를 지칭. 동전에 '五銖' 2字가 쓰여 있다. 최초로 前漢 武帝 元狩(원수) 5년(기원전 118년)에 주조된 이후 널리 통용되다가 王莽(왕망)의 新 나라에서 유통이 금지되었었다. 이후 後漢에서 魏, 晋, 南齊, 梁, 陳, 北魏와 隋나라에서 주조하여 줄곧 유통되었다. 당 건국 이후 고조 武德 四年(621) 공식적으로 폐지되었다. '業復五銖錢' 이란 前, 後漢의 정통을 이었다는 뜻이다.

○ 得相能開國 – 得諸葛亮(제갈량, 181 – 234)의 字는 孔明. 別號는 臥龍 선생, 중국의 대표적 충신이며 智略家, 蜀漢 승상으로 武鄕侯에 봉해졌고 죽은 뒤에 忠武侯로 추존. 세칭 武侯, 또는 諸葛武侯라 한다.

○ 生兒不象賢 – 生兒는 後主 劉禪(유선)을 말한다. 不象賢(불상현)은 賢人을 닮지 않다. 劉備는 223년 여름 4월에 붕어하니, 재위 3년이고 改元은 한 것은 1번인데 章武이다. 시호는 昭烈皇帝이고, 史家는 先主라 통칭한다. 太子 劉禪〔유선, 아명은 阿斗(아두)〕이 卽位하니, 이를 後皇帝 보통 後主라 칭한다. 후주 유선은 서기 207년 생으로 223년에 즉위하여 263년 까지 41년을 재위하다가 魏에 멸망당한 뒤에도 271년에 65세로 죽었다. 당시로서는 장수했고 개인적으로는 유복한 일생이었다.

○ 淒涼蜀故妓 – 淒는 쓸쓸할 처. 淒涼(처량)은 쓸쓸하고 서글프다.

| 詩意 | 촉한과 유비, 제갈량, 후주 유선 등은 모두 《삼국연의》를 통해 우리에게 친숙한 이름이다. 전반 4구는 유비의 업적으로 漢을 부흥했다는 사실을 서술하였다. 三足鼎은 제갈량의 삼분천하와 대립 항쟁을 뜻한다. 그리고 五銖錢을 인용하여 漢의 계승을 서술한 것은 詠史詩로서 아주 우수하다 할 수 있다. 후반 4구는 유비가 죽은 뒤 촉의 멸망을 묘사한 것이니, 역사의 아픔을 魏 궁궐에서 춤추는 歌妓를 통하여 그려내었다.

蜀漢이 멸망하는 서기 263년, 당시에 파악된 촉한의 국력은 총 28만 호에 인구는 94만 명이었고 관리들이 4만 명, 장교와 병졸이 10만 2천명이 있었다. 또 식량이 40여만 섬, 금과 은이 2천 근, 비단 12만 필이 남아 있었다.

위나라 장수 등애에게 항복하고 나라를 잃은 후주 유선은 몇몇 신하와 자식들과 함께 낙양으로 호송된다.(서기 263년) 이때 위의 실권을 장악한 司馬昭(사마소, 司馬炎의 父)가 유선을 보고 크게 꾸짖고는 후주 유선을 安樂公에 봉하고, 나라를 파멸로 끌고 간 내시 황호를 처형한다.

어느 날, 사마소는 유선을 불러 잔치를 베풀면서 악공들에게 蜀의 의상을 입혀 蜀의 음악을 연주하게 하였다. 이에 촉의 신하들이 모두 감상에 젖어 눈물을 흘리는데, 유선만은 혼자 마냥 웃으며 즐거워하였다. 술이 어지간히 돌자, 사마소는 신하를 둘러보며 말했다.

"사람이 무정하다더니 저 사람 같을 수 있겠는가? 비록 제갈공명이 살아 보필했어도 오래 가지 못했을 터인데, 더구나 姜維(강유) 따위가 어쩔 수 있었겠는가?"

그리고는 후주에게 물었다. “고국 蜀의 생각이 나지 않는가?”

이에 후주는 “이곳이 즐거우니, 촉에 대한 그리움은 없습니다.(此間樂, 不思蜀也.)”라고 대답했다. 이후 사마소는 후주 유선에 대해서는 아무런 걱정도 하지 않았다고 한다.

西塞山懷古(서새산회고)

王濬樓船下益州，金陵王氣黯然收.
千尋鐵鎖沈江底，一片降旛出石頭.
人世幾回傷往事，山形依舊枕寒流.
今逢四海爲家日，故壘蕭蕭蘆荻秋.

西塞山에서 회고하다

王濬의 樓船이 益州에서 내려가니,
金陵의 王氣는 어둠처럼 끝이 났다.
천 길의 쇠사슬을 강바닥에 깔았어도,
한 폭의 항복 깃발 石頭城에서 나왔다.
인생에 몇 번이나 지난 일을 슬퍼해야 하는가?
산들은 예와 같이 차가운 長江 위에 누웠도다.
지금은 四海가 한 집이 된 시절이니,
낡은 성루에 쓸쓸한 물억새의 가을이다.

| 註釋 | ○ 〈西塞山懷古〉 - 〈西塞山의 회고〉.

이 시는 회고시로 西晉에서 孫權이 세운 東吳를 정벌할 때의 상황을 시로 읊었다. 서새산은 지금 湖北省 동남부 長江 중류의 남안, 黃石市 관할 大冶市(대야시) 동쪽에 있다. 孫策, 周瑜(주유), 桓玄(환현), 劉裕(유유) 등과 연관이 깊은 지역이다. 大冶市는 중국 청동기 문명의 발상지라고도 할 수 있는데, 지금도 중국 구리의

1/6을 이곳에서 생산한다. 〈金陵懷古〉로 된 판본도 있다.

○ 王濬樓船下益州 – 王濬(왕준)은 西晉의 益州刺史. 서진 무제는 왕준에게 명해 전함을 건조케 하였다. 서진 太康 원년(280)에, 大 船團이 익주를 출발하여 東吳를 공격 멸망시켰다. 樓船(누선)은 누각이 있는 큰 배.

○ 金陵王氣黯然收 – 金陵(금릉)은, 지금 江蘇省의 省都인 南京 – 江東에 할거한 孫權은 211에 이곳에 石頭城 要塞를 쌓고 建業이라 칭했다. 229년에, 정식으로 손권은 칭제하면서 東吳의 황제로 즉위한다. 이후 금릉은 六朝의 수도로 계속 발전하여 중국 4大 古都의 하나가 되었다. 黯은 어두울 암.

○ 千尋鐵鎖沈江底 – 尋은 찾을 심. 길이의 단위로 8尺. 우리가 보통 '한 길' 이라고 생각하는 성인의 키에 해당한다. 동오에서는 왕준 선단의 남하를 막기 위해 긴 쇠사슬을 만들어 長江에 장애물로 설치하였으나 모두 실패하였다. 鐵鎖(철쇄)는 쇠로 만든 사슬. 鎖는 쇠사슬 쇄. 沈은 가라앉을 침.

○ 一片降旛出石頭 – 降旛(항번)은 항복하는 깃발. 당시의 吳의 황제는 폭군 孫皓(손호)였다. 石頭는 石頭城. 南京 방어의 요새지. 남경의 淸涼山 一帶. 南京의 별칭으로도 통한다.

○ 人世幾回傷往事 – 往事는 흥망성쇠. 吳, 東晋, 宋, 齊, 梁, 陳의 六朝가 이곳에서 흥하고 망했다.

○ 山形依舊枕寒流 – 依舊(의구)는 옛날과 같다. 枕寒流의 寒流는 長江. 장강을 베고 있다. 장강 가에 있다.

○ 故壘蕭蕭蘆荻秋 – 故壘(고루)는 폐기된 石頭城. 蘆荻(노적)은 갈대. 荻은 물억새(갈대와 비슷한 풀이름) 적.

| 詩意 | 前 4구는 역사적 사실을 읊었다. 서진의 武帝(사마염)가 王濬에게 명해 동오를 공격케 했고, 오의 폭군 손호는 쇠사슬을 강 속에 장치하며 저항했지만 나라는 망했다.

5, 6구의 對偶는 시의 맛을 느낄 수 있으며, 어쩌면 人間事와 자연의 관계를 깨우쳐주며 설명해주는 名句이다. 末聯은 시인의 희망일 것이다. 모든 사람들의 평화공존 – 시인의 희망일 것이다.

전해오는 이야기로는 元稹(원진), 유우석, 위응물이 白居易의 집에서 술을 마시며 南朝의 흥망을 이야기하면서 〈金陵懷古〉라는 제목으로 시를 지었는데, 유우석이 이 시를 읊자 백거이는 '넷이서 용을 더듬었는데 그대가 여의주를 움켜쥐었도다. 다른 사람이 용의 발톱이나 비늘을 가진 들 무얼 하겠나!' 라면서 시 짓기를 그만두었다고 한다.

酬樂天揚州初逢席上見贈(수낙천양주초봉석상견증)

巴山楚水淒涼地, 二十三年棄置身.
懷舊空吟聞笛賦, 到鄉翻似爛柯人.
沉舟側畔千帆過, 病樹前頭萬木春.
今日聽君歌一曲, 暫憑杯酒長精神.

백낙천의 '揚州初逢席上'에 대한 답시

巴山과 長江의 처량한 땅에서,
이십삼년 간 버려진 신세였다오.
옛 생각에 할 일 없어 〈聞笛賦〉를 읊었고,
고향에 가더라도 자루가 썩은 옛사람이라오.
가라앉은 배 곁으로 수천 척 배가 지나가고,
병든 나무 앞에 온 나무가 봄을 맞는다오.
오늘 그대의 노래 한 곡을 들으면서,
잠시 한잔 술의 의지해 정신을 맑게 한다오.

| 詩意 | 이 시에 나오는 巴山은 四川 땅을 상징하고, 楚水는 長江의 중상류 지역을 의미한다. 이곳은 유우석의 근무지였었다. 敬宗 寶曆 2년(826), 유우석은 和州에서 낙양으로 돌아가면서 揚州에 들러 친우 백거이와 만난다.

백거이는 술자리에서 〈醉贈劉二十八使君〉 시를 지어 805년부터 826년까지 23년간 유우석의 불우한 관직 생활을 위로한다. 여기에 유우석이 화답한 시가 바로 이 시이다. 《全唐詩》 360권 수록.

이 시에서 〈聞笛賦〉를 지은 사람은 죽림칠현의 向秀(상수, 성씨 상)이고, '爛柯人(난가인)' 이란 신선이 바둑 두는 것을 구경하다 보니 도끼 자루가 썩었다는 王質(왕질)이란 사람이다. 이 두 사람을 언급한 것은 자신이 먼 벽지에 하도 오랫동안 근무하다 보니 세상 흐름을 모른다는 탄식의 뜻이다.

그리고 5, 6구의 가라앉은 배 곁으로 수천 척의 배가 오가고, 병들어 죽은 나무 앞에 수만 그루의 나무가 봄을 맞아 잎을 피운다는 이 구절은 인생의 哲理를 담은 名句이니 우리가 오래 기억해야 한다.

사실 인생이란 그런 것이 아닌가? 침몰한 배는 몰락한 인생이고, 병들어 죽어 가는 나무는 경쟁에서 패배한 인생이다. 병들어 고생하는 지인이 있다고 내가 신음해야 할 이유는 없다.

불우하게 궁벽한 지방으로 떠돌았던 유우석에 비교한다면 백거이의 관직생활은 그야말로 순탄했다. 자청해서 외직으로 나왔어도 경제적으로 번영하는 강남의 지방관이었다.

인생이 다 그런 것 아니겠는가?

041
呂溫(여온)

呂溫(여온, 772－811, 字는 和叔)은 시인, 관원, 法家 사상가로 중형중벌을 주장했다. 貞元 14년(798)년 진사 급제. 集賢殿 校書郞이 되었고 左拾遺, 侍御史 등 여러 관직 역임했다. 柳宗元의 교우였다.

偶然作(우연작) 二首 (其二)

中夜兀然坐，無言空涕洟.
丈夫志氣事，兒女安得知?

우연히 짓다 (2 / 2)

한밤에 일어나 곧게 앉아 있다가,
공연히 말없이 눈물 콧물 흘린다.
사나이 하고자 뜻을 세운 일들을,
아녀자가 어찌 알 수 있겠는가?

| 詩意 | 無言空涕洟 – 空은 공연히. 涕는 눈물 체. 洟는 콧물 이. 눈물.

사나이는 사나이로 또 가장으로 해야 할 일이 있으며, 하고 싶은 일이 있다. 사나이는 각자 자신의 뜻과 포부를 갖고 있다. 그런 일들이 뜻대로 되지 않을 때 잠을 못 이룬다. 사내가 품은 뜻을 부녀자가 어이 알겠는가? 아녀자가 어찌 이해하겠나? 그러기에 말을 하지 않는다.

편안히 앉아 좋은 음식이나 먹고, 주색을 탐하며 無爲徒食(무위도식)하는 富家翁(부가옹)을 원한다면 돼지와 무엇이 다르겠는가? 한밤에 일어나 앉은 사나이는 큰 뜻을 걱정한다.

讀句踐傳(독구천전)

丈夫可殺不可羞，如何送我海西頭.
更生更聚終須報，二十年間死卽休.

구천 열전을 읽고

사나이를 죽일 수야 있지만 모욕할 수 없나니,
어이하여 이 몸이 서쪽 바닷가에 버려졌는가?
다시 살고 다시금 모아서 끝내 치욕을 갚았으니,
죽은 듯 지낸 이십 년을 쉬는 척하며 기다렸다.

| 詩意 | 패전의 쓰라림을 참고 견디는 뜻은 복수의 일념이지 패배를 안은 채 치욕으로 견디는 인내의 테스트가 아니다.

越王 句踐의 복수는 사나이가 해야 할 당연한 시도였다.

위 二首는《全唐詩》371권에 수록.

042
王涯(왕애)

王涯(왕애, ? - 835. 字는 廣津)는 太原人. 德宗 貞元 8년(792) 진사 급제, 憲宗 시 袁州 刺史 역임. 文宗 太和 7년(833), 宰相으로 江南 榷茶使를 겸임하였다. 太和 9년(835) 甘露之變으로 멸족되었다. 詩人 盧仝(노동, 號는 玉川子)도 함께 술을 마셨다 하여 피살되었다. 왕애는 성품이 인색하였고 재물 모으기에 열중하였다. 또 옛날 서화 수집을 좋아하여 집안에 가득했다. 그가 멸족될 때, 사람들은 그의 수집품을 길에 버리고 짓밟았다니 애석한 일이었다. 왕애의 시는 風雲이 살아있는 듯했고, 모두 보통 사람의 의표를 뛰어넘는 秀作이었다.

閨人(규인) 贈遠(증원) 五首 (其五)

洞房今夜月, 如練復如霜.
爲照離人恨, 亭亭到曉光.

규방에서 먼 곳에 전하다 (5 / 5)

신혼의 규방을 오늘의 이 달빛은,
하얀 비단이 아니면 서리와 같다.
떠나간 사람의 원한이 비춰주는 듯,
새벽이 되도록 높다랗게 떠 비춘다.

| 詩意 | 신혼의 이별이다. 洞房華燭(동방화촉) 대신 달빛이 방을 채웠다. 떠나간 님이 규방을 생각하여 비춰주는 듯 밤을 새워 신방에 달빛이 내린다. 亭亭은 높다랗고 큰 모양. 우뚝 선 모양이다.

《全唐詩》 346권에 수록되었다.

送春詞(송춘사)

日日人空老, 年年春更歸.
相歡在尊酒, 不用惜花飛.

봄을 보내며

날마다 사람은 부질없이 늙지만,
해마다 봄날은 어김없이 돌아온다.
서로가 좋기는 술항아리 때문이니,
꽃잎이 진다고 아쉬워마오.

| **詩意** | 늙어가는 것이 인생이고, 봄날이 가면 꽃도 진다. 늙어가는 오늘이 즐거울 수 있기는 술 때문이다. 술이 없다면 마치 꽃이 없는 봄날과 같지 않겠는가?

《全唐詩》 346권 수록.

秋思(추사) 贈遠(증원) 二首 (其一)

當年只自守空帷, 夢裏關山覺別離.
不見鄉書傳雁足, 唯看新月吐蛾眉.

가을의 상념을 멀리 보내다 (1 / 2)

그때는 다만 홀로 밤을 지새우는 줄 알았고,
꿈에선 關山에서 이별하다가 잠을 깨었다.
고향의 소식 전해 줄 서신은 없고,
오로지 초승달만 아미산 위에 걸쳤다.

| 詩意 | 이별과 독수공방의 설움을 아직 모르는 젊은 여인의 심사를 그렸다.

《全唐詩》 346권에 수록.

043
羊士諤(양사악)

羊士諤(양사악, 생졸년 미상, 字는 諫卿, 諤은 곧은 말할 악)은 唐朝 洛陽人, 德宗 貞元 원년(785) 진사과 급제, 順宗 永貞 원년(805)에 지방 현위로 폄직. 憲宗 元和 초년, 재상 李吉甫에 의해 監察御史로 발탁. 이후 여러 관직에 역임. 《文選》 해석에 조예가 깊었고, 作詩에 典故를 중시했다. 《羊士諤詩集》 1권.

泛舟入後溪(범주입후계) 二首 (其二)

雨餘芳草淨沙塵，水綠灘平一帶春.
唯有啼鵑似留客，桃花深處更無人.

배를 띄워 냇물을 따라가다

비가 그친 뒤 우거진 풀은 흙탕물을 걸러주고,
파란 강물 평평한 모래톱에 봄이 찾아왔다.
오직 두견새 울어 나그네를 만류하는 듯,
도화가 흐드러진 곳엔 정말 아무도 없다.

| 詩意 | 봄비가 내린 뒤의 강가 모래밭, 그리고 계곡의 경치를 묘사하였다. 계곡에 도화가 한창이지만 보는 사람이 없다. 보는 이 없다고 꽃이 안 피는 것은 아니다. 꽃은 사람이 보는 줄도 모른다. 《全唐詩》 332권에 수록.

雨中寒食(우중한식)

令節逢煙雨，園亭但掩關.
佳人宿妝薄，芳樹彩繩閑.
歸思偏消酒，春寒爲近山.
花枝不可見，別恨灞陵間.

비 내리는 寒食날

좋은 시절에 비를 만났으니,
뜨락의 정자는 그냥 닫혀 있다.
佳人은 저녁에 엷게 화장을 고치고,
우거진 나무엔 채색 실끈이 매였다.
고향을 그리며 술을 모두 다 마셨고,
봄날의 추위는 가까운 산에서 온다.
아직은 나무의 꽃을 볼 수 없나니,
이별의 설움에 파릉 땅이 그립다.

| 詩意 | 비오는 한식날이다. 漢 文帝의 능인 灞陵(파릉)은 장안을 뜻한다. 비 오는 봄날 文士의 조용한 하루를 잘 그렸다.

《全唐詩》 332권 수록.

044
楊巨源(양거원)

楊巨源(양거원, 755 – ?, 字는 景山)은 德宗 貞元 5년(789년)에 진사과에 급제했고, 太常博士와 國子祭酒를 역임했다. 文宗 大和 7년(833)에도 살아있었다. 시를 잘 지었고, 白居易와 元稹(원진), 劉禹錫과 교우하였다.

城東早春(성동조춘)

詩家清景在新春，綠柳才黃半未勻.
若待上林花似錦，出門俱是看花人.

城東의 이른 봄

시인의 아름다운 경치는 새봄에 있나니,
푸른 버들은 노란색이 겨우 절반쯤 물들었다.
만약 상림원 비단과 같은 봄꽃을 보고 싶다면,
대문을 나서 꽃구경하는 사람을 따라가시오.

| 詩意 | 사실 초목에 오는 봄보다 사람에게 찾아오는 봄이 먼저다. 새 봄이 된다고 사람들은 기대에 차 있고, 새 봄을 입는다. 꽃구경하는 사람들을 본다면 上林苑(상림원) 국고의 비단보다 더 화려한 도성 사람들의 옷차림을 볼 수 있을 것이다. 사람 구경이, 곧 꽃구경일 것이다.

《全唐詩》 333권 수록.

山中主人(산중주인)

十里青山有一家，翠屛深處更添霞.
若爲說得溪中事，錦石和煙四面花.

산속의 주인

십 리되는 청산 계곡의 집 한 채,
푸른 병풍 깊은 숲속에 구름이 꼈다.
만약 계곡의 풍경을 설명하라 한다면,
비단 바위에 안개와 사방에 핀 꽃이라오.

| 詩意 | 깊은 산속 은자의 거처를 뛰어나게 묘사하였다. 산속으로 십 리쯤 걸어가야 하고, 푸른 산 병풍이 둘러친 그곳에 구름이 내려앉았다. 비단을 깔아 놓은 듯 너른 바위와 연무, 그리고 꽃 – 더 이상 무엇이 있어야 하겠나?

《全唐詩》333권 수록.

045
李紳(이신)

李紳(이신, 772 – 846)의 자는 公垂(공수)로, 신장이 작아 '短李' 라는 별명으로 불렸지만 元稹(원진), 白居易와 함께 新樂府 운동을 주창한 문인이었다. 이신은 젊어 부친의 임지를 따라 강남의 無錫(무석)에서 살다가 元和 원년(809) 진사에 급제한 뒤 여러 관직을 순탄하게 역임하고, 원화 말년에 中書舍人으로 있다가 지방관을 거처 武宗 會昌 연간에 재상의 반열에 올랐던 사람이다.

백거이(772 – 846), 유우석(772 – 846), 이신 이 세 사람은 모두 동갑이었고, 또 우연의 일치지만 세 사람 모두 같은 해에 죽었다. 백거이, 원진, 이신은 시풍이 비슷하고 절친한 사이였는데, 세 사람 중에서 이신의 文名이 조금 처질뿐이다.

憫農(민농) 二首 (其一)

春種一粒粟，秋成萬顆子.
四海無閑田，農夫猶餓死.

농부를 불쌍히 여기다 (1 / 2)

봄에 곡식 한 알을 심으면,
가을에 낱알이 일만 개이다.
나라에 노는 땅이 없는데,
농부는 되레 굶어 죽는다.

憫農(민농) 二首 (其二)

鋤禾日當午，汗滴禾下土.
誰知盤中餐，粒粒皆辛苦.

농부를 불쌍히 여기다 (2 / 2)

김을 매다 보니 해는 午時인데,
땀은 방울방울 땅에 떨어지네.
누가 알겠나? 밥상의 밥알이,
한 알 한 톨 모두 쓰린 고생인줄을.

| 詩意 | 이 시는 〈古風〉이라는 제목으로 불리기도 한다. 시의 내용에 있는 봄에 한 알을 심어 만 톨을 수확한다는 말은 과장이다. 물론 곡식의 종류에 따라 차이가 있지만 대략 1 : 100 정도로 생각하면 비슷할 것이다. 그러하니 농사만 제대로 짓는다면 굶어 죽는 사람은 없어야 정상이다. 그런데 왜 농부가 아사하겠는가? 그 대답은 자명하다.

〈저자 약력〉

도연 진기환(陶硯 陳起煥)

서울 대동세무고등학교장 역임

《三國演義》 원문읽기 (2020년), 《新譯 王維》 (2016년), 《唐詩絶句》 (2015년), 《唐詩逸話》 (2015년), 《唐詩三百首 (上·中·下)》 (2014년. 공역), 《金甁梅 評說》 (2012년), 《上洞八仙傳》 (2012년), 《三國志 人物 評論》 (2010년), 《水滸傳 評說》 (2010년), 《中國人의 俗談》 (2008년), 《儒林外史》 (抄譯) 1권 (2008년), 《三國志 故事名言 三百選》 1권 (2001년), 《三國志 故事成語 辭典》 1권 (2001년), 《東遊記》 (2000년), 《聊齋誌異(요재지이)》 (1994년), 《神人》 (1994년), 《儒林外史》 (1990년)

《완역 漢書》 八表 / 十志. 5권. 近刊 예정, 《正史 三國志》 全 6권 (2019년), 《완역 後漢書》 全 10권 (2018 - 2019년), 《완역 漢書》 全 10권 (2016 - 2017년), 《十八史略》 5권 중 3권 (2013 - 2014년), 《史記人物評》 (1994년), 《史記講讀》 (1992년)

《孔子聖蹟圖》 (2020년), 《論語名言三百選》 (2018년), 《論述로 읽는 論語》 (2012년), 《중국의 神仙 이야기》 (2011년), 《아들을 아들로 키우기 / 가정교육론》 (2011년), 《三國志의 지혜》 (2009년), 《三國志에서 배우는 인생의 지혜》 (1999년), 《中國人의 土俗神과 그 神話》 (1996년)

唐詩大觀(당시대관) 【5권】

초판 인쇄 2020년 10월 20일
초판 발행 2020년 10월 30일

편 역 | 진기환
발 행 자 | 김동구
디 자 인 | 이명숙 · 양철민
발 행 처 | 명문당(1923. 10. 1 창립)
주 소 | 서울시 종로구 윤보선길 61(안국동)
우체국 010579-01-000682
전 화 | 02)733-3039, 734-4798, 733-4748(영)
팩 스 | 02)734-9209
Homepage | www.myungmundang.net
E-mail | mmdbook1@hanmail.net
등 록 | 1977. 11. 19. 제1~148호

ISBN 979-11-90155-55-7 (94820)
ISBN 979-11-90155-50-2 (세트)
25,000원